毛泽东的艰难决策（一）

中国人民志愿军出兵朝鲜的决策过程

王波 著

中国社会科学出版社

图书在版编目（CIP）数据

毛泽东的艰难决策（一）：中国人民志愿军出兵朝鲜的决策过程/王波著.—北京：中国社会科学出版社，2002.10（2009.11 重印）
ISBN 7-5004-3557-6

Ⅰ．毛… Ⅱ．王… Ⅲ．纪实文学—中国—当代 Ⅳ．I125

中国版本图书馆 CIP 数据核字（2002）第 074057 号

责任编辑　冯　斌
责任校对　李小冰
封面设计　澳格威图文
技术编辑　戴　宽

出版发行	中国社会科学出版社		
社　址	北京鼓楼西大街甲 158 号	邮　编	100720
电　话	010—84029450（邮购）		
网　址	http://www.csspw.cn		
经　销	新华书店		
印　刷	盛华印刷厂	装　订	广增装订厂
版　次	2006 年 1 月第 2 版	印　次	2009 年 11 月第 4 次印刷
开　本	880×1230　1/32		
印　张	10.875	插　页	2
字　数	290 千字		
定　价	22.00 元		

凡购买中国社会科学出版社图书，如有质量问题请与本社发行部联系调换
版权所有　侵权必究

谨以此书献给在1950年10月19日及以后的秋风秋雨中雄赳赳气昂昂跨过鸭绿江的老首长、老战士们！

献给"风萧萧兮易水寒，壮士一去兮不复还"——在朝鲜三千里江山英勇捐躯的烈士及其子孙后代们！

献给妻送郎母送子、有钱出钱有力出力、无私支援党中央毛主席的伟大战略决策的全国人民！

献给一切关心国家大事、祖国安全、世界和平的军队和地方的朋友们！

我在毛主席身边工作二十多年，记得有两件事使毛主席很难下决心。一件就是1946年我们准备同国民党彻底决裂；一件是1950年派志愿军入朝作战。

——胡乔木

1950年6月28日,毛泽东主席在中央人民政府委员会第八次会议上号召:全国和全世界的人民团结起来,进行充分的准备,打败美帝国主义的任何挑衅

1950年9月30日,周恩来总理在庆祝国庆大会上发出警告:中国人民对美国侵略朝鲜不能置之不理

1950年10月5日,朱德总司令在中央军委总后勤部部署抗美援朝战争后勤工作会议上讲话

中国人民志愿军司令员兼政治委员彭德怀

作者与军委副主席、原志愿军第 40 军老战士张万年同志合影

作者与军委副主席、原志愿军第 27 军老战士迟浩田同志(中)合影

作者采访原志愿军副司令员洪学智同志

作者采访原志愿军第60军副军长、军事科学院原政委（右二）王诚汉上将

作者采访原志愿军第1军老战士广州军区原政委史玉孝上将

作者采访原志愿军司令部作战处副处长、沈阳军区原参谋长杨迪

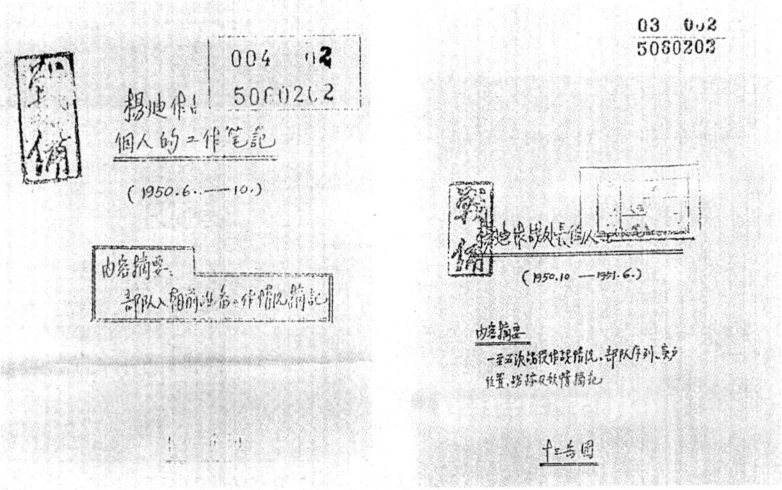

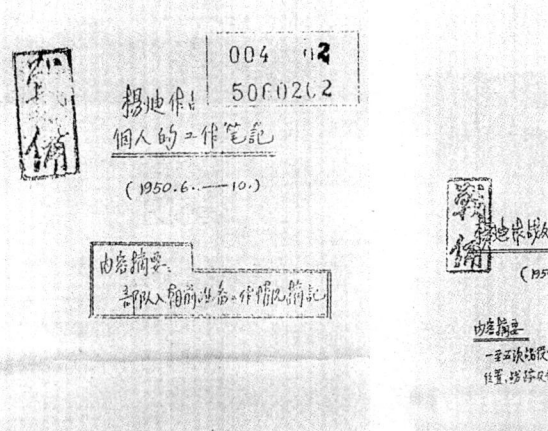

原志愿军司令部作战处副处长杨迪同志当年的作战日记封面

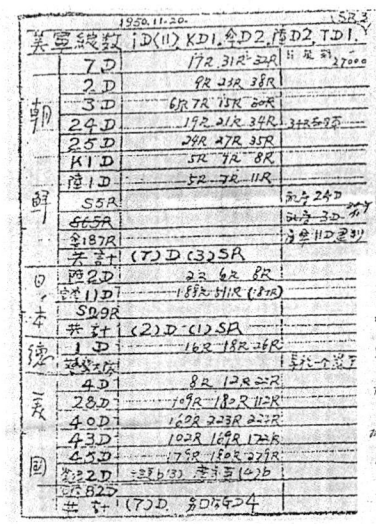

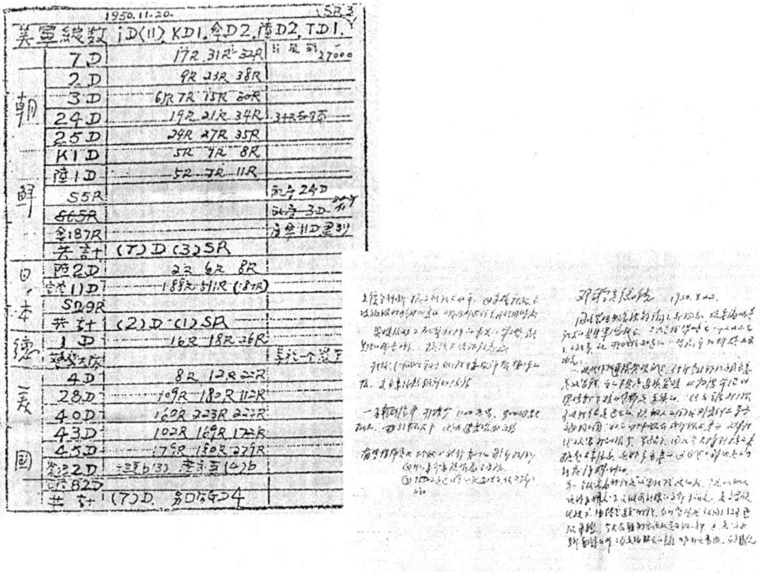

原志愿军司令部作战处副处长杨迪同志当年所作战地日记

目 录

序………………………………………………………杨 迪 1
再版序言………………………………………………孟伟哉 1
一 毛泽东的担心………………………………………… 1
二 周恩来主持军委会议研究对策……………………… 7
三 在广州第15兵团司令部里…………………………… 13
四 邓华北上……………………………………………… 17
五 中央电令边防军由高岗负主责……………………… 22
六 聂代总长向邓华交代任务…………………………… 26
七 洪学智进京汇报……………………………………… 31
八 战将们心中的忧虑…………………………………… 37
九 第13兵团高层动员大会……………………………… 47
十 彭总的西北情结……………………………………… 51
十一 聂代总长的未雨绸缪之计………………………… 54
十二 美国的战略企图…………………………………… 58
十三 邓华、洪学智、解方给中央的电报……………… 65
十四 驻朝鲜代办柴军武回京述职……………………… 81
十五 麦克阿瑟的旗舰驶近仁川港……………………… 89
十六 以朋友和同志的立场向友人提出意见…………… 95
十七 斯大林批评他的私人军事代表…………………… 99
十八 杜鲁门的眼睛盯着斯大林………………………… 108
十九 斯大林指示必须在三八线以北组织防线………… 111
二十 中央书记们研究斯大林的电报…………………… 118
二十一 毛泽东给斯大林一个意外的回电……………… 126

二十二	杜鲁门对潘尼迦传递的信息半信半疑	137
二十三	彭德怀进京	140
二十四	毛泽东与彭德怀谈话	147
二十五	毛泽东与彭德怀敲定作战方案	155
二十六	斯大林给金日成的答复	161
二十七	彭德怀带毛岸英赴命沈阳	164
二十八	彭德怀、高岗召开军以上高干会议	178
二十九	聂代总长电话：主席请你迅速回京	190
三十	中央政治局紧急会议	194
三十一	周恩来同斯大林谈判	199
三十二	麦克阿瑟的投机性判断	206
三十三	彭德怀、高岗召集志愿军师以上干部会议	210
三十四	彭总代毛泽东起草第13兵团出动命令	215
三十五	彭德怀、高岗先飞沈阳又飞安东	219
三十六	志愿军跨过鸭绿江的第一人	223
附录1	毛泽东抗美援朝"初战必胜"的思考与决心	234
附录2	两军相逢智者胜 ——抗美援朝战争的过程	247
附录3	中国人民志愿军序列表	283
再版附录1	杨迪在《毛泽东的艰难决策》(一)出版 座谈会上的发言	294
再版附录2	读王波的《毛泽东的艰难决策》 马 超	309
再版附录3	毛泽东的精神是中华民族之魂 ——评《毛泽东的艰难决策》 范 畴	311
后记		314
再版后记		318

序

我是一名从始至终参加抗美援朝战争的老战士。

我曾任第15兵团、第13兵团司令部作战科科长,入朝后,在中国人民志愿军司令部作战处任副处长,负责全部与作战有关的工作。对整个抗美援朝战争的决策和实施过程,可以说基本上都是了解的。可是,对为什么组成中国人民志愿军入朝参战,支援朝鲜人民和朝鲜人民军,反抗以美国为首的"联合国军",这个最高决策过程知之甚微。尽管当时也曾听到有的志愿军首长偶尔说过一些情况,但几十年来一直不能有真凭实据的资料来证明真相。

抗美援朝战争时期的杨迪

1989年,志愿军原副司令员洪学智老首长要写《抗美援朝战争回忆》,他打电话给我,要我到北京参与研究。从此,我与在他身边工作的王波同志相识,在这段时间里,过从甚密,我们曾探讨了这个

"谜",王波同志对这个问题很感兴趣。

1998年我写了一本《在志愿军司令部的岁月里》,曾想写这个问题,可是收集不到真凭实据的资料,我不能凭记忆来写,因为这是涉及中、苏、朝三国领导层的战略决策的大问题,太敏感了。

王波同志在20世纪90年代,陆续收集、研究中国人民志愿军入朝前,中、苏、朝三国领导层商讨战略决策的内情以及美国决策层的情况。当俄罗斯国家档案馆公开了20世纪50年代的保密档案资料后,他即迅速地找到了有关朝鲜战争这一部分的资料,和他在国内收集的资料相对证。经过几年的努力,终于写出了《毛泽东的艰难决策》一书。书中详细介绍了中国人民志愿军入朝前中、苏、朝三国领导层反复磋商的内情,突出了毛泽东主席和党中央对整个国际局势的高瞻远瞩,说明了在我国国土还没有完全解放和新中国刚刚建立,整个国民经济等各行各业都要在废墟上重建的情况下,面对世界上最强大的以美国为首的15个国家组成的"联合国军",在对未来形势发展很难预测的情况下,毛泽东主席和党中央毅然决然地定下决心,派遣中国人民志愿军抗美援朝的艰难决策过程。这样的战略决策在古今中外还是没有过的。这的确是很艰难的决策,也的确是很英明、很正确、很伟大的决策。

现在,王波同志终于将这段鲜为人知、人们又很想知道的历史真实面目基本上挖掘出来了(我说基本上,是因为还有密未解),填补了抗美援朝战争史上的一段很重要的空白。作者这种锲而不舍的精神和对历史认真负责的态度是值得称赞的。

《毛泽东的艰难决策(一)——中国人民志愿军出兵朝鲜的决策过程》一书,是根据历史文献资料和我们一些亲身经历这场战争的老同志的回忆写出来的。因此,它的真实性是可信的,而且作者流畅的文笔,又增加了现代人要求的可读性。这也是难能可贵的。

我这个志愿军老战士愿意将王波同志经过辛勤耕耘的、忠实于历史、可读性很强的《毛泽东的艰难决策(一)——中国人民志愿军出兵朝鲜的决策过程》一书,推荐给广大读者朋友们,推荐给研究抗美援朝战争史的专家、学者们。我想他们是会很感兴趣的。

应王波同志之请，欣然提笔而作，是为序。

2001年12月9日于沈阳

再版序言

孟伟哉

　　曾在朝鲜战场度过两年有余的艰难时光，经历过激烈的运动战、反击战和阵地战几个阶段，但由于身在第60军180师的基层战斗部队，对那场战争高层决策的内情知之甚少，因此，抗美援朝战争虽然过去已五十多年，我对与它有关的历史著作，无论中国的、外国的，依然十分留意。有一种"回头看"的老兵情结，有一种了解那一段震撼了世界历史的内幕的求知欲。正是在这个意义上，王波记述中国人民志愿军出兵朝鲜决策过程的《毛泽东的艰难决策》一书，给了我很大的满足。此书在天津《今晚报》连载时，我便逐日阅读，回忆思考，见到中国社会科学出版社的版本，又细读两遍不忍释手。

　　我认识王波大校。他在当年志愿军副司令员洪学智将军身边工作多年，给洪老撰写了战争时期的回忆录。他还在另一个老上将和老中将身边工作过。他带我拜访过洪老，那是我向首长请教抗美援朝的有关问题。因此，他这部《毛泽东的艰难决策》，不仅让我深感重要，亦令我颇觉亲切。

　　战争是太过重大的事情，对一个国家真是"死生之地，存亡之道，不可不察也"。我国目前已出版很多反映和研究抗美援朝战争的好书，但反映志愿军过江以后的多，反映志愿军过江以前的少；反映基层作战部队的多，反映高层决策内幕的少。这不难理解。由于保密时间的限制，包括苏联—俄罗斯档案没有开放，美国高层决策情况未曾解密等因素，相当长时期，中国共产党和中国政府在介入朝鲜战争前的高层决策情况，人们所知的只是一个结果也即最终的出兵决定，而不可能获悉它艰难曲折的运筹过程。《毛泽东的艰难决策》的珍贵之处正在于，它专门记述那一段极其紧张的史实，也就是1950年6月25日至10月19日那一百多个日夜，毛泽东以及中共中央政治局，反复研究、论证、决策的过程，从而填补了那一段历史的空白。

这部书写得客观冷静、文笔精炼。在这种特色之下，却让人强烈感受到局势的严峻，时间的紧迫，事件的纷繁多变和领袖的决策之难。当时，中国人民经历了几十年战争，渴望和平；新中国刚刚建立，国力薄弱，百业待兴；与世界头号强国美帝国主义交兵，有着巨大的风险；这些，不仅决策层一时认识不统一，便是毛泽东本人，又何尝不是日夜焦虑，寝食难安。当年10月初，美国陆海军大军汹涌北进，朝鲜作为一个国家处于旦夕存亡之境，我国面临遭受侵略的严重威胁。当朝鲜爆发内战，斯大林支持北朝鲜，实际是苏联军事顾问在很大程度上指挥着朝鲜人民军，而当战局在美军仁川登陆后发生逆转，斯大林对局势的态度一度暧昧起来，仿佛是猜不透的谜。他催促中国出兵，又不痛快给予明确有力的空中支持，置中国方面于风头浪尖，令中国更难委决，毛泽东成为千难万险关口的第一人。

真是一着险棋！作为党的领袖、国家主席、军队最高统帅的毛泽东，在风云际会、艰难险恶、局势扑朔迷离之时，高瞻远瞩，冷静清醒，梳云扫雾，以大智大勇的气魄作出了志愿军出战的战略决策。历史已经证明并将继续证明这一决策的英明伟大。正如许多有识之士所认识的，假如没有抗美援朝战争的决策和胜利，中国和远东便不会有迄今逾半个世纪的和平。

这一百多天时间涉及到敌、我、友诸多方面许多运筹、往来的会议和电报等等，本来资料枯燥难以收拾，王波以全方位纵横交错的手法，将文献资料和当时在中南海居仁堂总参谋部作战室、志愿军总部作战处工作过的杨迪、成普、王亚志等老同志的个人回忆以两结合的办法加以佐证、诠释，注重细节描写，使得这一段内幕史生动鲜活起来。他的记述逐日而进，准确到上午、下午、晚间以至几点，实为难得。而他的两篇附录则让读者对持续两年多的战争全过程有一个概貌的了解，仿佛是对那一百多个日夜决策过程的更详尽的解说。

　　王波一直在军队高级机关工作，有军队高层生活的经历、观察、体验和感受，有自己独特丰富的写作和创作资源。在公务之余，他写出了《女秘书去毛家湾》、《爱神与邪魔》、《将军浮沉录》、《彭德怀入朝作战纪实》等几部描写将帅生活的长篇小说和报告文学，在文坛独树一帜。他的创作实践说明作家必须有丰厚的生活资源。《毛泽东的艰难决策》是纪实作品，他用了一些简约生动的文学手法，使毛泽东最高统帅的形象跃然纸上，同时，斯大林、周恩来、彭德怀、聂荣臻、邓华、洪学智、麦克阿瑟等一系列高层人物也都传神。写毛泽东的作品已不少，像这样从战略角度写之者则不多，写好写活者更难得。听说王波还写了《毛泽东的艰难决策之二》，记述的是抗日战争胜利后1945年9月到1946年6月蒋介石撕毁停战协议发动大规模内战之际，毛泽东所作艰难决策的史实，希望这能使读者看到又一幅惊心动魄的历史画卷。

　　对于写史而言，五十年间隔是黄金时间。五十年，两代人过去了。经过岁月沉淀，拨去迷雾，祛除干扰，人们能够客观全面、实事求是地对待历史和历史人物了。《史记》和《三国志》都是时隔五十年后成书。希望有更多著作反映党史和军史上的重大事件。

　　现在，许多青年和中年人对反映战争生活的书籍颇感兴趣，大概与当今的伊拉克和阿富汗、朝鲜等热点地区的局势有关。这种关心世界大事，关心时势政治的情怀令人感动。《毛泽东的艰难决策》在多家报刊连载和选载，第一版已销售一空，说明它很受读者欢迎。出版社准备再版。因为我是抗美援朝的一个老兵，写过《昨天的战争》等等反映抗美援朝战争的小说，王波希望我在该书再版之际从文学角度说几句话,我想说的是,他这种展现重大历史画卷严格忠于史实的作品,自有一般文学作品难可比拟的品位和价值。

(原载《中国文化报》2003年12月16日)

一
毛泽东的担心

中南海,夏风习习吹拂湖面,碧波由北向南荡漾着,堤岸边垂柳婀娜多姿。旖旎的风景,格外宜人。

湖畔砖木结构的居仁堂小楼,坐落在中海和南海的交界处,典雅沉凝,古风潇潇,在蓝天下,在碧波侧,肃然而立。相传清末时西太后经常在此接见外国使节。

民国时期,居仁堂显赫一时,曾作为袁世凯的总统府,为中外瞩目。

总参作战室在居仁堂一层客厅西侧房间内。客厅东侧则是聂荣臻代总参谋长的办公室。在作战室工作的有成普、王亚志、刘长明、龚杰、徐亩元、王甲一等同志。这时,聂荣臻代总长、李涛作战部长、苏联顾问沙哈洛夫大将等人踏着"嘎嘎"作响的红漆木地板走进作战室,例行听取作战室汇报朝鲜半岛的战况。房间很小,老总与参谋面对面,咫尺之遥。

作战室负责人成普汇报:6月25日人民军向瓮津半岛和开城地区发动了局部战役,6月26日美国总统杜鲁门命令美国空军、海军部队给予南部朝鲜部队以掩护支持,直接干涉朝鲜战争;6月27日又命令美国海军率第7舰队入侵中国台湾海峡,视我国主权于不顾,

1950年6月17日朝鲜内战爆发前8天,美国著名的反共政客杜勒斯(图中穿黑衣服者),到开城附近的三八线前沿阵地向北窥探,10天后,美国宣布出兵介入朝鲜内战

公然侵犯我国领土。7月7日,美国在苏联代表马立克缺席未投否决的情况下,操纵联合国安理会通过紧急决议,以联合国名义纠集英国、法国、加拿大、澳大利亚、新西兰、土耳其、荷兰、希腊、菲律宾、挪威、瑞典、哥伦比亚、印度、泰国、南朝鲜15个国家出兵朝鲜,美国沃克的陆军第8集团军直接参加地面作战,迪安少将的24师已经在乌山以南的平泽和安城一带进入战斗。

听到这里,沙哈洛夫大将"霍"地站起来挥舞着拳头大声嚷着:"战争爆发了!爆发了!局部战役开始,就是内战的开端。即使南方游击队和民众向北方军队提供帮助,速胜也是不可能的,不可能的,绝对不可能的!"

苏联人都把斯大林称做"当家的"。沙哈洛夫知道"当家的"态度。"当家的"对朝鲜半岛的形势一直都很关注,这个半岛的形势很敏感。稍有不安定,就可能直接影响到亚洲和远东的安全,还可能影响苏美关系。因此沙哈洛夫一听到朝鲜半岛发生内战就火了。他知道苏联驻朝鲜大使什特科夫上将以及"当家的"私人军事代表马特维耶夫中将要挨批评了,因为他们把事情办糟了!

李涛部长理解沙哈洛夫的心情。朝鲜半岛是一个十分敏感的地区,小小的火星就有引起世界大战的危险。半岛上中苏都不愿看到的情况出现了。美军在南方有两万人,南朝鲜军队有6万人,南方比北方实力强。尽管北方有苏联援助的T34坦克,但恐怕不是美国的对手。他看着面红耳赤的沙哈洛夫忧虑地说:"事情发展太突然了,不仅你们觉得突然,我们也觉得突然,一点消息也没有。我们大使馆也没消息。"

聂荣臻代总长也摇头说:"中国方面没有任何消息。"

李涛气愤地说:"上旬,担负攻台战役的华东军区副司令员粟裕刚进京汇报了攻台的准备情况,现在美国公然干预朝鲜事务,第7舰队公然侵犯我台湾海峡,阻止我国解放台湾。太猖狂了!朝鲜半岛局势会很快地恶化。"

聂荣臻沉思着点点头说:"美国第7舰队进入台湾海峡,我解放台湾的困难增大了。"他抬起头,望着地图上的朝鲜半岛,说:"朝鲜半岛的形势,果然如毛主席所说的,引起了美国军队的直接干涉。形势急转直下,马上会危及到我国的国防安全。我必须马上向毛主席报告,应建议毛主席,恐怕需要开国防会议。"

金色晃曜,烈日烤人。南海湖畔垂柳依依,波光粼粼,蝉声鼎沸。

聂代总长急匆匆地离开居仁堂,穿过苍松古柏,大步流星向丰泽园走去。

中南海丰泽园背靠中海,南濒南海,东与勤政殿相连,西为静谷。包括颐年堂(会议厅),菊香书屋,春藕斋,始建于清初,通称为"西苑"一部分。颐年堂东边有一小门,可通菊香书屋。菊香书屋幽静沉寂,灿烂的阳光划破树阴,照明半个院落。毛泽东在窗前衔烟伫立,望着院内的几株老树和地面上的斑斑树影,心里却在想着我国的台湾海峡和朝鲜半岛的形势。我国台湾岛是一定要解放的,美国企图用第7舰队阻止我军解放台湾是徒劳的。解放战争中,美国出动空军、海军援助蒋介石,结果怎么样?司徒雷登夹起皮包走路,蒋介石龟缩到了台湾。我就不信,一个第7舰队,就能把中国人民吓住。我国政府要表示强烈抗议。始料不及的是,朝鲜半岛的形势突然发

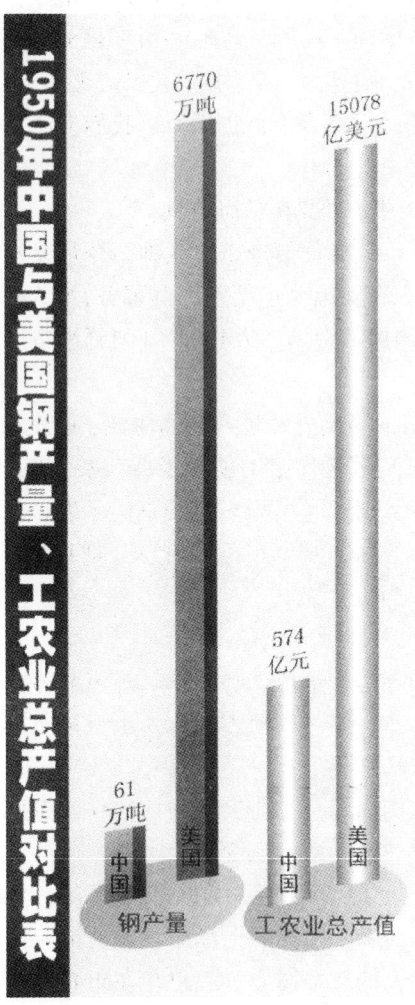

刚刚成立一年的中华人民共和国,战争创伤还未得到医治,财政经济相当困难,在国力上同美国相比差距十分悬殊

生变化。美国必然要借机扩大事态,从中渔利。在东京的麦克阿瑟那个性格,战争狂,他不会不参战。如果美军参战,北方是吃不消的。战火会向北蔓延,一直烧到我国边界。美国在中国失败后是不甘心的,可能从鸭绿江方向入侵我国。然后会让蒋介石从东南沿海进攻大陆。我国的人民政权刚刚建立,蒋介石企图借美国参战在大陆复辟。树欲静而风不止。我国刚刚结束战争,又受到战争的威胁。必须找恩来、荣臻同志研究一下。古语说,未雨绸缪呀!

突然,听到了脚步声。聂荣臻魁梧挺拔的身影出现在他的视线内。毛泽东向书屋的门口踱了两步,对来者说:"你来得正好呀,我正要找你。怎么样,朝鲜半岛情况怎么样?"

聂荣臻说:"不好呀,美国沃克的第8集团军参加了地面战斗。"

毛泽东颔首,沉思有顷,然后说:"朝鲜半岛的形势可能要恶化。城门失火,殃及池鱼。我国人民想休养生息而不能呀。这个形势我们是估计到的。"

聂荣臻忧虑地说:"我国需要有所准备。"

毛泽东注视着聂荣臻,若有所思,说:"不能小看朝鲜半岛的形势。发展下去会很快威胁到我国的安全和远东的和平。而且可能引起世界大战。告诉恩来同志,立即召开军委会,研究加强我东北边防问题,以作未雨绸缪之计,包括研究安排部队调动问题,建立指挥机构以及后勤保障问题。"

毛泽东停顿了一下,又问:"必须尽快派得力部队加强东北边防。你们总参谋部考虑保卫东北边防用哪个部队?"

聂荣臻说:"作战部研究了几次,考虑用现在河南的13兵团的38军、39军、40军3个军以及正在东北的42军。"

毛泽东问:"为什么考虑用13兵团的部队呢?"

聂荣臻说:"这几个部队都是1945年9、10月间最早从山东、苏北根据地进入东北的部队,都是由老部队发展起来的,参加了东北解放战争,气候、地形都熟悉,有在东北作战的丰富经验……"

"这个考虑对,考虑用4野的部队是对的。"毛泽东吮着嘴唇,然后问:"炮兵呢?"

聂荣臻:"炮兵用佳木斯的炮1师,河南的炮2师,安东的炮8师。"

毛泽东听后点点头,说:"战争一旦爆发,很难预料发展到什么程度,什么规模。要立即调整战略重心,抽调部队保卫边防,准备防止东北边境出现的危机情况。一个是调兵,一个是选将。你们好好研究一个方案。现在,还要考虑第二线的兵力问题,做好打大仗的准备,做好进行一场空前军事斗争的准备。我国政府要发表声明,严斥美国政府侵略朝鲜、台湾和干涉亚洲事务的罪行。"

聂荣臻忧虑地说:"主席呀,解放台湾困难加大了,粟裕那边怎么办呀?"

毛泽东交代说:"告诉恩来,一并研究一下。"

二
周恩来主持军委会议研究对策

7月7日,中南海居仁堂院内朝阳初镀,晨曦下,花木葱茏,海棠照眼。

朱德、聂荣臻、林彪、罗荣桓、肖劲光、肖华、刘亚楼、杨立三、滕代远、李涛、许光达、苏进等我军的高级将领陆续走进,在会议桌旁坐下来,大家在小声议论着朝鲜半岛的局势。

主持中央军委工作的周恩来副主席看看各位将帅,说:"今天,美国已组成了所谓的'联合国军',由美国指派司令官统率'联合国军'去南朝鲜协助李承晚作战。朝鲜驻华大使李周渊向我党和我国政府通报了朝鲜人民军与美24师以及南朝鲜军队的战况。现在根据毛主席指示,召开这样一个会议,专门研究朝鲜战争爆发后,我国的国防问题以及支持朝鲜独立统一战争问题。先请李涛部长介绍一下情况。"

李涛迅即站起来,走到地图前,指着地图说:"目前人民军部队在西线和东线的进攻形势十分顺利,正在节节向南推进。金日成同志充满了信心,决心要把美帝国主义赶出朝鲜去。"

周副主席严肃地说:"形势是不容乐观的。朝鲜军队的实力与美国、南朝鲜的实力比较,是不容乐观的。所以毛主席指示我们研究国防问题。古人说,凡事预则立,不预则废。现在北朝鲜军队进展顺利,但要考虑到美军介入以后,会出现极为不利的情况。"

周副主席略停顿一下,又说:"我在见我国驻朝鲜政务参赞柴军武时,对他说过,朝鲜战争长期化很难避免,这会带来影响全局的一系列复杂问题。我让他到任后,要及时了解战场的变化。"

聂荣臻说:"美军有海空军优势,他们一定会在发挥自己的优势方面有行动。"

周恩来说:"将来战局可能要危及我们的国防,东北边境可能出现危机,从保卫国防的需要,从支持朝鲜统一祖国的需要出发,我们要考虑用什么部队加强东北边防。总参考虑用哪个部队合适呢?"

聂荣臻:"我考虑,还是用4野的部队。"

周恩来问:"林彪、罗荣桓同志,你们的意见呢?"

罗荣桓说:"朝鲜的陆地与我国东北毗连,地形、气候差不多。用4野部队比较合适。4野部队在东北时间比较长,熟悉东北的地形、气候、风俗民情。"

林彪:"同意考虑4野的部队。"

朱老总说:"用4野的部队可以很快进入情况。不知作战部考虑用哪几个军,这些军到达东北边防要用多长时间?我看朝鲜半岛的形势发展会很快,那个半岛像一个地瓜,地方不大么。"

聂荣臻说:"作战部有一个初步意见,用现在驻河南的军委战略机动部队13兵团,现在38军驻信阳,39军驻漯河,40军刚刚解放海南岛,正在步行向广州集中,都在战略机动位置。3个军9个师。考虑到3个军的兵力少一些,增加42军。42军在齐齐哈尔以及北安地区。已经同军交部门研究过,40军由广州出发,可于21日到东北;38军、39军16日由信阳、漯河出发,21—25日到东北。42军直接到辑安。这4个军12个师,预计本月下旬至迟月底,可全部到东北边防。同时还有3个炮师,炮1师在佳木斯,炮2师主力两个团在河南,一个团在秦皇岛,炮8师在安东。3个高炮团,是高炮4团、17团、18团均在上海,调安东、沈阳集结。另外,4野再调一个工兵团运安东,一个战车团运本溪,从辽西抽调一个骑兵团。月底全部可以到达指定地点。"

周恩来问:"人数有多少?"

李涛说:"24万人。"

朱老总点点头说:"这是我们的精锐了。38军、39军都是井冈山红军的老底子发展起来的,40军是抗日战争时山东的老部队,解放战争时在东北都是战功赫赫,打过硬仗、恶仗,是经得起考验的。"

周恩来说:"这支部队我们起个名字,可以叫支援军,我与朱老总、林总、罗荣桓同志研究,建议由粟裕、肖华、李聚奎3人组成边防军领导。粟裕为司令兼政委、肖华为副政委、调4野副参谋长李聚奎担任后勤司令。"

"粟裕不是正在组织攻台吗?"刘亚楼说。

周恩来说:"攻台问题得先缓一缓了,东北边防放到第一位了。"

朱老总说:"这里又上升为主要问题了。"

周恩来说:"现在大家考虑,是不是13兵团黄永胜到东北,还是另考虑别的将领?"

罗荣桓说:"朝鲜战争的作战对象主要是美军,美军用的是现代化兵器。黄永胜粗一些,而且最近带了几个干部到香港去玩,影响很坏。我考虑15兵团的邓华去比较合适。邓华善于动脑子,是个儒将。"

林彪插话:"邓华比黄永胜强。"

刘亚楼说:"邓华有谋略,文化水平也比老黄强。"

周恩来:"那就考虑邓华。我看黄永胜也难以胜任。邓华指挥打海南岛打得好。林总,你看政委和副司令的人选?"

林彪:"政委可以考虑13兵团副政委吴法宪,参谋长可以考虑43军军长李作鹏。"

周恩来问其他领导同志的意见,大家都认为这两个人比较合适,于是说:"好,15兵团司令员邓华到13兵团当司令员,与吴法宪、李作鹏组成领导班子。邓华刚刚指挥解放了海南岛,打得好。炮兵仍由万毅同志负责。后勤方面,弹药携带、交通运输、粮食准备、卫生野战医院、担架队、补充兵员等,我们还要开会继续研究落实。你们的意见呢?"

朱老总说:"同意。就这样准备吧。"

聂荣臻说:"关于着装问题,总参意见,参战部队均改穿朝鲜军服,待由朝鲜取回样式后,由后勤部布置赶做。计划每人单衣一套,棉衣一套,此外雨衣、帐篷、毯子及其他作战装备均做适当补充,均由军委后勤部负责。"

周恩来说:"杨立三同志,你与荣臻要碰碰头。"

杨立三点点头,说:"会后马上落实。"

周恩来又说:"我看这样比较稳妥。荣臻同志,把军委研究决定的事项一并报毛主席批准。"

夜幕浓重,虫声唧唧,丰泽园十分寂静。

毛泽东的书房里,灯火通明。

毛泽东仔细审阅着聂荣臻送来的中央军委《关于保卫东北边防的决定》的呈批件。问题接踵而至。新中国刚刚成立,像一个新生的婴儿,帝国主义分子恨不得把我们扼杀在摇篮中,一个是东南沿海方向,蒋介石时时刻刻都想借助美国从弹丸之地的岛上反攻大陆。现在又增加了朝鲜半岛这个方向,严重地威胁着我国的安全。美帝国主义在发动对朝鲜的侵略战争的同时,侵占了我国领土台湾。美国把台湾和朝鲜联系起来,都是出于其在远东遏制所谓"共产主义扩张"战略考虑的。杜鲁门在其6月27日发表的声明中已把他们的战略企图和盘托出,他们侵占台湾,是为了保护太平洋地区的安全和在该地区的美国部队。6月28日,在中央人民政府委员会第8次会议上毛泽东已严正宣告:"全国和全世界的人民团结起来,进行充分的准备,打败美帝国主义的任何挑衅。""杜鲁门在今年1月5日还声明说美国不干涉台湾,现在他自己证明了那是假的,并且同时撕毁了美国不干涉中国内政的一切国际协议。"美国是不讲任何信誉

二　周恩来主持军委会议研究对策

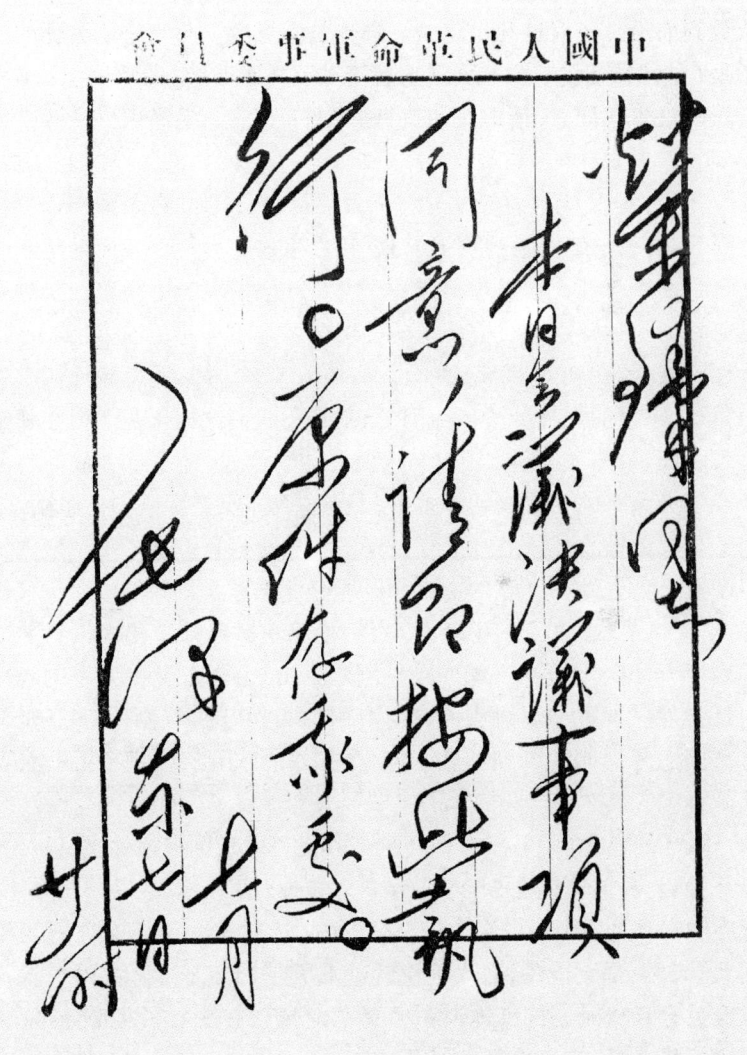

1950年7月7日毛泽东给聂荣臻便函手迹

的,要准备同美国打。古语说,未雨绸缪。军委采取这些措施都是未雨绸缪之计。13兵团这几个军到辽南,颇为合适。必须把能战斗的部队放到前沿。他对这几个将领人选也是满意的。邓华是能胜任的。于是,他蘸蘸墨汁,在一页信笺上龙飞凤舞地批示:荣臻同志:本日会议决议事项同意,请即按此执行。原件存我处。毛泽东 7月7日24时。

随后,他又从桌面上拿过一个大信封,写道:立送荣臻同志。在毛泽东批阅聂荣臻呈批件的同时,周恩来也在台灯下,用毛笔逐字逐行批阅着总参谋部送来的同一个文件。他多次与毛泽东交换过意见,我国与咄咄逼人目空一切的美国较量是不可避免的事情,不在台湾海峡,就在朝鲜半岛。在台湾海峡与美军作战,我军缺乏海空军力量,在东京的好战分子麦克阿瑟,正希望我们这样干呢。但在朝鲜打就不同了,陆地相连,可以与人民军共同作战,还有以苏联为首的社会主义国家的支持。朝鲜多山,地形狭窄,便于我军步兵作战,不便于美军机械化部队展开。我们有信心有能力打好这一仗。但他觉得朝鲜半岛事件不可等闲视之,他缜密地思考着,掂量着,改了很多,又在空行处加了一些内容,然后呈毛主席审批。秘书以特急件送到了丰泽园。给聂荣臻的批件刚刚送出,毛泽东又接到了周恩来的呈批件。他瞅着周恩来密密麻麻的蝇头小楷,不住地点头,觉得恩来同志考虑问题周到细致,办事令人放心,于是,又批示:同意,照此施行。

隔了6年之后,毛泽东在会见苏共代表团时讲起这件事,说:"战争开始后,我们先调去3个军,后来又增加了两个军,总共有5个军,摆在鸭绿江边。所以,到后来当帝国主义过三八线后,我们才有可能出兵。否则,毫无准备,敌人很快就过来了。"1970年10月10日毛泽东会见金日成时还惋惜地说:"可惜那时候只有5个军,那5个军火力也不强,应该有7个军就好了。"

三

在广州第15兵团司令部里

太阳直射,像在喷火似的,树叶打蔫了,狗趴在树阴下吐着舌头喘息。

广州市东山,15兵团总部办公楼内,写字台上的日历翻到了7月9日。

在北平军调处当过叶剑英作战参谋的精瘦干练的司令部作战科科长杨迪手拿文件急匆匆走进邓华司令员的办公室,说:"首长,中央军委7月8日命令,要15兵团机关与黄永胜13兵团机关对换,率领原13兵团的三个军迅即开往东北,并改番号为13兵团。"

被称为儒将的邓华接过命令,看毕,沉思着,把命令递给胖乎乎的兵团政委赖传珠。

赖传珠小声念道:"自7月起,驻信阳的38军,驻漯河的39军,驻广州的40军归13兵团建制指挥。"

正在传阅军委命令时,兵团司令部办公室接到了中南局书记叶剑英同志秘书打来的电话,要邓华、赖传珠、洪学智、李作鹏到叶参座的驻地去。那时大家习惯称叶剑英为叶参座,因为抗日战争时期他当过八路军总参谋长,又参加同国民党的谈判工作,大家就比照国民党的习惯叫他叶参座了。我军渡江战役后,叶参座从北平南下,在赣州召开南方局和第4兵团、第15兵团干部会议,制定了南下解放广东的作战方案。然后,又解放广西和海南岛。老总与将军们之间已结下了深厚的战斗情谊。一辆帆布篷的中吉普已在大门口等着。几位将军放下文件急忙赶到了叶剑英处。他们刚刚在客厅的古香古色的花梨木椅上落座,叶剑英便戎装英姿地走进来,他们几个"噌"地站起来,叶参座用手示意他们坐下,说:"你们都来了。这次15兵团和13兵团领导机关对调,中央是有考虑的。为什么对调呢?我考虑,中央军委建立东北边防军的决策,有深远的战略意义。因为,朝鲜半岛的局势,将来不知道发展成什么样子。也许会引发第三次世界大战。"

邓华说:"我们大家都很忧虑。"

叶剑英坐到正面的木椅上,说:"唇亡齿寒的道理大家是知道的。中国不能隔岸观火,必须预做准备。军委决定成立东北边防军。我们中南局拥护中央的战略决策。中央决定边防军司令员为粟裕,副司令员肖劲光,副政委肖华。13兵团司令员为邓华,政委为吴法宪,参谋长是李作鹏。黄永胜为15兵团司令员。邓华要先行北上……"

几位高级将领神色凝重地注视着叶剑英。

叶剑英微微笑地着问:"怎么样,邓华?"

邓华:"坚决服从命令。"

叶剑英说:"中央要加强东北的边防,有战略上的考虑,是一项战略措施,大家要理解。东北是我国重工业基地,我国工业的一大半在东北。你们几个都是4野的,在东北作战几年,比我更了解。我同意中央的决策。你们的思想也要有个转折。"

几位将领都不住地点头。

叶剑英继续说:"自古以来,建立政权后,保不住政权的不乏其例。毛主席洞察古今,权衡形势,采取这样的措施有先见之明。主席是很英明的。"

邓华说:"美国不甘心丢掉朝鲜半岛,已决定派出海军和空军入

三　在广州第15兵团司令部里

侵朝鲜领海、领空,进攻朝鲜人民军。"

洪学智说:"朝鲜半岛要有大仗打。干脆,我们同邓司令都去算了。"

叶剑英说:"我们这个方向也很重要,是新中国的南大门。边海防还有剿匪任务,海防也很重要。这里也离不开你们。黄永胜很快就到。在黄到之前,洪学智你多负些责任,因为你对这几个部队熟悉。赖传珠同志身体不行,怎么样,最近还好吧?"

赖传珠笑笑说:"主要问题是脂肪上升,已将心脏压缩在偏左方,主动脉扩大。"

叶剑英开玩笑说:"那你这个病号是不能到前线去了。"

大家都跟着笑了。其实,叶剑英让赖传珠负责管理广东省的地方工作,马上也离不开,只能晚一些时候动身。

邓华受命后,感到时间紧迫,对13兵团机关不熟悉,担心战事紧张,机关工作不顺手,影响组织指挥。他经过深思熟虑,请示4野总部和中央军委批准把15兵团机关带去。4野总部奉中央军委命令,批准第13兵团与第15兵团番号和机关对调,开赴东北。

15兵团会议室内坐满了人,肥胖魁梧的赖传珠政委正在向机关下达任务。他说:"朝鲜半岛是美帝国主义必然要争夺的地区。现在,美帝正在增兵朝鲜,为防止其侵犯我国东北,中央军委决定成立东北边防军,非常必要,是一个重大决策。中央军委命令我兵团率38军、39军、40军北上。任务很紧,作战科立即与信阳的38军、漯河的39军、广州的40军接通联络,从今天起要理顺指挥关系,尽快制定出行军计划,指挥这三个军迅速北上。"赖传珠曾任苏北新四军参谋长、东北第6纵队政委,对这几个部队并不陌生。

动员会后,战争的机器立即转动起来了,司政后机关又开了一系列的会,做了一系列协调工作。兵团机关增加了一个新牌子:"车运指挥所。"

大兵团行动,组织协调的工作量大。机关一边动员,一边准备北上。各部队的团、营、连各级指挥员抓紧时间在进行动员和行车教育。

40军刚刚从海南岛撤回，在前往广州的急行军路上。某团长在一片树林里召开动员会，说："上级规定，每人带两天干粮，中途要组织人烧开水，保证喝上开水。每列车确定一人与列车员密切联系。渡江时，在武昌总站下车，至下新河码头上船。"

38军、39军也分别出信阳、漯河上火车，日夜不停一路绿灯地向鸭绿江边奔去。

40军指战员步行到了广州，从广州坐火车到了武昌，然后下车，背着背包，汗流浃背，排着队鱼贯上船。

7月13日上午9时，兵团部作战室一号台电话找邓华本人接电话。邓华拿起听筒，原来是罗荣桓政委。罗荣桓告诉他，军委的任命已发了，你的任务很重，不仅要保卫东北边防，必要时还要渡过鸭绿江，支援朝鲜人民抗击侵略者。邓华觉得自己的血液都沸腾了，千言万语一句话，他告诉罗政委："请军委放心，请老首长放心，坚决服从军委的安排，坚决完成军委给予的新任务！"

然后，他又接到武汉第4野战军司令部一份电报："邓华应迅即北上……"

他急匆匆地下楼、上车，来到叶参座处。叶参座看过电报，说："你是军委点的将，立即交接工作，黄永胜是下午到吗？到后立即交接，北上赴任。军情紧急，要快！"

四

邓 华 北 上

7月25日黄昏,高温酷暑,闷热得人们身上直往外沁汗珠儿。邓华以及13兵团部机关编组4列的北上列车从广州市南站悄然开出。这是邓华的风格。海南岛战役大获全胜,邓华离岛时只带杨迪一人悄然离去。冯伯驹知道后,赶到码头,他们的船已离岸了。这次离开广东,华南分局和广东省市领导一定要到车站送行,他借口军事行动保密,又是不事张扬,与机关干部未惊动任何人上车了。列车像有灵性似的,似乎理解指战员们的心情,一路加速奔驰,所有大小车站一律放行,7月27日拂晓,列车喘着粗气开进4野总部所在地武昌。

武汉三镇如火炉一般,人的身体被热气蒸得直往外渗汗珠儿。

罗荣桓派车把邓华司令员接到4野总部。

邓华来到罗荣桓政委的办公室。

罗荣桓在东北时就完全秃顶了,现在他的脑门上闪着汗珠儿,拿着一个大芭蕉扇子扇着,看着瘦削的邓华说:"任务很重呀,之所以这样,军委和野总才考虑派你去。相信你能完成任务。"

邓华说:"政委呀,我很担心、忧虑呀。"

罗荣桓说:"军委和野总都信任你么。你刚刚指挥解放了海南岛,战役结束才一个半月,对战争不陌生。这几个军都是4野主力,相信能打好!"

邓华笑笑说:"这几个军虽都很能打仗,但都有傲气,我没有在这几个部队任过职。"

罗荣桓一笑:"你怕指挥不了呀?"

邓华:"有那么一点点。"

罗荣桓摇摇头说:"甭担心,都有老传统。你尽管放心,梁兴初、刘西元、吴信泉、徐斌洲、温玉成、吴瑞林、周彪、袁升平,都是战将,在东北你们多次配合打仗,都是服从命令听指挥的。当然有一个磨合过程。集中后,先做好团结工作,把指挥关系理顺。有什么问题多请示东北军区和军委就是了。"

邓华说:"兵团领导还要加强呀,赖政委身体不好,洪学智又留在了广东,人手太少了。"

罗荣桓点点头,说:"野总在考虑这个问题。准备向军委反映。你到北京后,也可直接向军委反映。"

邓华说:"政委呀,我建议15兵团全体指挥干部都去为宜,这包括洪学智、肖向荣、李作鹏、孔石泉在内。我们彼此互相了解熟悉,相互磨合得好,对马上作战有利。如果部队不熟悉,相互工作又不合手,困难就更多了。"

罗荣桓说:"全去恐怕不行,广东方面的任务也很重。"

邓华征询地说:"还必须配一个参谋长,在广东时是洪学智兼的。"

罗荣桓点点头,说:"逐渐配齐。"

邓华满脸冒汗珠,罗荣桓笑笑,说:"武汉是有名的三大火炉之一呀,名不虚传呐!"然后又说:"忘了给你芭蕉扇了。"说着从茶几上拿起另一把扇子,递给邓华。

邓华扇了几下,说:"我还得赶紧回汉口火车站,列车还等着我呢!"

四 邓华北上

罗荣桓摆摆手说:"你不要坐火车了。目前朝鲜战局变化很快,情况也很复杂混乱。据说麦克阿瑟已任命第8集团军司令沃克为联合国军的陆军司令官。美国正在往远东紧急空运兵员和装备。人民军在T34坦克的引导下,作战勇敢,已突破锦江防线,在大田激战。军委已决定让你先去朝鲜了解第一手资料。明天你坐飞机去北京。"

邓华惊讶地看着老政委。

罗政委又说:"外电说,台湾蒋介石向美国表示愿意出兵3个师参加朝鲜战争,而麦克阿瑟想让蒋介石乘机进攻大陆,以从南线牵制我军入朝作战,使我不得不在两个方向作战。据情报说,美国情报局正在台湾训练蒋军反攻大陆呢!"

邓华说:"老蒋还敢上大陆?"

罗荣桓笑笑:"他时刻都在想啊。"

邓华说:"他反攻大陆好呀,我军可以像解放海南岛一样,趁势解放台湾。"

罗荣桓忧虑地说:"朝鲜战争一爆发,形势发展就难说了。"

7月28日,因北京实行空中管制,邓华带着杨迪和警卫员乘民航飞机先到天津,然后赶到天津西北杨村坐火车。当时火车不对号入座,军装也不分等级,邓华将军站在拥挤的旅客之中,谁也没想到这就是指挥解放了海南岛的兵团司令。

车厢里又闷又热,拥挤不堪。邓华在摇晃的车厢里站着,汗水沁透了他的肩后部衣服,但他心无旁骛,想着东北边防,也想着东南沿海,感到年轻的共和国面临的形势严峻。而且我军出兵朝鲜,作战对象不是蒋军了,是美军了。我军同装备精良的现代化、机械化美军打仗,处于劣势呀!有许多新问题呀!他自己也担心,虽然打下了海南岛,不知道到朝鲜怎么样,能不能打胜,毕竟作战对象不同了。

"邓司令,北京到了。"杨迪对陷入深思的邓华说。

他们一行三人步出前门火车站,见到前来接他们的总参管理局接待处的干部,他们住到东四牌楼总参招待所。

作为4野的兵团司令,邓华先去见林彪。

林彪这个人很少同部下寒暄,开门见山地说:"你的任务很重。不像在海南岛作战。现在朝鲜战场局势情况相当混乱,为了准确掌握了解朝鲜半岛情况,军委决定你同4个军的军长先入朝了解情况,你准备一下吧。"

邓华想,目前随兵团北上的就他一个领导,他入朝后,兵团没有领导同志负责入朝的准备工作,就说:"林总,我入朝后,兵团没有领导管理部队了。"

林彪瞅了清癯的邓华一眼。

邓华又说:"我考虑军委可以调洪学智回兵团任副司令员。"

林彪点点头。

从林彪驻地出来,邓华打电话给在广州的赖传珠政委。赖传珠也认为洪去比较合适,只是要与叶参座商量。

"参座恐怕不同意。"邓华担心地说。

赖传珠说:"洪学智近日要到北京汇报工作。"

邓华笑了,说:"他来了就好办了。"

赖传珠笑了,明白邓华想截获洪学智。

邓华说:"洪麻子这个人只要是有仗打,一定会动心的。"

邓华从林彪处回来,问杨迪干什么去了,是不是逛大街去了?

杨迪说:"我哪儿也没去,我把凡是登载朝鲜战争的报纸都找来了,把有用的都剪下来了。"

邓华"哦"了一声,说:"你谈谈对朝鲜战场的看法。"

杨迪在延安王家岭总参作战一局工作过,对军事问题很熟悉。他从在九江组建兵团起就跟邓司令员在一起,很熟悉邓华的脾气,很习惯在首长面前畅所欲言,敢参敢谋敢谈自己的意见。他说:"人民军已逼近洛东江。看来人民军的战略预备队都用上了,后方十分空虚。麦克阿瑟如果在人民军后方实施登陆作战,这比从正面增援有利得多。这是我研究美军在太平洋对日本岛屿登陆作战经验联想到的。如果朝鲜战局急转直下,我军肯定得入朝参战。我们兵团的部队,不用说能打败现在朝鲜的美军两个师,就是再来两个师也不成问题。估计有三个月时间就差不多了。"

邓华听到这里把脸一沉,不高兴了,打断了杨迪的话,说:"你这速胜轻敌的思想是不对的。这种思想恐怕不止你一个人有,兵团的很多干部和战士都有。解放了南方9省,胜利之师最忌讳的就是轻敌骄傲。美军也是二次大战的胜利之师。要时刻记住,我们的对手是美军。要准备同自称天下第一的敌人较量。要准备持久作战。"邓华看着杨迪的表情,又说:"你现在可能还认识不到,我也不勉强你,以后在战争中提高认识吧。"

五

中央电令边防军由
高岗负主责

在中南海菊香书屋密切关注着朝鲜半岛局势的毛泽东见北方人民军发动洛东江战役，集中了人民军全力，分为东线、西线和中线，三路突击，企图一举攻占釜山，收复全朝鲜。但东线没有攻到浦项，沿西海岸突击的人民军第6师占领南部港口延误了时间，没有及时向釜山推进。而美军和伪军则死守洛东江，并已从美国向朝鲜增兵。他对人民军久攻不下，感到很忧虑。人民军有没有这样的实力呢？人民军是没有的。据说人民军内老战士不到百分之三十，有一些是南朝鲜人，未经训练直接到人民军的。闹不好会一败而不可收拾。

事实上，到8月初，美军和南朝鲜军队的作战兵力已有9万多人，而人民军在洛东江一线投入战斗的只有7万人，而且一路南下，经过无数次大小战役，减员严重，已成疲惫之师。坦克只剩下四十多辆，不及美军一个坦克营的坦克数量，炮火也锐减三分之二。

他虽然不能确切掌握前线战况，但觉得有必要在政治局会议上议一议。

8月4日，大家都到颐年堂后，毛泽东让李涛简单介绍了一下洛东江两岸的形势，然后，他说："邻人家发生的事情，应该关心呐。朝鲜人民军已解放南朝鲜百分之九十以上的领土，南朝鲜伪军现在退守在洛东江以东的大丘、釜山一隅。并且俘虏了美24师师长迪安。北方兴高采烈，认为南方指日可下，胜利在握了。你们怎么看？"

未等大家发言，他又说："形势不容乐观呀！我觉得不要头脑发热，不要一厢情愿，头脑要清醒，冷静。"

周恩来说："南北朝鲜实际上是二战以后美苏分治的结果，美国人不会答应北方统一朝鲜半岛。"

毛泽东习惯穿长袖白衬衫，无论多么热，他不穿短袖。这时，他穿着长袖白衬衫，两个袖口的纽扣还扣得严严的。他喝了一口茶，口中还嚼着茶叶，说："还在朝鲜人民军在大田战役胜利后，将全部力量投入发动洛东江战役时，我和恩来就预料到，如果朝鲜人民军打不过洛东江，美军增援部队来了，很可能在朝鲜后方登陆。现在朝鲜人民军已在洛东江打了近半个月了，还没有突破洛东江美军的防御，美国增援的部队已到了日本，人民军从东西海岸迂回的战术都未成功，中线也难突破。朝鲜是个半岛，三面临海，看来麦克阿瑟很可能会用他善于登陆进攻的拿手戏，从朝鲜后方实施登陆作战。这样，一方面可以将朝鲜人民军主力截断，从其后方进攻。同时乘虚向汉城、平壤进犯。如果发生这样的情况，那么朝鲜战局将会急转直下。朝鲜人民军将处于极不利的态势。"

周恩来站起来，走到地图前，指指朝鲜半岛的蜂腰部，说："仁川这个地方离汉城很近，是美军看好的地方。"

仁川位于汉城附近，是一个港口。这个港口航道狭窄，潮汐涨落之差高达30英尺，而且一个满潮期只有两三个小时，如果遇上不利情况，超出这段时间，登陆舰队就会在泥滩上搁浅，失去战斗力。

聂代总长对毛泽东说："这个港对于进攻的一方条件不是很理想。"

毛泽东点点头，说："但仁川离汉城很近，应防守仁川这个重要的据点，以防不测。"

周恩来说："可以给倪志亮发个电报，提醒一下友人。"

毛泽东说:"立即发一个电报。我意朝鲜人民军应该作短暂休整,调整军队的部署,在蜂腰部应部署后备力量。调整后,再接再厉,最后一鼓荡平,彻底解放朝鲜全境。"

周恩来对大家说:"邓华给军委有一个报告,他受命后,仔细研究了朝鲜半岛的形势。他认为,朝鲜人民军战线南伸而延长,美军凭借其海空军优势,在朝鲜东西海岸蜂腰部铤而走险的可能性大为增加。而且朝鲜人民军以弱小的后方留守陆军,阻止美国从两翼而不是正面的陆海空三位一体的登陆作战企图是很困难的。朝鲜三面环海,东、西海岸线长,中间山高林深,给人民军集中带来不便。从现在情况看,朝鲜人民军在洛东江前线决战与东、西海岸的防守,在兵力配备上存在着难以调和的矛盾。毛主席看过邓华的这份报告,认为这个分析很有见地。"

周恩来最后说:"看来邓华与我们的看法是一致的。"

毛泽东习惯地吮着嘴唇,最后说:"如果美帝得胜,就会得意,就会威胁我。对朝鲜不能不帮,必须帮助,用志愿军的形式。时机当然还要适当选择,我们不能不有所准备。"

聂代总长最后又说:"据外电报道,麦克阿瑟7月31日到我台湾岛去了。"

毛泽东抽着烟点点头,说:"我看到材料了。具体谈了些什么不清楚。我看无非是联合蒋介石反攻大陆吧?这表明美国是要与我们为敌到底了!"

聂总说:"外电说,美国与蒋介石之间正在结成联盟。"

毛泽东说:"不知道麦克阿瑟的观点是否可以代表杜鲁门、艾奇逊的观点。这与他们驻联合国大使奥斯汀的言论是不一致的。"

周恩来对聂荣臻说:"告诉情报部,注意收集麦克阿瑟远东军司令部的情报,要作为重点方向之一。"

周恩来考虑3个野战军昼夜不舍驱兵直进的情况下,刚刚确定新的边防军班子人选还未到东北,边防军各部队到东北集中后,由谁来负责指挥部队进行作战准备呢?他考虑只能由东北军区司令员

五　中央电令边防军由高岗负主责

高岗负责。会上,他与聂荣臻商量后报告毛泽东,毛泽东同意,然后,以军委名义于8月5日给高岗同志发出指示:(一)边防军各部现已集中,8月内可能没有作战任务,但应准备于9月上旬能作战。请高岗同志负主责,于8月中旬召集各军师干部开会一次,指示作战的目的意义和大略方向,叫各部于本月内完成一切准备工作,待命出动作战。务使士气旺盛,准备充分,部队中的思想问题必须予以解答。我们当令肖劲光、邓华、肖华参加这次会议。(二)在上述方针下,部队的集结部署由你按情况酌定。38军以调驻四平铁路沿线为利。

后来,东北边防军的指挥机构没有正式建立,边防军部队统归东北军区指挥。

六
聂代总长向邓华交代任务

8月6日,酷热难耐,没有一丝风。邓华将军的衣服被汗水浸透了。他刚刚从林彪驻地回到帅府园,就接到通知,聂代总长要见他。他来不及换衣服,就又上了车。来到居仁堂楼前,从小车上下来,走进聂荣臻办公室,敬礼:"聂总。"

聂荣臻从办公桌后站起:"啊,是邓华。"

邓华:"我接到命令,马不停蹄就赶来了。"

"来得好,来得好。"聂荣臻边说,边走到沙发前坐下,"朝鲜半岛形势突变,毛主席决定成立东北边防军。军委考虑你们兵团部到东北边防是经过慎重考虑的。15兵团与13兵团机关对调也是应该的。"

邓华不住地点头。

聂代总长继续说:"你是林总、罗总点的将。你对东北情况是了解的。你去东北是合适的。"

邓华谦虚地说:"只怕我不能胜任。"

这时秘书进来送文件,放到写字台上,出去了。

聂荣臻说:"13兵团部设在安东。你要迅速到13兵团去,把作为我军战略预备队的这个兵团抓紧时间训练好,做到招之即来,来之能战,做好战争的一切准备工作。这几个部队都是我军的老部队,是我向毛主席、周恩来建议的。"

邓华:"聂总呀,现在部队的状况可是不尽如人意。"

聂荣臻"啊"了一声,表示疑问。

邓华说:"4月份,中央军委、政务院决定精简部队,复员100多万人,争取国家财政经济形势好转,减少军事开支。现在部队正在落实中央的决定。从目前的560万减到400万,各方面的工作很繁重,很复杂。部队的主要军政领导精力都集中到复转工作上了。"

聂总点头,说:"是呀。正当我们适应财政经济形势,大量裁减部队的时候,朝鲜半岛形势突然发生了变化,爆发了战事。"

邓华说:"我国解放战争一结束,部队和平思想就滋长了,战斗骨干都转业了。尤其是团营连干部转业的多,有的干脆变成生产部队了。都想老婆孩子热炕头了。"

聂荣臻说:"你们现在,一是要让部队转弯子,回到准备打仗的轨道上来;二是要健全组织,配好战斗骨干。各部队迅速把团营连干部配齐配好;三是边教育,边训练;四是人员武器装备的补充要抓紧,包括后勤保障方面的问题都要理出来,报军委研究决定。总之,时不我待,抓紧,再抓紧。"

"我想要一个人。"邓华说。

聂荣臻问他:"你要谁?"

"洪学智。"

聂荣臻感到突然,问:"他不是在广东另有任务吗?剑英同志不是把他留下了吗?"

邓华说:"我觉得他到东北比较合适。我们两个很合得来。"

聂荣臻沉思着瞅着邓华,然后说:"这件事,你同林总、叶司令商量去。另外,你还要等一等,毛主席、朱老总还要跟你谈谈。"

邓华正在军委招待所小憩,忽报毛主席召见,他立即随同前来传令的叶子龙驱车前往中南海。

在延安的窑洞里,毛泽东曾同邓华作过长谈。在井冈山时期,他就认识邓华了。

"海南岛一仗,要是晚打两个月,很可能变成第二个台湾。"毛泽东像穿军衣一样,整齐地穿着白袖长衫,感慨地说。

邓华说:"是这样,主席。"

毛泽东知道邓华是个老烟客,递给他一支烟。待他点燃后,提高了声调说:"军委决定你到13兵团去。你这次到东北,任务是保卫东北边防,要准备同美国人打仗,准备打前所未有的大仗,还要准备他打原子弹。他打原子弹,我打手榴弹。抓住他的弱点打。就是要用手榴弹,打败他们的原子弹!"

邓华边听边记,兴奋地回答:"是的,主席。美军最怕的是联络切断、分割、包围、打近战、夜战。你打你的优势,我打我的优势。"

邓华善于思考问题,从受命以来,他研究了许多美军资料,也研究了人民军在洛东江的形势,有许多具体的想法。这当然使毛泽东高兴。他微笑着点头,强调说:"我还是那句老话,在战略上藐视他,当作纸老虎;在战术上重视他,当作真老虎。"

毛泽东最后交代说:"8月内可能没有作战任务,但应准备于9月上旬能作战。我们刚刚给高岗拍了电报,要他们于8月中旬召集边防军各军师干部开会,指出作战的目的、意义和大略方向。务必在本月内完成一切准备工作,待命出动作战。你和肖劲光、肖华他们去参加这次会议。"

从中南海出来,邓华一腔忠勇的热血在沸腾,暗暗发誓,哪怕马革裹尸,血洒半岛,也要把仗打胜!绝不能辜负毛主席和中央军委的重托!

邓华每天都在杨迪从4野要到的1:100万的朝鲜地图前密切注意研究朝鲜半岛上的军事形势。自从朝鲜人民军发起了洛东江战役,人民军主力已全部逼近这一地区,判断可能是企图夺取釜山,将敌人歼灭或赶出朝鲜。

美军在釜山防御的兵力有两万多人,其中有25师,第1骑兵师,

六　聂代总长向邓华交代任务

一个海军陆战旅,第5团战斗队,两个中型坦克营,还有停泊在朝鲜海峡的航空母舰"西西里号"和"培登海峡号",还有两个海盗式战斗机中队。7月29日,美军第8集团军司令沃克中将已到朝鲜尚州美军第25师师部,扬言:"要就地死守……为争取时间而斗争……不能再有敦刻尔克的出现(指第二次世界大战时英军自法国撤退的地点),也不能有巴丹的再版(指第二次世界大战时,太平洋战争初期,麦克阿瑟率部撤出菲律宾的地点)。"这表明美军要依托洛东江固守待援。人民军东西海岸两线以及主力军团在大丘方向都攻不动了,时间拖下去,麦克阿瑟会有反扑行动。这员老将虽然70岁了,但雄心不减。他当过西点军校校长、美国陆军参谋长,二次大战时指挥盟军在太平洋地区对日作战,军事生涯有52年之久,有丰富的两栖作战经验,是一个不服输不服老的倔强人物,下一步他会有新的行动,改变战场态势。这家伙还做蒋介石的工作,台湾蒋介石向美国表示愿意出兵三个师参加朝鲜战争,而麦克阿瑟想让蒋介石趁机进攻大陆,以牵制我军入朝作战。

邓华敏感地意识到,现在美军和南朝鲜的败退之敌正依托洛东江进行筑城防御,如果人民军强行实施渡江进攻,成功的把握极小。

他理解北朝鲜人的心情,想速战、速决、速胜,把战略预备队都用上了。朝鲜是一个半岛,三面环海,麦克阿瑟很有可能利用其海空军优势,将新调集的部队用在朝鲜后方实施登陆作战,截断朝鲜人民军的后路,这比直接把部队输送到釜山从正面抗击人民军有利得多,况且现在釜山港已拥挤不堪。

同时他知道,13兵团的这几个军都有骄傲情绪,胜利之师么,但应该对部队进行教育。轻敌速胜的思想是不对的,也是很危险的。这种轻敌速胜的想法,在很多干部和战士中都存在。以为打败了国民党800万军队,把蒋介石赶到台湾,我们就了不得了。胜利之师最忌讳的就是轻敌骄傲。美军是第二次世界大战打败德、意、日法西斯军队的胜利之师之一,美国又是头号帝国主义,他们打着"联合国军"的旗号,纠集16个国家出兵朝鲜,来者不善。况且,他们在海空军方面占有绝对优势,陆军装备和火力也比蒋介石"五大王牌军"强得多。各级部队要时刻记住我们的对手变了,要准备同自称天下第一的敌人较量,绝对不能有轻敌速胜的错误思想,要像抗战打日本侵略军一样,准备持久作战。否则,我们就完不成作战任务!

他现在每天到军委去,同军委首长研究朝鲜战局、我军开到东北后的任务、各军干部调整配备、人员武器装备的补充、部队的政治思想教育和军事训练,以及在什么情况下入朝作战等问题。他脑子里想的就是这些各种各样的问题该怎么办。他交代杨迪仔细研究一下美军和我军编制装备的对比,熟悉朝鲜地形,多掌握些朝鲜战场敌友双方的情况。

七

洪学智进京汇报

时值盛夏,骄阳似火。

8月9日,洪学智在蒸笼一样的车厢里一路摇晃着来到北京。叶剑英派他到北京是向军委请示广东军区同15兵团合并事宜的。洪学智从去年2月南下离开北京一年多,北京发生了天翻地覆的变化,成为新中国的首都,再也不是旧北平了。

前门火车站破烂不堪,闷热得像个罐头盒似的。洪学智热得满身大汗,汗水顺着脸颊往下流。在火车上呆了两天,洪学智生了一身大白疱疮。此时,不少疱蹭破了皮,流着白色的浓水,汗水一浸,又痒又疼。他走下火车,正在站台上轻轻擦拭白疱疮时,忽然听见有人在背后大声地叫:"老哥(湖南的习惯语)!"

洪学智一看是邓华,眼睛中露出一阵惊喜:"是你呀!"

两个人激动地手握到了一起,右手使劲儿地摇,左手还拍打着对方。

他们是老战友、老伙计了。1946年在沈哈线上,从铁岭开始节节抗击国民党的孙立人新1军、廖耀湘新6军、陈明仁71军等。林彪在前线指挥,邓华和洪学智在林彪指挥部里当大参谋(洪学智开玩笑地说当"听用")。保卫四平,铁与火的锤炼,他们两人在前线指挥,结下了深厚的战斗情谊。从四平城撤出,他们二人带着警卫员,坐汽车一路北撤到农安,又从农安坐铁路上的轧道车到了白城,与黄克诚、陶铸会合到一起。途中,在前郭旗,刘震让他们吃了一顿面条,特别解馋,印象深刻。以后,他们两人又被林彪委以重任,洪学智是6纵司令,邓华是7纵司令,在松花江畔,四平城下,辽西走廊,一起配合作战。1948年4野南下,在九江成立15兵团时,邓华任司令员,洪学智任第一副司令员兼参谋长。尔后,在湘东赣西打"广西猴子",深山巨壑,天雨难行,兜了几次,没兜住敌人,"广西猴子"主力向西窜去。他们解放了江西,然后拉开粤战序幕,10月16日夜,他们一起乘坐中吉普进入珠江边上还有零星枪声的国民党蒋介石的最后一个巢穴广州市。岁月峥嵘,天移地转。5月初,刚刚结束海南岛战役,7月初,中央调邓华担任了13兵团司令员。这不是,才几天,老哥们儿又在北京见面了。

洪学智纳闷地问:"伙计,你不是到东北去了吗?怎么还在这儿泡蘑菇呢?"

邓华眨着眼睛微笑着对他说:"我还没去呢。"

洪学智:"怎么还没走?不是说任务十分紧急么?"

邓华诡谲地说:"我不走当然是有事情了。"

洪学智问:"你到车站是接谁的?"

邓华:"接你呀?"

洪学智瞪大眼睛:"接我?"

邓华神秘兮兮地说:"是呀,老哥,你来得好啊,来得非常及时啊!"

洪学智摸不着头脑,问:"怎么了?"

邓华说:"有很重要的事情,一会儿林总要同你谈。"

洪学智惊愕地问:"林总同我谈什么问题?"

邓华笑着说:"军机现在还不能泄露。"

"不知道你老兄鼓捣什么?"

七 洪学智进京汇报

"你肯定高兴。会动心的!"

洪学智又问:"你怎么知道我今天到北京?"

邓华说:"我鼻子下面长着嘴,不能打听吗?好了,你别没完没了地问了,快上车吧。"

说罢,邓华拽着洪学智上了一辆美式吉普车。

炎炎烈日在喷着火,街上行人很少。

吉普车在北京的大街小巷里左拐右拐,到了林彪的住处,已经是快近中午了。午饭已摆到桌子上,米饭和几盘小菜。

林彪的客厅有电扇在摇,又是在一层,感觉凉快一些。

洪学智同林彪初次打交道是1945年冬,出山海关,在一个小山村江家屯。林彪指示新4军3师迅速截击长驱直入锦西的石觉13军和赵公武52军,黄克诚派洪学智先向林彪汇报3师部队的情况,这以后他就当了林彪麾下的纵队司令员。

林彪见到洪学智,省去一切寒暄,微微一笑,淡淡地说:"先吃饭。"

他们三个人坐下,林彪一边吃饭,一边对洪学智说:"洪学智同志,东北边防工作需要你。军委已经决定了,你到东北去。"

"我?"洪学智听了一怔,惊讶地问:"班子不是都定了吗?我去能有啥用呢?"

林彪说:"让你去,自然是要你去发挥作用。今天邓华同志就要出发到朝鲜了解情况,现在13兵团几个军已经在辽南一带布防了。邓华一走,很多工作忙不过来。你得赶快到东北去,赖传珠、解方带机关可能已经到安东了。吃了饭就走,火车票已经弄好了,马上就走!"

邓华接着补充说:"我留在北京没走,第一因为中央决定让我先入朝鲜了解一些情况,我还要组织几个人,还要研究一下怎么去了解。第二就是想等着你来。"

洪学智问:"怎么非得让我去不可?"

邓华马上反问洪:"怎么非得你去不可?机关和部队你都熟悉,你不去,谁去?老哥,什么也甭说了,吃完饭,一块儿走吧。"

洪学智一听马上就走,神情焦急地说:"林总呀,我是共产党员,我服从命令。可是叶参座交给我的任务怎么办?让我来请示15兵团与广东军区合并问题的,我是不是先回广州,去把这个任务交代一下,再去东北呢?"

林彪说:"不行,来不及了。现在朝鲜战局很紧张,加强东北边防十万火急,叶司令交给你的任务,你打个电话或写信同他说一下,军委已考虑另选人接管你的工作了。你到13兵团任副司令,方强接你那摊工作。"

洪学智说:"我一点思想准备也没有,连换洗衣服也没带,怎么也得回去拿几件换洗衣服吧?我现在还长了一身大疱疮,也得回去治治呀!"

林彪说:"那没关系,衣服你到东北那边找几件吧,大疱疮你也到那边去治吧。"

林彪微微一笑,看着他的两个部下走出客厅,便回到办公室给聂荣臻写了一封信:"本日我已在电话中与谭政同志商量,他对洪学智去东北无意见,只洪本人同意即行。洪同意去东北任13兵团副司令员职务,本晚即随邓华去东北开会。现在须请军委正式任命洪职务(13兵团第一副司令),并任命方强接替洪学智为广东军区副司令和南海舰队司令,此任命电令请嘱军委办公厅下达。并要方强即动身来北京开海军会议。"

洪学智从林彪的客厅出来,心里觉得来北京汇报广东军区同15兵团合并事,没汇报成,反而不辞而别,到东北去,此事对叶参座真是不好交待。我怎么给叶参座说呀?这样想着,来到秘书办公室,用黑色的一号台给叶参座挂通了电话,说:"叶司令,你交待的任务,已经向林总汇报了。但军委决定我去东北。广州那里的工作,请你另选别人接管。"

叶参座一听急了,说:"怎么回事,是你自己要求去的?"

七 洪学智进京汇报

洪学智急忙说："不是,看样子是林总同聂总、中央军委早就研究好了的。"

叶参座说："我这边哪有人?你先回来再说么。"

洪学智说："林总不让我回去了,让我今天就去东北,火车票都买好了。详细情况电话里不好说,我再给你写一封信。"

叶参座听了后,说："既然军委已经做了决定,那你就去吧。"停了一会儿他又说："早知这样,我就不让你去北京了。"

洪学智笑了,说："这件事事先我也不知道。"

放下电话,洪学智坐下,当即给叶参座写了一封汇报信。

火车好像也了解朝鲜半岛和东北边防的形势似的,"轰隆隆"飞速前进着。但路基不平,车身摇晃得很厉害。

邓华一边抽烟,一边哼着京剧《三堂会审》。

洪学智说："我困了。"便自个儿躺在了卧铺上。可他眼睛睁得大大的,怎么也睡不着,辗转反侧,想着心事。

邓华瞟了洪学智一眼,看出了他的心事,心里觉得好笑,说："老哥,别瞎想了,让你下关东,是我向军委和毛主席建议的。"

说完,邓华笑了。

洪学智接着也笑了,说："老兄呀,你真不愧是善于谋略的'阴谋家'呀!"

他们两个聊啊聊啊,一直聊到精疲力竭,两个人都在火车的"咣当"声中昏昏睡去。

深夜,漆黑,冷清。

载着我军东北边防军指挥官的列车到了沈阳站。

下车后,东北军区接站的军官把他们送到了原日本占领时的"大和宾馆"。

宾馆的条件很好,有澡盆、卫生间、沙发等。洪学智风尘仆仆,身上黏糊糊的,很难受。他先痛痛快快地洗了个澡,换了换衣服,觉得清爽多了,人也精神多了。沈阳天气凉爽,虽是8月天气,但已是凉风习习,他身上的白疱疮顿时好多了。

清晨,高岗和东北军区副司令员贺晋年到宾馆来看望他们。

解放战争在东北时,高岗是东北局常委、东野副政委。贺晋年先是11纵队司令,后是骑兵司令,再后来是15兵团副司令员,大家都熟得很。

高岗笑着说:"朝鲜局势,让我们又在东北见面了。"

邓华说:"军委明确了,东北边防一切问题都听高司令的。"

洪学智说:"高司令决策,我们落实。"

高岗说:"今天,我们军区常委先开个会,邓华列席一下。明天,我们召开师以上高级干部会。会议结束后,你们立即到部队去,把4个军以及几个炮团的驻防、教育、训练,以及朝鲜半岛美伪军的动态侦察等问题,都安排好,马上落实。一大堆工作,千头万绪,都等着你们呢。"

邓华说:"高司令,部队新来乍到,许多问题必须军区给解决。"

高司令说:"军区是你们的大后勤,有问题及时提出来,千方百计解决。"

贺晋年盯着洪学智问邓华:"你怎么把老洪抓来了?"

邓华说:"他呀,是自投罗网。"

几位将领哄堂大笑。

八

战将们心中的忧虑

8月11日,沈阳天高云淡,东北军区会议室内清幽凉爽,13兵团在沈阳第一次召集各军的头头开汇报会。

司令员邓华、副司令员洪学智、参谋长解方、政治部主任杜平以及38军军长梁兴初、政委刘西元、39军军长吴信泉、政委徐斌洲、40军军长温玉成、政委袁升平、炮兵副司令员匡裕民、政委邱创成等高级将领重新聚首,百感交集,握手、拥抱、拍肩,高声谈论,放怀大笑,气氛十分热烈。

邓华喜滋滋地看着这些老战友们,高声喊道:"开会了,老战友见面热闹得很呀。"

他停顿了一下,然后说:"我在北京时,军委首长要求我们兵团8月份将战前准备完毕,9月份待命出动。这就要求上上下下迅速行动起来,认真筹划,严密组织,抓紧进行准备。今天召集大家,汇报一下部队从中原调防东北以来的思想情绪、武器弹药、人数、干部、供应、运输等情况。请你们摆出问题和困难,也要拿出解决办法。你们谁先汇报?"

38军军长梁兴初将军开了第一炮,说:"我军在河南搞生产,军事都快废弛了。"

杨迪工作日记中 1950 年 8 月 11 日的军事会议记录

梁兴初此言一出,语惊四座,众位将军有的惊诧,有的会心点头。

梁兴初又说:"我全军分散在300里地区内。从接受战斗任务到集中只给一个星期,时间太紧急,根本来不及搞政治军事动员。说实话,我们全军从汉口出发才提出了'保卫国防,反对侵略'的口号。"

吴信泉等人附和地说:"是呀,是呀,太紧急了。"

邓华问:"士气怎么样?"

梁兴初答:"士气么,还马马虎虎。老部队么,传统在么。一说打仗,谁不动心?况且,绝大多数干部、战士是东北人,听说美帝国主义要打到自己家门口了,为了保国保家,这股情绪很快就上来么!"

邓华一笑,说:"好么,你继续谈。"

梁兴初说:"在河南搞生产时,按照中央裁员的决定,战争机构被打乱,一部分官兵转业复员了,后勤机关解散了。现在马上要恢复,没有人呀。团以上干部百分之九十调动了,一个团只有一个老的,营以上的干部已调动四百多……"

邓华听了,大为惊讶。我们这个部队靠的是骨干,有骨干就可以带好部队,带出作风,带出战斗力。在东北时,打了那么多恶仗、硬仗、大仗,靠的就是代代相传,层层相继的老骨干。战争是打不完骨干的,骨干是层出不穷的。一场战斗下来就是骨干。没想到搞生产呀!他同洪学智互相看看,点点头。洪学智说:"没想到部队搞生产仅仅两个月,就变得这样涣散!"

邓华说:"这次裁员160万,对战斗力影响太大了!伤筋动骨了!不该走的,都安排走了!"

杜平说:"大家对形势认识出现偏差,以为战争胜利了,和平了,没有战争了,要搞生产建设了。有点'刀枪入库,马放南山'的味道,思想要好好转弯才行。"

梁兴初接过话:"我们安排,8月10日前,政治思想教育。8月10日后,进行军事教育。"他继续汇报说:"班搞三三制及地物地形利用,营、连、排干部搞一点两面,团以上搞合同战术。"他瞅瞅匡裕民说:"我们不是有炮兵么!"大家都笑了。

邓华说:"军事训练分为三级是对的。我们在东北积累了许多很实用很有效的战斗经验,要赶快温习,要赶快捡回来,都是宝贝!"

"最大的问题是现在的炮大都拖不走,全军缺马454匹……"梁兴初提高嗓门喊道。他在进军东北时是1师师长。在他的指挥下,1师部队参加打了许多胜仗,比如秀水河子、其塔木等,都成为战争史上的著名战例。他在全军是闻名遐迩的战将。大家都喜欢他这种直性子。

"怎么办?"邓华回头问洪学智。

洪学智习惯性地摸一下脸,说:"只能找东北军区。东北马多么,接收的马场也不少,应该不成问题。"

邓华说:"38军到这儿了。39军呢?吴军长。"

吴信泉是苏北新四军3师的,吴当时是独立旅旅长,到东北后,为39军军长,也是一员战将,很能打的。这时,他翻着一份材料说:"我军3月4日由大西南到河南,战争结束了,4个月来干部调动的有两千多,原来的团长只有三个了,原来的营长一个也没有了。"

邓华与洪学智四目相视良久。可惜呀,可惜,战争骨干!

战争结束后,和平生活的思想时时处处表现出来了。

洪学智惊讶地问:"这么严重呀?"

吴信泉说:"可不是。战争机构打乱了,进入和平了,后勤、医院、担架都取消了。我现在就担心营、团骨干问题,要是我那些团长、营长都还在部队,我还怕什么?"

大家都笑了,老吴说出了将领们的心里话。在东北战场时,39军打了许多攻坚的硬仗,比如怀德等攻坚战斗,也成为著名战例。靠的就是这些骨干。

邓华沉思着说:"这就是部队的现状,和平思想对部队影响太大了。为了适应朝鲜战争的形势,看来部队还必须扩编,不然怎么能行呢?"

吴信泉又汇报了39军现有的编制,然后说:"要解决的问题很多呀,炮鞍具要补充 160 个,马匹要补 1800 匹,枪衣炮衣 1200 个,缺编问题十分严重。"

邓、洪、解、杜都瞠目地注视着吴信泉。他同梁兴初一样,说的都是实话!这就是战将们的风格。

朝鲜战争是一场现代化战争,将成为美英等国新兵器的试验场。兵力动员之大,投入兵种之多,兵器消耗之巨,战斗厮杀之激烈,都将是空前的。可部队的现状却令兵团领导们焦虑和忧心。

"提几条建议,"吴信泉说,"一是要请苏联军官给各部队作报告;二是兵团首长派飞机、坦克配合部队演习,主要是演习合同作战的战术问题;三是装备问题,需要补充 99 式爆破筒和美式炸药,军、师要配属防空武器,电话要配到团……"

邓华表情严肃,沉思着点点头。

洪学智催促说:"温军长,该你了。"

温玉成在东北时是独立 2 师师长,张池明是政委,经常独立执行总部给予的战斗任务。这时,温玉成军长说:"我军同以上两个老大哥军的情况大同小异,基本上差不多。部队进行的政治教育,计划 8 月 15 日前结束。从教育情况看,还存在一些模糊思想:一是怕飞机;二是怕原子弹,有恐慌情绪;三是怕引起第三次世界大战,认为没有理由出兵;四是有急躁情绪,认为美军好打,赶快打,打完美帝,好回家结婚、抱儿子。两亩地一头牛、老婆孩子热炕头。"

将军们都点头笑了。就 4 野部队来说,入关南下部队唱歌就有"打败老蒋好回家",家里有土地了,回家享受土改的成果。

这就是指战员们朴素具体的生活目标。

温玉成又说:"我检查了一个连,全连 104 人,愿意打仗的 48 人。中间的,打也行、不打也行的,32 人。有消极情绪的 24 人,其中一人是党员,主要是怕美国的飞机,怕美国的原子弹。有的是考虑战争的责任问题,甚至对友军的力量有怀疑……"

温军长的汇报有情况,有分析,有归纳,真实,尖锐。

邓华听到这里,扫视了一下参加汇报的将领们,问:"温军长说

朝鲜战争期间中美两国陆军师编制装备对比表

	美军陆军师	志愿军前期编制①	志愿军后期编制②
步兵团	3	3	3
炮兵营	4—5	2	3
坦克营	1	0	0
坦克	149	0	0
榴弹炮	72—90	0	12
无后座力炮	120	0	45
高射炮	64	0	0
70mm 以上迫击炮	76	42	42
步兵炮、山炮	24	24	27
火箭筒	543	27	0
装甲车	35	0	0
汽车	3800	0	12
无线电通信机	1600	20	1.3
人数(万)	1.8	1.3	

①志愿军在运动战阶段各军师编制不统一，此表按照当时装备最好的原第4野战军的部队统计。

②指1951年春季更换苏式装备后的部队编制。同年秋天以后志愿军全军部队基本完成换装和统一编制。

的这几种思想,是不是有些代表性呀?"

梁兴初、吴信泉等将军都点头:"有代表性。"

邓华自语说:"怕飞机、怕原子弹和怕引起世界大战。"

洪学智说:"我看杜鲁门甩不了原子弹。"

温玉成说:"当然甩不了,他的第8集团军部队已进去了,怎么甩?甩了,大伙儿同归于尽。"

洪学智说:"对我军造成威胁的主要是空袭。"

温玉成说:"飞机、大炮。"

洪学智问:"38军怎么样?"

梁兴初说:"40军的这几种思想比较典型。38军部队也存在这几种思想。比如说怕引起世界大战,怕破坏国内的和平建设,这些思想比较普遍。"

温玉成:"我们打算拿出一些时间集中搞好教育。"

梁兴初:"现在下一步主要是要搞好勇敢不怕牺牲的传统教育。"

邓华作为13兵团司令员对这三个军的现状很忧虑。一是干部问题,即战斗骨干流失太多;二是装备缺编太多,尤其是重武器;三是部队思想混乱,必须尽快回到战争轨道上来。这些问题需要向高司令汇报,能解决的尽快解决,不能解决的要报告军委。现在首先要提高部队的士气。大战在即,必须尽快转弯子呀。他接过话头说:"我看梁军长说得对,还是要发扬我军的光荣传统。我军历来是同比我们强大的敌人作战的。敢于打大仗、硬仗、恶仗。大家回忆一下各军的战史,看是不是这样?红军时期,抗战时期,解放战争时期,是不是这样?我们刚刚到东北时,开始是石觉的13军、赵公武的52军,以后又是蒋介石的王牌军新1军、新6军等。这几个军都是美式装备,骄狂得很!最后怎么样?还不是都当了我们的俘虏?我看,美军的战斗力同这几个军的战斗力差不多,强不到哪里去。你们看怎么样?"

梁兴初直言快语,说:"我同意这个估计。美军也不过就是新1军、新6军的战斗力。就是比新1、新6强一些,我看也没什么了不起!那些老爷兵、少爷兵有什么了不起!听说美军的师团新兵很多,也没怎么训练。在日本生活那么好,到朝鲜那地方能行?"

温玉成说:"他们远涉重洋,战斗力还打折扣呢。"

吴信泉说:"怕他个屌!"

洪学智插话说:"我军历来是以落后装备战胜先进装备。在东北时,还不是这样?我看,美军比207师的学生军强不到哪里去!"

邓华继续说:"现在,战争迫在眉睫。各部队要抓紧搞好思想教育,要讲清道理,要进行保家爱国的教育,要搞好防空知识教育。据说在东海岸人民军白天行军,被美军飞机一天就炸死600多,师长都死了。所以,要懂怎么防空,怎么躲飞机轰炸。仗打起来,我们空军有一些,但不如美军多。要说原子弹,要给大家讲清楚:原子弹是战略破坏武器,不是战役战术武器,不能直接使用于战场。他们的军队已在朝鲜半岛,怎么能甩原子弹?除非美军不到朝鲜半岛,像在广岛、长崎那样,是不是?"

他扭头瞧着洪学智,洪学智点点头说:"杜鲁门不敢甩。"

温玉成看了他们一眼,说:"是呀,我们也估计甩不成。他甩了原子弹,就不能占领了。"然后,他又汇报说:"我们40军现在46926人,其中朝鲜族900人。各类装备缺编数额很大,马匹要补600匹,电话到营缺一个师的……"

"你们军朝鲜族人有900呀?"邓华惊讶地问道。

温玉成:"是呀。"

洪学智:"3纵在南满作战时间长,大概朝鲜族参军的不少。"

邓华说:"在东北解放战争中,朝鲜族人民做出了贡献。"

洪学智接着说:"我们6纵原来就有一个156师,邓克明的师就是朝鲜族战士组成的师。在东北时,我们4野也有几个朝鲜族战士师呢。后来这个师回朝鲜了。"

邓华觉得时间不早了,问:"匡司令,谈一下你们特种兵的情况?"匡裕民副司令员也是4野的,所以同邓、洪等都很熟,他说:"我们是3个师11个团,32100人,缺编3000人。现在一方面是装备缺编较多。兵缺炮手、驭手,电话线缺二百多公里……"

邓华截住他的话说:"你把数字给作战科杨迪。"

匡裕民点点头,然后说:"另一方面是技术状况不好,由于搞生产,把技术丢了。我们从8月7日起布置了一个月的军事技术学习,要求部队尽快把单炮动作搞熟练。"

"要狠抓干部的技术训练,不然到战场上要吃亏。"洪学智提醒他说。

匡裕民回答说:"调了94个连队干部集中起来搞训练。"

洪学智感兴趣地问:"怎么样?"

"有18个人不行。"匡裕民说,"如果训练不出来,准备调换。"

解方说:"要从难从严,不能客气。战术、技术一定要搞熟练,尤其合同作战的战术问题,每个分队都要很熟练。还要防轰炸,保护自己。这些问题基层干部一定要很熟练。"

邓华说:"各军各师要研究怎样加强我军的炮火,以适应有现代化装备的美军问题。一是部队要加强反坦克炮及火箭炮;二是炮要往下推一层,加强基层的火力;三是朝鲜地形是多山地,多水田,多沟壑,要研究此种地形怎样保持机动问题。老匡,你们炮兵要好好研究这个问题。我们在东北时,炮火还有把我们第一梯队打了的情况。你们要好好训练战术配合问题。"

匡裕民说:"我们计划60式火炮下到连,每连3门,轻机枪每个连从6挺逐渐增加到9挺。加强基层的火力配备。"

梁兴初听到这里插话:"如果按老匡的算法,轻机枪每连按9挺,那么我们还缺243挺,60式火炮每连3门,缺135门。"

吴信泉喊:"我们也缺得多了。"

邓华说:"还是老梁反应快。我看,具体数字没必要谈了,我们先这样确定,然后由作战科统计一下数字,向高司令反映。请高司令给解决。"

匡裕民继续说:"计划团迫击炮分到营,每营3门,至少2门,逐渐补充到3门。重机枪6挺。火箭筒放在营,每营2门。团是92式步炮补齐,成立重迫击炮连。师成立火箭炮连。军成立战防炮营,4个连队。"

邓华沉吟了一会儿,摇头,说:"重武器到基层不方便,师以下要保持高度机动。重装备我考虑还是放在军里为好。老洪,你考虑呢?"

洪学智说:"我同意你的意见。重装备下放到基层不便于部队机动。朝鲜的地形有些像南满。"

邓华接着说:"每个军可以有三个炮兵营,一个战防炮营,一个火箭炮营,一个重迫击炮营。杨迪呀,你计算一下,列出一个表来。"

杨迪点点头,迅速在本子上记下来。

"还有一个到战场学习的问题,"解方说:"现在就要马上行动。"

邓华扭头对解方说:"这个也交给作战科安排,要有计划地安排兵团机关各部门、各军秘密到朝鲜前线去。"

杨迪嚷道:"已经安排好了。"

"你说说。"解方催促道。

杨迪说:"第一批,兵团去37人,每个军去16人。"

解方问:"各个师呢?"

杨迪回答:"军里自己分配。"

解方回头对邓华说:"那就先这样办。"

邓华说:"按这个人数,马上落实。"

九

第13兵团高层动员大会

8月13日,沈阳天气转凉,肖劲光、肖华、赖传珠也来到沈阳,大家见了面,通报了情况。这时候,人民军第4师在洛东江与南江汇合处一带英勇机智地突破了沃克的洛东江防御圈。人民军东线第5师也一度到了东海岸的浦项洞。但美军登陆部队大为增加,补充了美军防御体系的空缺,美国国内还在紧急征兵。在防御圈内,有釜山、大丘、庆州的铁路环线,使沃克的兵力机动很方便,运输给养和武器弹药也很及时。第4师孤军突破,既没食品,也得不到弹药补给,最后不得不又退回洛东江西岸。将军们都知道人民军在洛东江不但没有成功突破沃克的防线,而且损失严重,后方补给很困难。

三个野战军和炮兵情况汇报会结束后,邓、洪、解、杜在原"大和宾馆"一间房里又议了一番,四位领导对部队的现状深感忧虑。到朝鲜的作战对象是美军,我军多年培养出来的战斗骨干都转业了,怎么办呢?党中央、毛主席对13兵团抱有很大希望,完不成任务或者完成得不好怎么办呢?美军向来迷信他们的空军,可我军现在还没有空军,我军怎么对付敌人的空袭呢?据朝鲜战争前线消息,美空军飞机在洛东江前线对人民军第5师、第4师、第10师杀伤很严重。美军的潘兴式坦克炮火也很强。苏联老大哥可不可以派空军到朝鲜呢?

苏联可不可以给我军一些军事援助呢？总之，他们觉得问题太多太多。他们让作战科把问题归纳了一下，由邓华、洪学智向高岗汇报。高岗答应缺编的问题由军区克服困难尽快解决，首先做到齐装满员。

第二天，高岗、肖劲光、肖华、贺晋年、邓华、赖传珠、洪学智、解方、杜平等知兵善战的高级将领坐在东北军区大会议室主席台上。

边防军机关和部队的师以上干部战将云集，济济一堂，欢声笑语，一番热闹景象。有的将领在对主席台上的人指指戳戳，意思是你也来了？

邓华喊了一嗓子："开会了！今天是东北13兵团部队的动员大会。先请边防军副司令员肖劲光同志作动员。"

肖劲光是大个子，是在苏联吃过洋面包的，当过南满军区司令员。在东北战场敌强我弱的第一个年头，指挥南满两个纵队同蒋介石的主力作战，出奇制胜，打了许多胜仗。这时，他站起来说："同志们，13兵团即将参加同美帝国主义的战斗。美帝国主义是世界头号帝国主义，也是头号霸权主义，头号不讲理的！13兵团参加这一仗是光荣的！党信赖你们！人民信赖你们！我相信，在毛主席的领导下，中国必定会取得战争的胜利！大家一定记得，过去我们四保临江时，朝鲜人民曾帮助过我们，现在他们遭受侵略，朝鲜半岛危在旦夕，我们也应当帮助他们！"

肖劲光喝了一口水，又接着说："高司令员同我们分析了美军的情况，美军有装备方面的优势，他们有很多新兵器。但是，美军的缺点也很多，士兵不知道为什么打仗，他们的后方在日本和美国本土，运输线长，运输困难。就是说，美军后勤供应的保障难度大。他们就是技术装备强些。这没什么了不起。我军历来是与强敌作战的，还不是都胜利了？况且，技术不是决定因素，技术要靠人来掌握，而且受到地形限制，他们的技术优势能不能发挥还是问题。现在关键是我们自己搞好训练，发扬我们打夜战、打山地战、打恶战的传统。"

邓华插话说："前一段时间，部队转入生产，产生了和平思想，削

九　第13兵团高层动员大会

弱了战斗力。"

肖劲光接着说："毛主席说：我军是战斗队，同时又是生产队。部队搞生产，忘记了战斗，产生了混乱思想，是下面没有掌握好。现在一定要转变过来，认清我们是一手拿锄头，一手拿枪的！"

边防军副政委肖华，也曾是南满部队的指挥员，他站起来说："现在各部队马上要做好转弯子的工作，而且要急转弯，转急弯，快转弯，转好弯。部队北上时，动员工作是在火车上做的。还未明确提出要跨过鸭绿江到朝鲜作战。现在要深入动员，要准备支援朝鲜人民军作战，绝不能让战火烧过鸭绿江！我们只有把美国侵略军不可一世的威风打下去，把它打败，才能有真正的和平，我们的祖国我们的家乡才能有安全的保证！边防军拟定了9条动员宣传口号，已经下发到各部队。各部队要按照这9条口号，深入搞好思想动员，把思想转到战争轨道上来！"

邓华说："我们此次作战有三个特点：一是作战对象是美帝；二是要出国；三是地形是山地水田。我们的部队刚刚由分散生产突然转到集中作战，只有20天的准备时间。时间很紧，任务很重。但美帝国主义不允许我们做充分的准备。好在朝鲜的地形地貌气候大约同辽南差不多。我们这三个军曾在辽南作过战。应该说是不陌生。尤其我们肖副司令员和肖副政委，解放战争时，长期在南满指挥40军、41军以及地方部队同强敌作战，有丰富的作战指挥经验。相信在他们的指挥下，能够打好这一仗！各部队要利用老骨干，抓紧进行战役侦察，战术思想教育，装备物资准备。"

解方说："兵团党委对军政训练作了初步安排。从今天开始到9月7日，还有24天时间，192个训练小时，训练计划是政治动员32小时，战术训练90个小时，火力射击训练70个小时……"

邓华接着说："先按这个计划训练。有不合适的再作调整。"

高岗最后说："今天动员会后，立即层层动员，把部队的情绪调动起来，把思想转到战争轨道上来，把战斗力提高上来！完成党中央、中央军委交给的作战任务！后方么，我高麻子包了！"他的话引得大家哄堂大笑。

　　会后，邓华、洪学智与兵团作战科同志一块儿乘火车，穿山过涧，于8月14日夜晚到达安东镇江山下。那里有四栋日式小楼，邓、洪分别各住一栋，另外两栋小楼以后由赖传珠住一栋，彭德怀司令员到安东后住了剩下的一栋。

十

彭总的西北情结

　　彭德怀是一个农民的子弟。1898年10月24日出生在群山起伏的湘潭县石潭镇乌石寨彭家围子。小时候叫彭得华,后改为彭德怀。"文革"中,曾经因为原名,被江青、康生操纵的红卫兵批为"窃国大盗"式的阴谋家、野心家。他幼年进私塾,接受启蒙教育。15岁时,因参加饥民闹粜米事件被官府通缉,离家出走,1916年在长沙参加湘军。自幼即富反抗精神,追求真理,救民于水火的他,在湘军中秘密结交共产党为友,接受了马列主义。1928年干脆秘密加入共产党。时为国民革命军独立第5师第1团团长的彭德怀换防到湘东汨罗江畔的平江县。在此与中共湘鄂赣边界特委书记滕代远联系上,在滕代远支持下,举行了著名的平江起义,成立红军第5军,然后率领部队上了井冈山,以后一直成为毛泽东最倚重的战将之一。他在西北战场指挥第1野战军,解放了陕甘宁新青,面积约占全国领土的三分之一。由于国民党的反动统治剥削,西北经济远比中国其他地区落后。西北人民无私地支援了中国革命战争。现在革命胜利了,他要按照共产党人的宗旨为人民造福还愿。他相信他能指挥部队解放西北,也能为人民建设西北……

　　荒山野坡,了无生气的小村庄。

彭德怀穿着皱巴巴的军装,袖口散着线头,带着几个随员,行进在光秃秃的黄土坡上的羊肠小路上,快步爬山。

柴门土炕,地瘠民贫。

彭德怀推门进来,一家人盖着破棉絮坐在土炕上。彭德怀的圆脸立刻拉长了,他环视一下,家徒四壁,连内墙都裸露着土坯。墙角儿堆着一些柴火。

一位地方干部说:"彭总看你们来了。"

炕上的妇女、姑娘惊慌地用手在掖棉絮。

妇女:"穷呀,不怕老总们笑话,没裤子穿呀!一条裤子叫他爹穿出去砍柴去了。"

彭德怀点点头,泪珠忍不住顺着腮帮往下流。

他脱下自己的外衣放到炕头上,然后用锐利的目光瞅定随员中的地方干部。

这位干部赶紧说:"我们立即解决这个家庭的贫困问题。"

彭德怀瞪了这个干部一眼,气呼呼地走了出去。

一路上,无论在火车上,还是在吉普车里,彭总都是一个人沉默着。

西北军政委员会的彭德怀办公楼内,彭德怀正在发脾气:"共产党就是要解决人民缺衣少穿的温饱问题,农业部是怎么搞的?马上给我查,有没有国民党、坏分子,有的话,立刻枪毙正法!"

彭德怀在继续发脾气。

"先把农业部长给我关禁闭!"

"是!"秘书离去。

在涉及人民群众利益的问题上,他的眼里容不下半点沙子。他气呼呼地坐下,拿起一份电报。

这是一份关于朝鲜局势的通报:"朝鲜人民军发起釜山战役,战役企图由西北两面同时实施突击,围歼大丘地域的美、李主力集团,将敌赶出朝鲜。朝鲜人民军突破了敌人的洛东江防线,但未能扩大战果,与美、伪军主力处于胶着状态……"

彭德怀的办公室兼着宿舍,他与夫人浦安修住在一起。从彭

十 彭总的西北情结

德怀的屋子出来是正厅会议室,是西北五省军队和地方高级干部开会的地方。一张长不到一米,宽不到半米的朝鲜半岛地图挂在墙上。

正厅西边一间小屋住着两个秘书。

彭德怀站起来,走到会议室的地图前,把脸紧紧贴上去,关切地注视着朝鲜半岛。他眉头紧蹙,自言自语地说:"这样向南一路正面打下去会出问题的。问题复杂,问题复杂……朝鲜人民军战线太长,主力集中在洛东江一带,消耗太大,后方很空虚呀!"

彭德怀踱步,沉吟,不时地弯下腰去挠挠腿部。

红军时期,他在南方的山林中不分昼夜地赤脚行军,露水把腿泡坏了,落下瘙痒症。现在天气闷热,情绪焦躁,所以就又痒起来了。

他一边不时地挠两下腿,一边琢磨着地图上朝鲜北部一带的地形。作为军人,作为前任总参谋长,作为副老总,作为军委副主席,他怎么能不关注朝鲜半岛突然出现的形势呢?怎么能不关注我东北边防以及连带而来的世界形势变化呢?

十一

聂代总长的未雨绸缪之计

8月17日,天气清爽了,太阳也不那么烤人了。

居仁堂总参谋部作战室王亚志参谋收到了东北局高岗、贺晋年的电报,他一看是要求给东北军区增加一个军。他立即穿过客厅把电报迅急送到了聂荣臻的手里。聂总匆匆看毕,心想,高、贺身处东北边防,对朝鲜半岛的形势看得真切,他们的建议正合吾意。联想到我军的整个部署,似有加以考虑之必要。从本月中旬始,人民军与美伪处于相持状态。从情报部报来的资料看,麦克阿瑟动用他的B-29轰炸机对洛东江西岸的人民军阵地实施地毯式的饱和轰炸。从东京起飞的近百架B-29超级堡垒式轰炸机向人民军阵地投掷了500磅重的炸弹三千多枚,还有1000磅重的炸弹一百多枚。人民军集结的山区浓烟滚滚,尘土飞扬。虽然是美军动用空中力量最多的一次,但效果难以估计。据外电称,人民军仍然是从西面和北面向大丘方向顽强推进。大丘城里人心惶惶。那里有一个两侧为高山的不长的险要峡谷,外国人称为"保龄球道"。人民军在T34坦克的带头冲击下,企图通过狭窄的通道进入大丘,但被美军的火箭弹、穿甲弹击毁,进攻又一次未成功。看来,在美军的狂轰滥炸下,要想集结部队,突破美军的防御很困难。人民军没有什么后备力量了,都拼上去了,而美军却可以从日本、菲律宾等地调兵。如美帝对朝鲜的侵略战争继续打下去的话,形势将不容乐观。虽然我们有了第一步的部署,已将13兵团调至辽南,但仍然不足以应付事变。应在机动地区,再行配备第二线兵力,以为未雨绸缪之计。总参谋部应该向毛主席、中央军委提出建议。聂荣臻走进作战室,对瘦瘦的王亚志说:"让李涛部长马上来一下。"

魁梧结实的李涛,很快走进聂荣臻的办公室。

聂荣臻说:"你先看看电报。"

李涛看罢,抬头注视着聂荣臻。

聂荣臻说:"我考虑必须配备二线兵团,以备不测。"

李涛说:"聂总的考虑对。人民军的实力远不如美军,而且后备力量不多。人民军胶着在洛东江一线,只考虑战役战术问题,恐怕是失策。美军一定要反攻的,从战略角度看,我军应有纵深配备。按照毛主席的作战原则,我军也必须配备较强的二线兵力。"

"你考虑用什么部队?"

"从现在关内部队的分布情况看,除上海方向有宋时轮9兵团四个军集结外,中南及西南部队均分得很散,很难集结。"

"形势会越来越严重。"聂荣臻说,"我觉得除上海地区有9兵团四个军可以机动外,应再有一个兵团集结起来,作为战略机动兵力,以策安全。"

李涛皱着眉头,作沉吟状,说:"这样考虑的话,这个兵团以杨得志、李志民19兵团最合适。现在19兵团三个军,除兵团部驻西安外,63军驻三原地区,64军在宝鸡地区修路,65军驻灵武、磴口一线。可以提议:9月秋收后,将该兵团三个军集结起来,移至济南或郑州、洛阳地区休整,作为机动。"

聂荣臻颔首。

李涛继续说:"因为济南一方面可控制山东半岛,同时也可作为13兵团的第二梯队,南面则与上海9兵团互相呼应。"

聂荣臻忧虑地说:"郑州、洛阳是不是靠后了?"

李涛:"郑州、洛阳虽嫌稍后,但便于训练,运输亦不困难。提议集结杨得志19兵团的另一个理由是西北现有人口约2500万，驻军60万太多，且该区情况亦较安定，李守信、乌斯满、克乐巴斯等匪徒已基本肃清，仅汉中地区尚有小股土匪活动，抽出后顾虑较少。19兵团抽出后，西北防务须加以调整，宁夏防务可由甘肃之第3军抽一个师接替，陕西防务可将7军东移接替，青海之1军亦可抽一个师向兰州延伸。"

聂荣臻凝神专注地听着，不住地点头，然后说："我也考虑杨得志19兵团比较合适。但这件事，恐怕要征求彭老总的意见。你们作战部回去再研究一下，拿出个意见，报周副主席、毛主席。我先给彭总通个气。"

李涛从聂总办公室出来，急匆匆踏着红漆木条地板进入作战室，亲自写了一个拟调9兵团、19兵团作为我军第二线兵力配备的呈批件："东北高、贺来电要求给东北军区拨一个军。我们联想到今天我军的整个部署，似均有加以考虑之必要。如美帝国主义对朝鲜的侵略战争继续打下去的话，虽然我们已经有第一步的部署，已将13兵团调至辽南，但恐不足以应付事变。因此建议：应于关内机动地区，再行配备第二线兵力，以为未雨绸缪之计。从现在关内部队分布情况看，除上海区有9兵团4个军集结外，中南及西南部队均分得很散，很难有军以上的部队集结。我们觉得除上海区有9兵团4个军可以机动外，应再有一个兵团集结起来，作为战略机动兵力，以策安全。这个兵团以19兵团最合适⋯⋯"他又迅速回聂总办公室，呈聂总阅。

聂总迅速看了一遍，然后又细读一遍，改了两三处，批：呈毛主席。在结尾处签了聂荣臻三个字，作为聂代总长的建议送毛主席办公室。

8月20日，毛主席看到聂总的建议，认为聂总胆大心细，周到缜密。从朝鲜半岛敌我双方态势看，估计美军一定会反攻的，我军从战略上考虑在纵深配备二线兵力是及时的。他拿起毛笔批给彭德怀同志：将聂荣臻建议一件发给你。19兵团是否可以照建议部署，请加考虑，电复为盼。

十一　聂代总长的未雨绸缪之计

"千军易得,一将难求。"批件由秘书送保密室后,毛泽东一边自己不断地用梳子梳理着头发,一边在考虑谁来指挥边防军问题。确定选好领兵统帅是做好战争准备的重要问题。他独自在菊香书屋徘徊沉思。按理说,应该由林彪出任这个职务,他是4野的统帅,对东北地区熟悉,对4野部队熟悉。其次是粟裕同志,同美军作战,他应该也是一个人选。第三是彭德怀同志,这主要考虑到同美军这一仗的残酷和艰险。彭大将军忠勇呀!所以朝鲜形势应该让德怀与闻。

8月27日毛泽东给德怀同志拍去一电:"为了应付时局,现须集中12个军以便机动(已经集中了4个军),但此事可于9月底再作决定,那时请你来京面商。"

中南海西南角居仁堂,总参作战部作战室作为军事指挥的中枢要地,高级军官进进出出,络绎不绝。

此时,聂总不在居仁堂,李涛急匆匆走进来,抓起黑色的一号台电话:"请接聂代总长。"

"聂代总长,我是李涛。"

"你讲。"

"聂总的建议,呈毛主席看后,让转彭德怀同志,征求彭总意见,问他19兵团是否可以照聂代总长的意见部署。关于9兵团部署,毛主席让征求华东军区陈毅同志的意见。"

聂总:"你马上办,马上落实。"

"好,好。"

· 57 ·

十二

美国的战略企图

居仁堂前的湖水碧绿清澄,微风把一波一波的涟漪送往远处。小楼内人进人出,络绎不绝,电信往来频繁,值班参谋神经紧张到了极点。

8月27日,作战值班室王亚志参谋刚刚收到情报部送来的参考急件。麦克阿瑟发给海外战争退伍军人协会一篇电文,这篇电文通过无线电播出,尔后又刊登在8月25日的《美国新闻与世界报道》上。

电文强调:台湾在战略上十分重要,绝不能落入共产党之手。麦克阿瑟又含沙射影地攻击杜鲁门在处理台湾地位问题上所持的谨慎态度:"有些人在太平洋地区鼓吹绥靖主义和失败主义。他们认为,我们如果保卫福摩萨(台湾地区),就会疏远亚洲大陆。再也没有什么论点比这种陈词滥调更荒唐的了。说这种话的人不了解东方。东方人的心理模式是尊敬并听从勇武、果断而又强悍的领袖,面对胆小懦弱或犹豫不决的领导会很快反目成仇。他们不承认这种心理模式,他们低估了东方人的心智。"

王亚志参谋收到急件后迅速送给了聂代总长,聂总边看边皱紧了眉头,觉得这是赤裸裸的侵略者言论。它意味着美国要把台湾岛当作它的军事基地。麦克阿瑟的这篇对海外战争退伍军人协会的讲话稿在他的远东军司令部公共关系处发布。

周恩来总理(兼外交部长)针对美国入侵中国领土台湾的行动发表声明

又一则消息：8月10日，美国大使沃伦·奥斯汀在联合国安理会上说，美国统一朝鲜的决心"从没有动摇"。8月17日，他又说，联合国应该负责消除朝鲜"半奴隶制，半自由制"的状态。

聂荣臻想，麦克阿瑟的言论，反映了美国强硬派对台湾的政策，应立即送主席阅示。于是他批给毛泽东，让秘书送出去了。

毛泽东了解朝鲜半岛战况的渠道很多，总参作战部有每日情况汇报，情报系统也有情况汇报。这时，看到聂荣臻送来的急件，仔细阅后，觉得聂总是一个心细的人。麦克阿瑟的言论反映了帝国主义分子对我台湾岛垂涎三尺，企图使台湾成为美国不沉的航空母舰，这是痴心妄想。中国人民不会答应。不管朝鲜半岛发生什么事，我国政府绝不允许麦克阿瑟之流侵占我们的台湾岛。台湾岛是不可侵犯的。美国胆敢侵占，中国人民将同他们决一死战。他批示："请刘、周、朱阅，并请德怀同志阅。"

8月26日，周恩来在检查和讨论东北边防军准备工作的会上指明美帝国主义的战略企图。他说："朝鲜战争爆发后，给了我们新的课题。美帝国主义企图在朝鲜打开一个缺口，准备世界大战的东方基础。它的总企图是不断地由一个一个战争推动为世界大战。在我们方面就要将其发动的一个个战争打下去，使其不能发展为大规模战争。它如果压服朝鲜，下一步必然进攻中国。根据两月来的作战情况，不能不设想战争的长期化，要准备在长期化上逐渐消灭敌人。"他又说："根据战争的情况，要设想战争的长期化。这和我们东北边防军的准备工作是有联系的。"

朝鲜战争关键时期在美国参谋长联席会议供职的人员（自左至右）：主席布莱德雷上将，空军参谋长范登堡上将，陆军参谋长柯林斯上将和海军参谋长谢尔曼上将

十二 美国的战略企图

在聂代总长深谋远虑从战略上考虑建议毛泽东为东北边防军配备第二线第三线兵力时，在毛泽东、周恩来对朝鲜战局深深忧虑之时，麦克阿瑟准备在仁川登陆的计划已经接近完成。

这位二次世界大战时美国太平洋战区的司令官，是一位五星上将，而美国参谋长联席会议主席布莱德雷只是四星上将，他的军衔比五角大楼的上司都要高。在军队等级森严的制度下，他似乎取得了独立制定方针的权威。

麦克阿瑟在东京第一大厦他的豪华办公室内，抽着玉米芯烟斗，既不与他的参谋们研究，也不报美国参谋长联席会议与闻，为了高度保密，他一个人在秘密构思，秘密运筹着。

7月2日，麦克阿瑟请求国防部派出一个海军团战斗队和协同作战的海军航空兵。干什么？参谋长联席会议不清楚，但第二天就批准了。

7月5日，麦克阿瑟胃口更大了，要美军增派第2步兵师、第2特种工兵旅以及第82空降师一个团。这几个部队是美国后备兵力中相当大的一部分。联席会议将军们有些惊讶，但还是请杜鲁门批准了。

7月9日，麦克阿瑟一下提出再派四个师。

7月10日，麦克阿瑟要求海军团战斗队扩充为一个师尽快给他派去，同时要求国防部把驻防在远东的四个师扩充到编制满员。

参谋长联席会议傻眼了。朝鲜半岛那个地方不是美国战略利益的重点呀？老家伙怎么了？于是决定派两名参谋长联席会议成员到东京，看看老将军到底要干什么？

7月13日，陆军参谋长柯林斯和空军参谋长范登堡抵达东京。麦克阿瑟自命不凡，在两位参谋长面前摆出一副故作高深的姿态，他一边抽着烟斗来回踱步，一边侃侃而谈。但绝口不谈他的战略企图，不谈他的秘密计划。只是说你们放心，保证全胜，只要你们把我所需要的兵力和装备运来就行。

柯林斯仍迷惑不解，问到底需要多少兵力，才能恢复并稳定在三八线呢？

麦克阿瑟说：我的用意不是击退，而是要一举摧毁北朝鲜军队！

柯林斯这才明白，这位老上将并不是要恢复到战前的状态，而是要入侵朝鲜，占领朝鲜，颠覆他们的政府！

柯林斯在麦克阿瑟泄露天机之后又进一步追问细节，麦克阿瑟才说将对朝鲜的西海岸后方发动攻击，攻击地点选在仁川。

第二天，柯林斯同海军将领以及两栖作战专家进行了交谈，探讨了仁川登陆的可能性。但专家们对仁川表示质疑。

柯林斯回到华盛顿向参谋长联席会议汇报。布莱德雷认为，这是他听到的最冒险的军事计划，仁川很可能是进行两栖登陆的最糟糕的地方。

7月19日，麦克阿瑟要满员的海军陆战师外加一个空军支援分队，限期9月10日到达。他首次清楚地表明了实施登陆的时间底线。

麦克阿瑟认为仁川登陆的成败在于能否调来海军陆战师了。因为这个师是美国惟一的用于两栖登陆作战行动的部队。

美海军作战部长谢尔曼上将坚决反对抽调海军陆战师。

7月23日，参谋长联席会议与麦克阿瑟专门开电信会议。这时，人民军攻下了大田。参谋长联席会议将军们问：9月份将军实施两栖登陆是明智的吗？

麦克阿瑟回答：是的。但是我必须得到海军陆战师。

除此之外，他还是未谈作战计划的具体细节。他不信任华盛顿的保密水平。

这以后，麦克阿瑟在第7舰队司令斯特鲁布尔的陪同下，得意忘形地窜到台湾，布莱德雷说他"像造访的国家元首，并受到了与其相应的接待"。蒋介石则说他与麦克阿瑟之间"已经奠定了……中美军事合作的基础"。

杜鲁门恼火了，他不准麦克阿瑟越俎代庖。他派私人代表哈里曼以及陆军副参谋长李奇微和空军代理副参谋长诺斯塔德前往东

十二　美国的战略企图

京了解情况。

李奇微出发前把仁川计划叫做"5000比1的赌博"。但听麦克阿瑟两个半小时的侃侃而谈之后被征服了。哈里曼和诺斯塔德也被征服了，哈里曼告诉李奇微："政府应该把麦克阿瑟像国之瑰宝一样加以对待。"自然，杜鲁门听了三个人的汇报之后，也信服了。应该说麦克阿瑟这次向哈里曼吐露了他要推翻朝鲜政府的战争目的。

8月10日，杜鲁门不仅把满员的海军陆战师调给了麦克阿瑟，而且又增加了第3步兵师。这样美国本土就只剩下82空降师了。8月19日，柯林斯二次登上前往东京的飞机。这次与他同行的是谢尔曼上将。8月21日，他们先到东京见了麦克阿瑟。第二天又到釜山见了沃克，了解洛东江的战况。

8月23日，他们参加了麦克阿瑟举行的仁川计划情况通报会。情况通报会上，先由远东司令部作训处长概述仁川计划。登陆攻击部队主要由新成立的麦克阿瑟参谋长阿尔蒙德任军长的第10军所辖第1陆战师以及第7步兵师担任。参加会议的海军道尔少将对登陆的风险表示疑虑。

柯林斯对登陆后沃克的部队与阿尔蒙德的部队能否在仁川会合提出质疑。沃克如果在洛东江不能脱身，两支部队不能会合，第10军将面临灾难。他建议在仁川南100英里的群山登陆，群山比仁川有利。谢尔曼上将也赞成柯林斯的建议。

麦克阿瑟放下他的玉米芯烟斗，然后滔滔不绝地讲了45分钟，主要观点是：敌人忽视了他们的后方。迅速占领汉城，夺取穿过汉城以及汉城周围的交通线，即切断了敌人的补给线。敌人把兵力都集中到洛东江一线了，仁川登陆不会遇到太大的反抗。群山登陆难以切断敌人的补给线，也不能将其摧毁。所以柯林斯的群山计划他不予考虑。

这样，不但没说服麦克阿瑟，麦克阿瑟反而说服了许多人。第二天，柯林斯和谢尔曼委派与麦克阿瑟私交甚好的夏威夷太平洋舰队陆战司令谢泼德私下去说服麦克阿瑟，但毫无结果。8月28日，柯林斯若有所思地返回华盛顿后,参谋长联席会议给麦克阿瑟发去一电,行文谨慎,既同意仁川,又再次提出群山问题,并希望麦克阿瑟把进攻意图和计划及时报告。麦克阿瑟没有回答。

8月30日,他下达了仁川登陆的行动命令,各部队向攻击位置运动。但他并未把命令副本报参谋长联席会议。

十三

邓华、洪学智、解方给中央的电报

8月28日,古城西安,彭德怀的会议室内,坐着杨得志、李志民两位将军。彭德怀从里屋出来,坐到他们两位的对面,目光炯炯地看着两位将军。

李志民高兴地说:"彭总,这几天我们兵团组织了几次舞会,请湖南的学生同干部们跳舞,以解决干部的婚姻问题。不然,干部的婚姻问题大了。"

彭德怀不高兴地摆摆手,说:"今天不谈跳舞问题。"

杨得志、李志民愕然对视。

彭德怀说:"你们看到了吧?朝鲜半岛人民军战线太长,后方空虚。前线又与美军、伪军处于对峙状态。人民军虽然英勇顽强,不怕牺牲,也有一些战术上的胜利,但总的说不能突破沃克的环形防御。麦克阿瑟在不断调兵遣将,形势十分紧张、严峻……"

杨得志说:"我们都在注意着朝鲜的形势。形势不容乐观,人民军恐怕要吃亏。后方那么长,一旦切断后勤运输线,问题就大了。"

彭德怀说:"毛主席、军委对朝鲜半岛局势很忧虑。我也很忧虑。仗怎么能这样打呢?要脑袋不要屁股不行呀!美帝国主义是纸老虎,又是真老虎。他们的海空军很强大,肯定会在北朝鲜后方开辟战场的。军委已经决定了,你们19兵团3个军马上准备集结,到陇海线上休整,作为邓华13兵团的二线兵力,随时做好准备机动。"当然彭总不得而知,这时候麦克阿瑟已经完成了仁川登陆的准备,马上就要下达行动命令了。

李志民问:"什么时间?"

彭德怀:"马上行动。毛主席征求我的意见,我同意了。你们马上回去做准备。首先对部队作形势动员,保卫东北,保卫国防,刻不容缓。"

久经沙场的两位将军杨得志、李志民一切都明白了,他们严肃地站起敬礼:"是。"然后,急匆匆回兵团去了。

彭德怀站起来,戴上老花镜走到地图前。

看了一阵儿,彭德怀倒背起手,踱开去。

我军8月初,已经把13兵团调到鸭绿江边,组建了东北边防军,现在主席还要调8个军,作为二线战略兵力。主席英明呀,这样做很对!战争的阴云已经笼罩着鸭绿江两岸。美帝太猖狂了,以世界警察自居,占了我们台湾海峡,又发动了侵朝战争,非得反击不行!不然,将危及东北!危及东亚!对世界和平没好处!

他默默地点着头,厚厚的下嘴唇嘟噜得更厉害了。

安东,8月28日,秋风萧瑟,落叶纷飞。镇江山南麓,兵团首长的小灶餐厅,邓华、洪学智、解方、杜平几位首长在昏黄的灯光下,正在用晚餐。解方和杜平是8月中旬来到兵团的。解方是由12兵团参谋长调来任参谋长,杜平由4野政治部组织部长调来任兵团政治部主任。这时,邓华与洪学智二人坐在一个小木桌旁吃面条。

洪学智抬起头,叫邓华:"老哥呀。"

邓华抬起眼睛看他。

洪学智说:"我们两个到丹东快20天了。"

邓华:"是呀,我正在想这个事呢。"

洪学智:"你想什么?"

邓华:"我想,我们应该给林总或军委写报告,把我们来边防了

十三　邓华、洪学智、解方给中央的电报

解的情况、部队情况、敌人情况以及我们的想法报告一下,你看有没有必要?"

洪学智:"很有必要。我们有这个责任。"

"那么吃完饭,叫上解方,到我那儿研究一下?"

"叫机关杨迪他们也参加一下。"

邓华:"我考虑,我们是4野的部队,情况只能写给林总。林总认为有必要可以批转军委。"

洪学智:"这样也好。"

夜,明亮的汽灯下,邓华、洪学智、解方以及作战科杨迪等几个人,在邓华的小楼内商量就朝鲜半岛的形势给林彪总司令写报告。

邓华点着一支烟,眯缝着眼对洪、解二人说:"部队来到东北边防半个多月了,关于朝鲜半岛问题,应该给林总反映一下,供军委参考。"

洪学智、解方都点头表示同意。

邓华说:"报告内容要全面一些。我考虑,有这么几个问题:我军入朝后的敌我力量对比,敌人的企图,我军的作战方针,我军装备、训练、后勤供应等。"

解方说:"还有朝鲜半岛的地形。"

邓华说:"我们拟一个大致轮廓、思想,让作战科去整理一下。"

邓华出身于书香门第,善于思考问题。在井冈山时,就怀揣着一本手抄的《孙子兵法》。这时,他想,看朝鲜半岛形势的发展,我军迟早要入朝作战。我军入朝的目的,是为了歼灭敌人并迅速结束战争,根据客观情况和主观条件,是否能达成此目的及如何达成此目的,是很值得研究和考虑的。

邓华不停地抽着烟,沉思了一阵儿,然后说:"我考虑,应该先给林总一个关于敌我力量对比的总的概念。杨迪先介绍一下。"

杨迪瘦瘦的,个子不高,长沙人,与邓华还是湖南老乡,他对情况是很熟悉的。他说:"美、李地面部队共约12万人,朝鲜人民军20万人,加上现正准备出动之我军20万人,在数量上我占优势,敌人再增加兵力,我亦可再增加,我兵力始终保持相当优势是可以做到的。"

邓华截住杨迪的话说:"人民军这个数字恐怕要注意,现在还能是这个数字?南下打了多少仗,消耗多大?在洛东江阵地战又消耗多少?"

杨迪说:"说实话吧,现在的数字搞不到,这是过去的数字。只能用这个数字了。"然后他继续说:"从质量上来说,我军政治觉悟高,勇敢耐劳,有丰富的战斗经验。人民军不但勇敢善战,而且有了些现代作战经验。据了解,南朝鲜伪军勇敢顽强,尚有战斗力;但美军则与此相反,怕苦,怕拼,怕切断后路,主要是依靠技术,依靠空海军优势。这是敌之基本弱点,也是我军胜利的主要因素。但也必须估计到,不同民族之间的战争加上敌之欺骗宣传,往往打得比较坚决。同时将来日寇很有可能参战。"

洪学智问:"日本可能参战吗?"

邓华说:"麦克阿瑟有可能利用日本人。日本从1945年失败后,不甘心呀!国际上对日本军国主义的处理不如对德国纳粹的处理。麦克阿瑟这个帝国主义分子办了一件很坏的事,即扶植日本军国主义势力。日本人会积极配合美军的。"

解方说:"据我们了解,美军步兵战斗力不强,但技术装备好,火力强,有大量的飞机大炮坦克配合,近海作战还有海军支援,这种防御力量是不可忽视的。现代作战需要有一定的物质条件和技术水平。这一方面我们不如敌人,人民军地面部队装备虽比我军好,但海空军很弱,苏联援助了少量飞机和坦克,经两月来的战斗损伤,最近已很少出动。"

洪学智说:"要充分估计到敌人空海军对我军的杀伤力。这个因素要考虑到,有资料说人民军在洛东江两岸突破时,美军飞机扔重磅炸弹,对人民军杀伤很大。所以,考虑要老大哥出动空军。这个问题要向军委反映。"

邓华说:"中苏两国能协同作战就好了。"

过去国民党空军少而分散,作用不大,美军飞机多而集中使用(大丘地区一次便出动99架),虽然不能决定战争命运,但能够起到很大破坏作用。我军是否有空军配合,能参战的有多少我们还不清楚。苏联空军能否参战也是未知数。如果我军无必需的空军参加，高射炮火又很少，现仅配属炮司一个团，4个军均无高射火器，只采取消极的防空办法，不仅我交通运输供应很难保证，就是部队的运动集结进攻等战斗活动，也将遭受到极大的威胁，炮兵部队、运输部队都受影响，步兵威力的发挥也要受到一定影响。我军在东北时就吃过国民党这个亏。这个问题不解决，我军被动大了！他对防空问题很感忧虑。

在未来的朝鲜半岛，我军必须是陆空配合作战，他说："我军的步兵本身要加强防空训练。对空和熟练夜间动作是主要的，但在现代作战的条件下，要达成速决歼敌的方针，必须争取大量的空军参战，并求得在一定的时间内（每一战役的决战时期）和空间内（战役决战地区）取得空中优势，配合地面部队猛烈打击敌人，求得迅速解决战斗歼灭敌人。不但要有战斗机，而且还要有轰炸机。当敌人受到我空中强大打击时，敌地面部队更易崩溃，而我步兵的威力就能更大地发挥。由于我空军不可能经常保有制空权，所以，必须加强地面的高射炮火，主要是要有一支保卫重要交通桥梁和指挥机关的炮兵部队。"

解方笑了，说："空军参战问题，恐怕只能由中央定了。从现状看，我们恐怕还是要作无空军配合的地面作战准备。"

这时，杨迪拉开作战地图，首先报告朝鲜的地形情况。

朝鲜是个狭长的半岛，三面环海，纵长约900公里，横宽约200公里，北部为长白山脉，中部为金刚山脉，南部为大小白山，最高者海拔1000米，一般约三四百米。山势险峻，沟壑纵横，森林茂密，有许多山谷为土石混成。山脚则为稻田，河流交叉，纵横全境。最大的有鸭绿江、图们江、清川江、大同江、汉江、锦江、洛东江、南江等，宽在千米以上，不能徒涉。南部气候温热，河流冬季大部不冻或只结薄冰。西部南部公路不发达，主要的有三条，但三条公路路面较窄，有些地方两车不能交错。除公路外则为田埂小道，尤其山路甚小，部队运动比较困难。朝鲜人口南部较密，北部山区较稀，村庄多为茅屋草房,大者百余户,小者三几户不等。现在沿公路村庄多已被毁。此种地形虽双方都受到很大限制,但对我们进攻者来说不利之处较多。

邓华回头不住地对洪学智颔首,意思是进攻时地形对我军很不利。

洪学智说:"朝鲜半岛狭长,又多为山地,对兵力的容纳有限度。同时我军处于内线作战,在战役上虽是主动的,进攻的,但因三面环海,美军又有海空优势,很有可能选择我弱点从我侧后登陆,收外线作战之利。万一不妙,敌人也可由海空撤退,而无法将其歼灭。"

解方说:"浦项一战即是如此。"

邓华瘦削的脸上充满忧虑,他说:"是啊,朝鲜半岛地形特殊呀。由于山地、河流、稻田等等的障碍,我军要想迅速同时展开优势兵力,压倒敌人,实施包围、迂回、切断,受到一定限制(特别是山区与滨海区),这与我们在东北作战时就不一样了。在东北我军可以大迂回作战。"

解方说:"如果仅正面主攻,容易打成消耗战和击溃战。敌方可以据险顽抗,节节抗退,不仅可以发挥优势火力,而且可以节约兵力,这些北朝鲜人民军已经体验过了。"

邓华叹息道:"东北战争到第三个年头时,也即从辽西公主屯战役消灭陈林达新5军时起,我们打得多得心应手呀,包围、迂回、切断、分割、包干歼灭,打得太漂亮了。现在这种地形怎么打?打不成呀!"

解方说:"进入朝鲜情况恐怕不比在东北了。敌人有海空配合,装备重,车辆多,主要从铁路、公路上推进,或者由海上调度,可以减少运动困难。我军擅长打运动战。为实施广泛机动,这种地形对我军运动特别是炮兵部队的运动是会很困难的,尤其是夜间运动。"

洪学智是智多星,他的主意多,点子多,思考了一阵儿,说:"我军在东北打大运动战的战略战术恐怕不适合朝鲜了。北部是长白山,中部又是金刚山。此种地形,部队要多练习爬山,多注意山地作战的训练教育,在装备上加强轻火器,像我们在江西广东作战时那样子。师以下的火炮以驮载为原则,必要时可分开背抬(汽车牵引的炮则属军),火力部队的人员要很充实而有后备,同时要加强部队工

十三 邓华、洪学智、解方给中央的电报

兵,最好是每师配属一个工兵营,以便能及时搭桥开路。这样,我军机动可以少受地形限制,仍然能达成迂回、切断、渗透任务。山地作战要求部队高度的积极勇敢,尤其是刻苦耐劳的精神。在战时如何保证部队的给养和增强部队的体力也很重要。在兵力的使用上万一受到地形限制,则应加强梯队与纵深配备,像朝鲜这里的敌人和地形,我想战役的部署上也应该如此,有了机动力量,随时可以歼灭敌在我侧后的登陆部队。"

邓华不住地点头,说:"老洪这个意见很重要。进入朝鲜,主要是山地作战,我们这几个军都有山地作战的经验。40军、41军原来就在南满作战。38军、39军迂回大西南,都有丰富的山地作战经验。部队要很好地进行这方面的教育。还有一个供应问题。在兵力部署上,搞好纵深配备。"

解方简单做了一下计算,说:"朝鲜国土狭小,物产不富,经两月来作战的消耗与敌人轰炸破坏,人民军的供应运输已很感困难。据资料说在洛东江的人民军有的师团已经断粮。我军入朝作战物资供应主要部分必须由国内运去,仅以出动20万人、2万匹马计算,只粮食、蔬菜、马料三项,每天就需要70万斤。加上弹药、油料、装具、被服及其他物资补充,恐怕每日不下百万斤以上。这些物资是可以拿出来的,但要先给高司令员报告,请他指示军区后勤预作筹措。"

邓华插话说:"先给高司令员通通气是对的,但问题的关键是如何及时送到前线去。"

解方又说:"朝鲜有两条主要铁路,东面的离海太近,敌舰威胁太大,西面的桥梁较多,公路上的桥梁也不少。如果我军无对空对海保证,则两条运输线均有被敌打断的可能,尤其桥梁抢修恐怕不如敌机炸毁的快。组织运输是一件极其艰巨的工作,目前边防后勤机构不健全,干部太少,运输工具不够,要完成此种任务是很困难的。"

邓华听后,深感焦虑,说:"就是说,两条铁路都可能用不上。需要加强后勤机构,除健全边防后勤本身各处外,要准备两个分部,以便随部队进入朝鲜。后勤目前即应准备物资(主要是给养弹药),准

杨迪工作日记中 1950 年 8 月 28 日的会议记录

十三　邓华、洪学智、解方给中央的电报

备足够的运输工具,准备兵站,准备医院。这都需要高司令员解决。"

洪学智插话:"这个问题还要请示军区、军委,先派出得力干部到朝鲜去了解当地物资出产状况(有哪些能就地取材),吸收人民军供给运输的经验,而后我们初步定出一个物资补充运输计划,恐怕要先屯集一些物资于预定作战地区。关于运输力,除大车汽车外,在军级最好还配属一个驮马连和一个人力输送营,便于山地运送。对于主要运输线的保护更应引起严重注意,除在重要桥梁必须配备的高射炮火之外,还要准备抢修力量,各种器材和必需的渡船以备抢修桥梁用。总之,应尽一切可能来保证及时供应。"

解方说:"这些问题都太重要了。"

邓、洪、解三个人以及机关作战科议论着,不知不觉间已经到了下半夜。镇江山下一片寂静,只有邓华小楼客厅的灯光亮着。鸭绿江不分昼夜地奔流着,涛声远远地传过来。邓华见需要汇报的问题很多,一个晚上还解决不了问题,就说:"咱们休息一下吧,明天再接着议,我看这样议一议,我们心中也就逐渐清楚了。你们回去都好好想一想,明天再接着干。"

洪学智、解方他们走后,邓华在客厅里久久地抽着烟,踱着步。他想,入朝鲜作战非同小可呀!有点像进军大西南十万大山时的作战,战术特点上有相同之处,只是作战对象不同,由溃退的蒋军变成了不可一世的美军。我13兵团来到边防两个多星期了,应该着重向林总报告一下敌人的企图。看来朝鲜战局已日益走向稳定,美帝正努力坚守大丘、釜山地区的环形防御,并以局部反击来巩固其滩头阵地,争取时间,等待援兵到来,再行反攻。另一方面朝鲜人民军各个击破和歼灭敌人的机会已经过去,战争已走向长期化。现在人民军虽然仍占主动,但经过两个来月的消耗,地面优势已经不大,目前要大量歼灭敌人,改变此种局势,恐怕很困难。战争已进入相持阶段。

他站在窗前,望着窗外山下的安东市,听着鸭绿江永不停歇的轰然巨响的涛声,在琢磨,美帝国主义是要侵占朝鲜全境,作为将来

进攻中苏的前沿基地。他们目前正努力做扩大战争的准备,除在本国进行人力、物资生产的动员之外,还积极组织日本军队和胁迫仆从国家出兵,据说在洛东江其仆从国澳大利亚的空军已经参战。估计今冬至明春,再来一二十万人,包括日本及仆从国家,包括陆海空军,是可能的。同时,又必须认识到日寇是美帝侵略远东最好的帮凶,美帝会驱使其到朝鲜来。日本小鬼子1945年投降后,许多人不甘心在大陆的失败,伺机卷土重来。日本人对朝鲜半岛的跳板垂涎三尺,这次也妄想借朝鲜半岛战争翻身,美帝的装备,日寇的人力,互相利用,狼狈为奸。

洪学智回到自己的小楼,躺在床上,辗转难眠,他在思考进入朝鲜山区后的战争怎么打。他想到1949年5月渡江作战后,15兵团进入江西西部山区,原想消灭白崇禧的主力,就是因为部队未掌握山区作战特点,还闹病,让其46军、48军撤向湖南境内。那时,山区的特点是雨多、山多、沟深、路窄、河流纵横,群众贫困无粮,部队要忍受疲困饥饿,这都影响战斗力。况且,朝鲜那地方东西临海,回旋余地不大,不能像在东北那样大运动、大迂回兜住敌人。要打成从北向南平推,战果就不大了。

他不住地挠着头,头脑中演绎着未来在朝鲜半岛的战争样式,不知何时才睡着了。

第二天,鸭绿江一侧的安东,秋风落叶,一片萧瑟景象。他们几个人又集中到邓华的客厅议起来。

邓华说:"昨天晚上,我想了很久,我担心呐。你们看人民军的后方。"他走到地图前,指着朝鲜半岛东西两侧的蜂腰部,说:"美军指挥官能看不出人民军的弱点来?"

洪学智说:"麦克阿瑟是老兵。"

解方点头说:"危险!麦克阿瑟恐怕早已盯住人民军的后方了。麦克阿瑟在二次大战的太平洋战役中创造了'越岛进攻'战略,他们绕过日军重兵驻守的岛屿和阵地,打击其他更为重要的目标。使被绕过去的岛屿像一个战俘营一样。"

十三 邓华、洪学智、解方给中央的电报

后来有人著书立说，说自己怎么预测到美军会于9月中旬在仁川登陆。我们难以考证其其真实性。但邓、洪、解是确实预料到了的，并且向中央军委作了报告，有他们的报告文件为证。尤其邓华作为兵团司令员，对此问题考虑了很久，很多。此时，邓华严肃地说："据我的观察，我一直在考虑，估计敌人将来的反攻意图，一种情况可能为以一部兵力在北朝鲜侧后沿海岸几处登陆，作扰乱牵制，其主力则于现地由南而北，沿主要铁道公路逐步推进；一种情况为以一小部兵力于现地与人民军周旋，抓住人民军主力，则在人民军侧后（平壤或汉城地区）大举登陆，前后夹击，如此人民军的处境会很困难的。而且，我看这后一种可能性大。"

洪学智说："这个形势比较明显，朝鲜南北长、东西短。敌人从侧后登陆，南北夹击的可能性最大。"

解方也说："这种可能性极大。应该把我们的估计报告林总、中央，可以提醒金日成注意。"

邓华昨晚一直在思考这个问题，睡不着觉。他说："这是我们的责任，一定要报告中央才是。关于我们的作战方针，我想，根据敌情、地形、友军及我军主观条件，如我军无必需的空军参战，要达成速决与全歼的目的是很困难的。因为敌人有高强度的技术装备和强大的海空配合，再则朝鲜为三面临海的半岛，敌人遭受我军攻击时，很大可能凭海顽抗，依托工事火力在海空配合下，组织顽强的防御与局部反击。我军不能切断敌海空方面的退路，甚至我军陆地兵力展开包围迂回也受到地形的一定限制（山地与滨海区），打好了可以部分歼灭敌人，打不好可能打成胶着状态，或成为持久战和消耗战，像人民军在洛东江的态势一样。这样子对我军是很不利的，会使我们在战略上限于被动，而影响到军事政治财经各方面，这一点是很值得深刻考虑的。"

解方："空军参战是十分重要的问题。这要看斯大林出动不出动空军了。"

邓华说："如果空军出兵参战，则要力求速战速决。除再调两个

兵团并加强部队必需装备（各种大炮，尤其是防空和反坦克炮火和坦克）之外，应尽一切可能组织大量空军配合作战，以绝对优势的兵力、火力，压倒敌人，消灭敌人。"

邓华是个老烟客，这时，他又点燃一支烟，在烟雾缭绕中接着说："现代作战空军是步兵最有效的帮手，不仅可以掩护我地面部队，而且可以打击敌海空军，可以轰击地面敌人，如此才易于克服敌人的顽强抵抗和歼灭敌人，还可补救地形上的缺点，这非常重要，也可以说是实现这一方针的关键手段。假如苏军在空军和技术装备上能更多地帮助我们，则这一方针的实现更有了保证。如果我们空军条件还不成熟（喷气机并不容易驾驶），不妨可以推迟出动的时间。"

洪学智对邓华说："空军与陆军一起出动最好。陆军先出动，敌人可能集中大量的飞机、大炮，肆无忌惮地对我阵地进行大规模轰击，我军损失太大。"

邓华拧着眉头说："可是我最担心的就是空军这个问题。"

解方很有同感，说："空军问题不简单，中央还要同斯大林交涉。斯大林这个人呀！"

洪学智说："是呀，没有空军，仗就更难打了。"

大家对这个问题十分忧虑，但觉得应是更高层次考虑的问题，只能向军委反映。

邓华引导说："议一议参战的时机与地区问题吧。我考虑，参战时机与地区，待敌进到三八线以北为有利，不仅更有政治资本，而且军事上也有利。敌人向北推进，拉长拉宽好打，同时减少了对海上的负担，缩短了供应运输线，我空军离基地也更近。"

解方说："待美军过了三八线再参战比较有利。"

邓华说："南朝鲜，三八线以南是新区，我军出国作战人地两生，风俗习惯各异，尤其语言文字不通，有很多困难。我军在广东作战时已经经历过了，找个向导都困难，语言不通。南朝鲜为新收复区，群众对人民军了解很不够，言语不通更易造成误会，增多困难。如在三八线以北作战，便于争取团结群众，便于取得群众的谅解和帮助，可

十三　邓华、洪学智、解方给中央的电报

以减少出国作战带来的一些困难。"

洪学智插话："所以说，考虑来考虑去，在三八线以北作战好。"

邓华问解方："司令部研究装备和训练问题了吧？"

解方说："研究了，根据作战对象与地形特点，在装备上确定：连轻机9挺，人少的连6—9挺，60炮3门，人多的连好的掷弹筒仍可保持；营重机6挺，迫击炮2门，火箭筒2—3个；团92步兵炮连炮4门，迫击炮连炮6门，编制上为12公分重迫击炮，因为山地运动不便，所以仍用81炮、82炮为宜；师山炮营炮12门，另一化学迫击炮连，炮4门；军火箭炮营已成立，炮已试过还不错，射程7000米，将来可到1万米。"

邓华插话："在空军能否出动还不能定的情况下，首先把炮兵问题解决好，用炮兵对付敌人的空军。火箭炮很厉害呀！不怕被击落就飞呀！"

解方又说："不过炮弹质量需要改进，建议多造炮弹。我们本想配备18门，因炮弹少，只配了9门。我们曾建议军搞一个57战防炮营，既可打坦克又可攻坚，但尚未解决。"

洪学智说："这个问题可以向军委反映。"

解方又汇报："最近各军又建议再搞一个高射炮营，师搞一个高射机关炮连，我们司令部研究认为有必要。各级干部关心的也就是高射武器问题，最好军以火箭炮、战防炮、高射炮三个营编成一个团。这个问题要请示总参，如同意的话，则请军委筹划这种火炮，按以上配备，师以下均可在山地运动，团以下火炮不算弱，但师以上则还不如敌人。"

邓华问："各军缺编问题解决怎么样？"

解方答："由于炮火的增加和各级直属机关的庞大，部队中也还有一些老弱，所以连队并不很充实。38军、40军两军许多连队不足编制，如时间允许的话，准备把直属队调整一下。现代作战伤亡大，为保持其持续的战斗力，司令部考虑，该两军最好充实到5万人。"

邓华说："动作要快，可以一并请示总参。中央已决定从已复员的精

壮青年中抽调10万人补充部队,请中央先考虑补充我们这几个军。"

解方又汇报:"在战术思想上要掌握四快一慢,打有准备有把握的仗,尤其要慎重初战。集中优势兵力、火力,按照一点两面,不分散,不贪多,打则必歼。发扬高度积极精神,不怕爬山走路,不放松任何歼灭敌人的机会。要大胆勇敢地切断渗透,要从敌侧后攻击,要插入敌人心脏。实行近战,要熟练自己的武器,勇于同敌人拼刺刀。还是林总强调的,特别要发挥炸药的威力。要熟练夜间战斗,不怕敌人的飞机和坦克,注意防空对空,坚决打掉敌人的坦克。"

洪学智说:"山区作战,第一不怕苦,第二不怕饿,第三不怕走路。"

邓华说:"部队还要不怕冷,很快就是冬天了。"

解方汇报:"战士练习爆破、射击、投弹和敌人火力下作业的四大技术。各种战斗情况和地形的三三制,包括班长指挥、防空与反坦克。夜间演习每周一次,早晨练习爬山。"

洪学智:"强度还要加大。"

解方接着说:"干部教育,营以下主要是各种战斗情况下兵力火力的组织,着重于一点两面、四快一慢的复习,其次是防空反坦克问题。各部队,视驻地情况,进行连排动作的实兵演习。团以上主要是三种情况的打法和兵力火力的组织,其次是合同战术。机关干部则进行合同战术与新的作战情况下的业务学习,机关部队人员则进行防空与夜间演习。"

邓华说:"主要是迅速恢复到战争状态,要恢复到解放战争末期的状态,恢复到辽沈战役时的状态。团营连排按训练内容,加大强度,加大力度。出国前能恢复到进军江南时的状态就好了。"

解方最后说:"火力部分则分别集中训练,如轻重机枪到营,60炮迫击炮到团,山炮到师,军视驻地而定,主要是提高射击技术,并每周打靶一次。"

邓华:"条件许可,可以安排每周两次。这些情况在报告上要简明扼要,点清楚为止。谈谈部队动员情况。"

解方汇报说:"部队经过教育和动员后,和平思想已初步扭转,

十三 邓华、洪学智、解方给中央的电报

部队的勇敢与信心增强了,学习的积极性也提高了。但少数的还有许多思想顾虑,如保命思想、家庭问题、婚姻问题、怕飞机、怕惹起三次大战、战争有底无底等;另一方面还有一些轻敌急躁的情绪,如打完拉倒何必练兵的思想;同时也还有些疑问,入朝鲜作战既然是正义的,为什么还要换衣服、帽子,偷偷摸摸地,打死了也不光荣等,现正利用时间深入地教育解释。兵团准备在9月15日以前组织汇报,了解装备与教育等情况,并研究准备工作上还有一些什么问题需要解决。"

邓华说:"我们给林总这个报告还要强调,我们这些考虑还不成熟,由于我们对全面情况(上面的和苏联方面的)不大了解,同时所得到的朝鲜材料又很片断,很有限,故对上述问题的考虑,难免犯主观和片面的毛病。但既然有所感觉,不妨提出来供林总、供军委研究朝鲜作战时参考。因此,我们认为以上汇报是必要的,错误之处请林总指示。"

邓、洪、解研究后,由作战科科长杨迪拟出初稿,参谋初华抄清,先送邓华审阅,邓华又仔细做了一些修改,然后又送洪学智、解方审阅签字后,8月31日发给了林彪。

作为保密信件走机要,这份报告送到林彪驻地时,已是9月8日上午。林彪秘书接件后,呈给林彪。林彪不习惯看太长的文件,大约他未注意到邓、洪、解提到的美军侧后登陆以及朝鲜山地作战战术思想等一系列很重要的问题,只注意邓、洪、解要后勤装备,而且赖传珠当时不在安东,他也未注意,给毛主席批道:兹将邓华、赖传珠同志来信送上,请阅,信中所提后勤装备等问题,请军委予以决定和解决。

敬礼

林彪6月8日

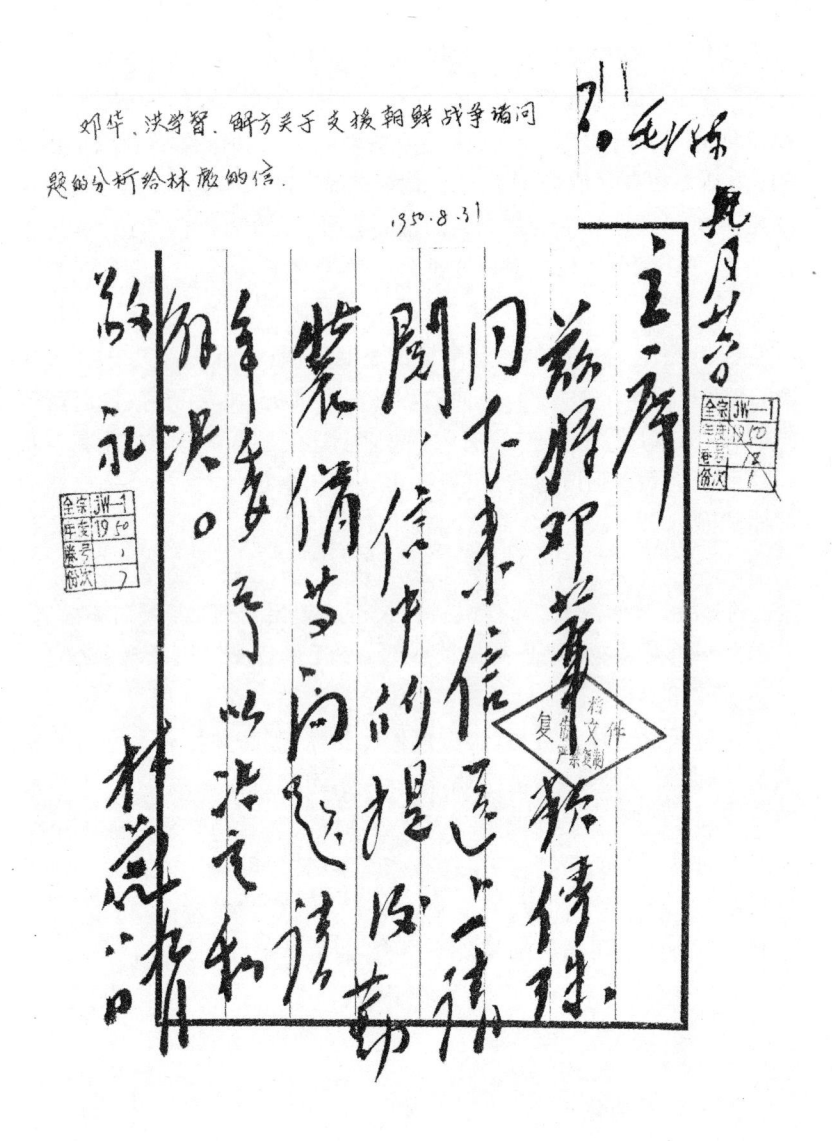

毛泽东的艰难决策(一)——中国人民志愿军出兵朝鲜的决策过程

林彪就邓华、洪学智、解方 8 月 31 日的报告给毛泽东的便函以及毛泽东 9 月 26 日批示的手迹

十四

驻朝鲜代办柴军武回京述职

9月7日清晨，中南海院内一片寂静，清风吹皱碧波，垂柳婆娑多姿，鸟儿在树枝上嬉戏，有的从这棵树敏捷地飞到另一棵树上。聂代总长来到居仁堂，径直走进作战室。王亚志参谋报告：我驻朝鲜代办柴军武回到北京了。

聂荣臻一听，眼睛一亮，说："啊？马上让他来一下。"

然后，他又听取了当日全军的一些其他情况，回到自己的办公室批阅文件。

这时，人民军在釜山环形阵地上又集结了近10万兵力发起了9月攻势，但其中三分之一是新兵，是就近在南方征召的，未受过军事训练。人民军作战很勇敢顽强，在沃克第8集团军的防御工事上撕开了几个不大的口子。前线战士尽管勇猛作战，不怕牺牲，后勤却供应不上，战斗力受到很大削弱。

柴军武快步从水波摇曳的南海畔赶来，走进居仁堂，王参谋把他领到聂荣臻办公室。

柴军武向聂荣臻敬了一个军礼。

聂荣臻高兴地说："柴军武同志，你回来得正好。朝鲜战争局势怎么样？有什么新情况？"

柴军武说:"有喜也有忧。"

聂荣臻伸手指着沙发:"坐下慢慢谈。"

柴军武坐下后说:"我了解的情况也有限,因为我根据金日成同志的要求,只同金日成同志发生联系,不能与其他人或部门联系。"

聂代总长理解地点点头。

柴代办说:"最近,敌友双方在洛东江沿岸形成了相持状态。敌人开始大力阻止人民军的前进,并积极部署反攻,将陆战队第5团调回日本,组成陆战师,估计可能在仁川或其他地区登陆。英海军陆战队占领了月尾岛、德积岛,为下一步的登陆准备有利条件。"

柴军武报告的第5陆战团调回日本的情况是很准确无误的。关于第5陆战团,负责陆地防守的沃克与参与仁川登陆的第1陆战师师长史密斯发生了激烈的争执。沃克说,没有第5陆战团,他不能为环形防御负责。史密斯说,没有第5陆战团,他无法发动仁川登陆。史密斯到第一大厦给麦克阿瑟摊牌,没有第5陆战团,就不打仁川。麦克阿瑟说:告诉沃克,他必须让出第5陆战团。这样,第5陆战团9月5日撤出战斗。但麦克阿瑟把第7师17团给了沃克作为补偿。

聂荣臻专注地看着柴代办说:"这是很重要的情况,我们从几个方面都判断敌人可能在仁川或其他地区登陆。因为麦克阿瑟擅长这一手。你同金日成谈过吗?"

柴军武说:"谈过,他认为目前没有可能,因为美军的兵力不够,在港口登陆是困难的。"

聂荣臻沉思着说:"是这样。你继续谈。"

柴军武说:"现在美军用大批飞机破坏友军的运输线,等待继续增援,以图反攻。人民军在补充新兵与武器,组织精锐突击队,以求突破敌人的防御,打破胶着状态。"

聂代总:"敌人在洛东江的防御有什么特点?"

柴代办说:"敌人防御的特点是以美军炮兵支援伪军配于前锋段,而以伪宪兵在第二线督战,美军配于纵深,每日在前线以上百架飞机轮番轰炸人民军阵地。这时,在前线进攻的人民军第9师、第7

十四　驻朝鲜代办柴军武回京述职

师都伤亡严重,第4师、第2师、第10师的进攻都严重受阻。"

聂代总沉思地注视着柴代办。柴军武同志的这些情况很重要,应该立即报告毛主席,同时,关于敌人作战的一些特点也应该让13兵团领导了解。我军一旦入朝,要有办法对付敌人的空军。柴代办一个人在那样的条件下掌握了解情况很不容易。

他继续说:"人民军在开始时,进展十分顺利,李承晚伪军被人民军的强大攻势粉碎,直逼敌后。那时在友军前进途中,虽有汉江天然障碍,又有美空运24师一个团降落水原地区,企图阻抵,但均被人民军所摧毁。7月11日友军直捣锦江北岸。这个时期的特点是敌人的溃退与人民军长驱直入的追击。第二时期从友军推至锦江北岸起,直至8月上旬以前解放晋州、金泉、尚州、礼泉、安东、军威等地为止。"

聂代总长问:"美24师战斗力如何?"

柴代办答:"看来也不怎么样。"他又继续汇报:"由于美军在锦江彼岸大田、金泉等地所组成的新抵抗线,使溃退的伪军得到数天的整理时机。人民军从此也停止了追击阶段,转向新的进攻。由于人民军采取了正确的战术,勇敢大胆地迂回敌人,俘虏了美24师师长迪安少将,歼灭了敌24师的大部,克服了锦江与智异山的天然阻隔,直抵洛东江西岸。"

聂荣臻一边听,一边在翻看着柴军武的汇报提纲,觉得人民军开始阶段打得不错,能打垮美24师很不错。24师是美军主力师么。人民军能打垮24师,那么我军当然也能打垮它,应该是不成问题的。

柴军武见聂总在沉思,又继续说:"这个时期敌人的动态是争取时间,增调援兵,迟滞人民军前进。"

柴代办走到地图前指着地图给聂总汇报:"敌人凭借锦江及太白山布防,继沿智异山与太白山,企图站稳脚跟,组成新的抵抗线。而该线被友军突破后,再沿洛东江布置防线,叫做环形防御圈。防御战由第8集团军军长沃克指挥。美军开始从增援两个师,到8月初增加到6个师,依靠釜山、庆州、永川、安东、礼泉、尚州、金泉、大丘,再至釜山环形铁路线,将部队位于机动地带,尤其安东、尚州以北元山地区,崇山峻岭,利于守而不利于攻。友军每夺一山头,常耗时整日。8月初,金日成亲赴东线视察,夺取了安东、礼泉、尚州,才破坏了敌人此一环带。从8月中旬起敌人阻止了人民军的进攻,在洛东江沿岸,敌友双方开始形成了相持姿态。"

聂总不知道人民军后备兵力如何,还能否在洛东江支持住,或者能支持多长时间,他问:"你了解人民军的二线兵力有多少?"

柴军武说:"这个我也不清楚,不好了解。因为我们使馆人员不能下去,不让我们接触人民军官兵。"

聂总沉思着瞅着对方,慢慢地点头,表示理解他们的难处。

柴军武说:"我回国前见到了金日成,我向金日成提出了美军从后方登陆的可能性。"

聂荣臻关切地问:"他怎么说?"

柴军武说:"他说美军没有这个能力,可能性很小。"

聂代总注视着柴代办,问:"据你的观察呢?"

柴军武说:"我看种种迹象表明美军可能要从后方登陆。美军是陆海空三位一体么,它总要发挥自己的优势。"

聂荣臻点点头。在一个指挥过无数重大战役的老总看来,形势洞若观火。麦克阿瑟不会那么老实,从后方登陆的可能性很大,二战时他就搞过侧后登陆。

柴军武接着汇报人民军自身的情况,说:"人民军的士气,从战争开始至今是很旺盛的,所有干部和战士都有坚强的意志。老战士都了解为什么要打仗,向晋州前进的时候,为了争取时间,把炮兵放在后进,只让步兵前去,并未影响战斗部队。强渡汉江时,伤亡虽大,但很快突过去了几只小艇,硬向敌人的巡洋舰冲击。汽车司机、火车司机冒着敌人的空袭照常工作。"

聂总称赞地说:"看来人民军同我军一样,作战英勇顽强,不怕牺牲。友方目前是怎么估计形势的?"

柴军武说:"友方对敌方力量估计不足,对打持久战打算也不够。开始只想朝鲜内战与中国差不多，美国只是给李承晚军火援助，不至于出兵，而自己也可以取得苏联和中国的援助。在此种愿望下，开始预计第一阶段5—6天打到锦江沿岸；第二阶段以15—20天打下釜山。总之，一个月，最迟40天，可以解决战争。"

聂总点点头，说："美国直接参战了，不同于我国国内解放战争时期。"

柴军武说："还有一个因素，就是对南朝鲜地下党的力量估计过高。认为战争一打响，在南朝鲜各地的地下党即可揭竿而起，破坏敌人后方，内外线夹击，配合人民军前进。但在战争开始之际，美、李有计划地对南方地下党施以极大破坏，大部分干部被逮捕、杀害，自首的南方地下党党员有3万人，没有起到配合作用，形成军队孤军作战。"

聂总"啊"了一声。

稍后，聂总问："美军参战后，友方是怎么想的？"

柴军武说："美军参战以后，在友军领导思想上，感到须作长期打算，即进行全面动员，筹组二线兵力，组织精干武装向敌后渗透，积极谋取外援等措施。但仍提出一个月解决问题、两个月解决问题、'8·15'前解决问题、8月要成为胜利月等口号，有拼上了的思想。9月初发动的新进攻，就是拼死一战的思想。对苏联和中国有依赖思想，如希望中国快打台湾，配合他们。"

聂总沉吟道："啊，希望我解放台湾。"然后，他问："伪军的战斗力怎么样？"

柴军武说："我观察伪军战斗顽强，人民军看到伪军，有点像抗日时我军看日本人那种样子。宣传政策也有毛病，现在还是只宣传敌人是李承晚，而很少提出美国的干涉。"

聂总听后，沉思良久，觉得朝鲜战场态势太令人忧虑。他又默默地翻看着柴军武的汇报提纲，心里却在为友军缺少后备兵力的后方担忧，也为友军领导对美军估计不足担忧。下一步后果不堪设想。然后，他把提纲放到写字台上，说："这样，你这个汇报稿我送给毛主席看一下。"

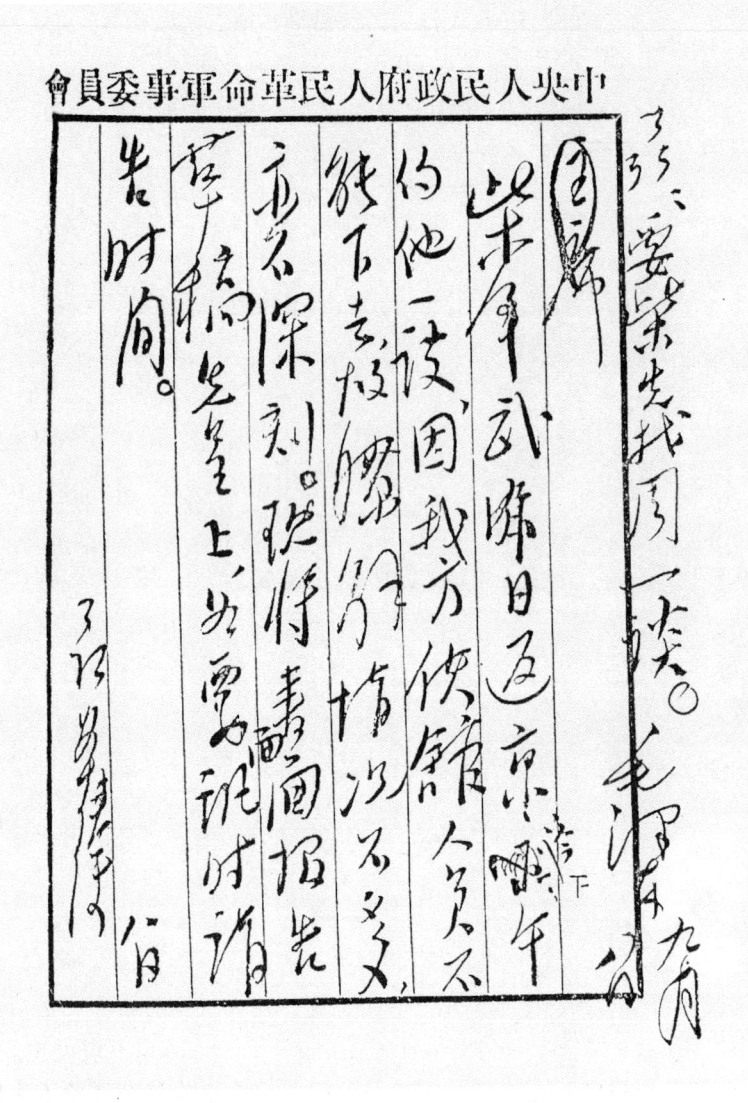

聂代总长向毛泽东呈送柴军武（柴成文）的朝鲜情况报告的函件

十四　驻朝鲜代办柴军武回京述职

柴军武摇手不止,急忙说:"啊呀,不行,不行。"

聂总不解地问:"怎么不行?"

柴军武说:"是草稿,字写得太潦草,我再抄一遍吧。"

聂总:"不用了,可以看清楚。你回去准备一下,毛主席还可能直接听取你的汇报。"

柴军武走后,聂代总长提起毛笔在信笺上写道:"主席:柴军武昨日返京。今下午约他一谈。我方使馆人员不能下去,故了解情况不多,亦不深刻。现将书面报告草稿先呈上,如要面询时,请告时间。"

这个未点句逗的草稿送到了毛泽东的面前。毕竟是来自第一线的报告,毛泽东十分珍视,他手执毛笔,看一句,点一下标点符号,一直点到最后一句。在"形成了相持姿态";敌人"积极部署反攻,将陆战队第5团调回日本,组成陆战师,估计可能在仁川或其他地区登陆";但据友方估计,"目前美军反攻尚不可能。因没较大兵力,在港口登陆是有困难的";友方"很少提出美国干涉"等几处画了横杠。这几处都是有关朝鲜半岛形势如何发展的,并且被以后战争的发展证实了的。

毛泽东密切地关注着朝鲜半岛的局势,9月5日,他在中央人民政府委员会第9次会议上指出:"就目前情况看,朝鲜战争持久化的可能性正在逐渐增大。"他认为柴代办的第一手材料不可多得,应让书记们与闻。

他批示道:周阅后,刘、朱、任阅,退聂。请周约柴军武一谈,指示任务和方法。13兵团同柴去的几个人是否要其来京与柴一道面授机宜,请周酌定。柴等出发之前,似应约李周渊大使一谈,告以柴等任务,征求金的同意,俟得同意后,方能出发。毛泽东,9月8日。

主持军委工作的周恩来看到毛主席的批示和柴代办的汇报稿,立即详细批阅了柴代办的汇报,然后约柴军武详细了解了朝鲜半岛的形势、人民军的作战情况以及美军伪军的作战特点等情况,然后告柴代办在京候命。

关于美军会在仁川登陆，毛泽东作为料事如神的伟大军事家早已了然于胸，并且及时采取了行动。这在稍后的10月2日给斯大林的未发出的电报中得到了明确无误的证明。毛泽东说："还在今年4月间，金日成同志到北京的时候，我们就告诉他，要严重地注意外国反动军队侵略朝鲜的可能性。7月中旬、7月下旬和9月上旬，我们又三次告诉朝鲜同志，要他们注意敌人有从海上向仁川、汉城进犯，切断人民军后路的危险，人民军应当做充分准备，适时地向北面撤退，保存主力，从长期战争中争取胜利。"

十五

麦克阿瑟的旗舰驶近仁川港

9月5日，华盛顿参谋长联席会议向麦克阿瑟发出通知："期待着您告知就9月中旬的两栖行动计划所作的修改。"麦克阿瑟用不屑一顾的一句话就回答了这一指示："该计划的整体轮廓一如对您所述。"他答应9月11日前派特使将详细的行动计划送给他们。

在参谋长们看来，麦克阿瑟对他们很不尊重。9月7日，参谋长联席会议决定给麦克阿瑟发去最后警告：虽然我们同意在朝鲜尽早发动反攻，但是我们十分关切地注意到那里最近事态的发展趋势。我们要求您，在按计划发起作战行动的情况下，对于该行动的可行性以及成功的概率做出估计。

麦克阿瑟曾说，这份电报"简直使我心寒至极"，因为它极力暗示"整个行动都应该放弃"。然而，麦克阿瑟毫不动摇，他回答：在我看来，作战行动的可行性毫无问题，而且我认为成功的概率极大。我进而相信，这是从敌人手中夺取主动权惟一的希望所在，因此，也是给予敌人决定性打击的一次机会。任何别的做法，都会把我们拖进遥遥无期的战事中，日益消耗，胜负难料，因为敌人增援和集结的潜力远远高于我们……北部的包抄立即可以解除南部环形防御圈的压力，而且，这是解除压力的惟一途径。夺取敌人在汉城地区供应体系

·毛泽东的艰难决策(一)——中国人民志愿军出兵朝鲜的决策过程·

麦克阿瑟坐在"麦金利号"军舰的驾驶台上得意地观看对仁川的轰炸,其身后右侧是第10军军长爱德华·M. 阿尔蒙德少将

十五　麦克阿瑟的旗舰驶近仁川港

的中心地带,将会使在南朝鲜作战的敌人的后勤供应彻底陷入混乱,由此可使他们最终土崩瓦解……在我军的南北夹击之下,再加上敌人后勤补给的崩溃,敌人必将土崩瓦解。我重申,我与我所有的指挥官以及参谋人员,均对包抄行动的成功充满热情和信心,无一例外。

9月8日,参谋长联席会议对仁川行动进行了最后讨论,并同杜鲁门一起详细审核了麦克阿瑟的回复。到这时,参谋长联席会议要想对仁川登陆计划表示不同意,已经为时太晚了。

在麦克阿瑟的精心安排下,没有给参谋长联席会议留下任何否决他仁川登陆计划的余地。直到离部队向海滩发动攻击只有几个小时的时候,他才让他的特使史密斯中校把计划送到参谋长们的手上。

9月14日上午11点史密斯中校才在参谋长联席会议成员们面前露面。

而麦克阿瑟的攻击时间是华盛顿时间9月14日下午4点30分。

9月14日(不是华盛顿时间,是远东时间),麦克阿瑟在日本佐世保登上美军的"麦金利号"旗舰,飓风下的海洋白浪翻滚,战舰在波涛上剧烈颠簸着。

一如我方高层分析的那样,这次,他果然动用了留驻日本的美军第7师和海军陆战队第1师执行仁川登陆作战任务。由他的参谋长阿尔蒙德将军指挥。

这时,正好处于台风袭击之前,他在不停地在波峰浪谷中摇晃的旗舰上抽着烟斗,眺望着倒海翻江的海面,对参谋长联席会议从华盛顿发的电报"我们以十分忧虑的心情注意到最近朝鲜事态的发展趋势"仍然耿耿于怀,认为以布莱德雷为首的参谋长们都是些愚蠢的家伙,并对他忌妒,处处牵制他。

妈的! 在我向仁川进发之际又提出能否成功的问题,这是为什么? 华盛顿当权者都发慌了吗? 是杜鲁门总统吗? 还是那个刚刚接替约翰逊任国防部长的马歇尔,或者是布莱德雷? 也许仅仅是一种借口,以便万一这次行动失利,他们好推卸责任?妈的!

1950年9月15日仁川登陆后,美军第一海军陆战师师长奥利弗·M. 阿尔蒙德少将。右边是陆战队空军联队指挥官菲尔德·哈里斯少将

他凭着舷窗眺望着海面。8月28日,五角大楼就批准了登陆计划,现在又说这种话!但他也暗自担心,莫非厄运真要降临吗?也许他一开始就不该想入非非,搞出这么一个连他自己的司令部上上下下都无一人赞同的登陆计划?

"麦金利号"劈涛破浪飞速驶向登陆舰队的会合海域。

二次大战中,他曾经成功地指挥过一百多次两栖登陆作战,每一次他都跟随舰队亲临战场,所以有"两栖登陆作战之父"的美称。

在具有转折意义的大战前夕,麦克阿瑟无法安睡。他盼咐人将他的作战参谋惠特尼叫到自己的舱室来。

惠特尼来到他的舱室后,麦克阿瑟在舱室里来回踱着步,发神经似的滔滔不绝地向惠特尼一个人发表着演讲:"你看,此战的关键在于它的突然性,在于敌人没有准备,从潮水上来到落潮,两个小

十五 麦克阿瑟的旗舰驶近仁川港

时,的确很紧张,但是我的陆战队会迅速登陆的……我们可以先出动军舰上的飞机,轰平月尾岛上所有的工事,让敌人没有还手的能力,就像日军偷袭我们珍珠港所干的那样……但是,为什么所有的人,包括参谋长联席会议,布莱德雷、柯林斯、谢尔曼,乃至我的参谋长阿尔蒙德和我司令部里几乎所有的人都反对我的计划?冒险?当然是一次冒险!成功的可能性也许只有千分之一,但当我得到这个千分之一的机会,那剩余的九百九十九就没有任何意义了。它们会成为我胜利的陪衬。再说一遍:胜利寄托于敌人没有防备,因此这无异于一次赌博,一次巨大的赌博!我担心的是这次作战计划的保密程度如何,保密是否严密决定此战是否成功。假如我们在仁川遇到预先准备的坚强的防御,登陆就会一败涂地,从而酿成一场军事大灾难。会不会泄密呢?你看呢,惠特尼?要知道那帮新闻记者们,华盛顿的、东京的,总是像一群苍蝇似的嗡嗡地追逐我的新闻发布官,一旦作战计划稍有泄露,后果将不堪设想……"

海涛不停地拍击着船舷,惠特尼坐在一旁,倾听着他的司令官的演讲,感到司令官精神极度紧张。一直到夜里两点半钟,麦克阿瑟

1950年9月15日,美军从仁川登陆,海盗式飞机在为参与行动的海军舰队护航

1950年9月15日,美军登陆艇在仁川海滩卸下物资,美军海军陆战队忙着将装备迅速运往朝鲜内陆。登陆船只在海潮来临之前深陷在泥滩里

终于精疲力竭了,这才结束了滑稽的神经质的演讲,在惠特尼的劝说下,上床睡觉了。

两小时后,美军舰队向仁川发起进攻。

麦克阿瑟被隆隆的爆炸声惊醒,他披衣走出舱室,来到驾驶台上。整个仁川港在海军的炮击和空军的轰炸下剧烈地痉挛着。蓝色的"海盗"轰炸机一批一批从云层中俯冲而下,对炸毁的月尾岛和海滩目标重复扫射;在滚滚浓烟中,军舰向仁川海滩发射出成千上万的炮弹,一道道火红的弧形光迹映亮了天宇;数不清的小型登陆艇一圈一圈地围绕着突击母舰的周围翻腾前进,逼近着仁川海滩……麦克阿瑟忽然想起在东京第一大厦的战略辩论会上,当他的雄辩发言结束后,海军上将谢尔曼站起来对他说:"你赢了,伙计!"是的,我赢了!

十六

以朋友和同志的立场向友人提出意见

军委作战室作为军事枢纽在24小时不停地全天候运转,下情上达,上情下传,忙得不可开交。这时,接到华东军区关于9兵团北调执行办法的报告,毛泽东在报告上批示:9兵团全部可以于10月底开到徐济线,11月中旬开始集训。该兵团在徐济线整训期间仍归华东建制,惟装备及整训方针计划受军委直接指挥为适宜。

9月15日,麦克阿瑟集中美第10军等7万余兵力在朝鲜半岛的蜂腰部实行仁川登陆。

据情报,美国航空母舰上,飞机一架架起飞。月尾岛滩头上空轰炸机群密布,歼击轰炸机疯狂俯冲着。舰炮向岸上人民军阵地纵深发射了千余发炮弹,硝烟弥漫,炮声雷鸣。在无数个蜂拥到海边的登陆艇上,冲下坦克、步兵……美军海军陆战队第1师为前锋,在仁川首先占领了面积0.6平方公里、位于仁川港当面的月尾岛(它被看做是仁川的屏障);接着在当天下午涨潮时节,美军第5陆战队团登岛部队搭梯子爬上三米多高的防波堤,从仁川南部高地登陆;尔后主力部队突破人民军防线,扩大了登陆场。

与此同时,麦克阿瑟安排"密苏里号"在日本海和柯林斯所说的群山实行佯攻掩护,使人民军指挥部难以及时做出正确的判断。

锦江山下,13兵团司令部作战室,杨迪气喘吁吁地跑进来,说:"美军在仁川登陆了!"

邓华、洪学智、解方、杜平都紧张地看着杨迪。

杨迪继续发布刚刚收到的消息:"据我们了解到的情况,人民军在月尾岛、仁川、汉城一带只有极少的守备部队,仁川只有一个团多一点的兵力,汉城也是一座空城。在洛东江一线的人民军腹背受敌,形势十分紧张。在前线指挥作战的总参谋长姜健也被炸牺牲了!"

大家"霍"地站起来,都挤到作战地图前。事实上,人民军在发现敌人仁川行动之后才临时抽调少量部队,调汉城以南水原的70团,刚刚在铁原成立的第25旅,未经过训练,紧急增援仁川方向。从洛东江西线第9师调第87团,还有第18师恰好从汉城调往洛东江前线,人民军指挥部命令这几个部队,不管有没有作战能力,火速赶往仁川。

杨迪用手指敲打着"仁川"那个点。邓华说:"麦克阿瑟果然不出我兵团所料。可是友方一直不信呀,中央也反复提醒,可他就是不信。"

邓华关切地问:"在洛东江有多少个师?"

杨迪说:"目前我们掌握的师的番号有2师、5师、6师、7师、1师、4师、10师、13师等。"

邓华忧愁地说:"能回来几个师就好了。"

大家说:"是呀,是呀!"

邓华楼内的会议室,解方领着一位身材中等微胖的朝鲜将军走进来,邓华、洪学智走出几步相迎。

解方说:"金日成派朝鲜次帅朴一禹来安东了。"朴一禹曾在中国工作过。

英俊的朴一禹郑重地、脸色凝重地与邓华、洪学智握手。双方坐下,少顷,朴一禹用流利的中国话说:"金首相派我来,请中国政府尽快出兵援助我们。"

十六　以朋友和同志的立场向友人提出意见

邓、洪严肃地注视着对方颔首。

朴一禹继续说:"美军在仁川登陆,情况发生剧变,战局急剧恶化。我也只能讲些大概情况,具体的战局变化难以掌握。我军在汉城以及汉城以东供应线被美军完全切断。由于美第8集团军的部队沿铁路线和公路线急速北进,而且派飞机狂轰滥炸,公路全被敌机炸坏了,人民军部队大部已被冲散,只能以小股沿着山区的小道往北撤。多数主力部队现在还滞留在南方,联系不上。敌人对我们形成了南北夹击之势。"

邓华问:"能掌握的部队还有多少?"

朴一禹说:"极少。在洛东江一线的有组织师团都联络不上。形势日渐恶化。"

邓华、洪学智、解方、杜平都面露忧色。

最后,朴一禹带着泣声说:"朝鲜党和政府恳切提出请求,请中国老大哥出兵支援我们。请你们13兵团立即过江……"

洪学智回头对解方说:"他们的处境已经很困难了。"

邓华对朴一禹说:"我们一定把你们的情况和你们的要求向我们党中央报告,只要党中央一声令下,我们13兵团就会立即出兵支援,请朝鲜同志放心。"

漆黑的院落。邓、洪、解、杜从楼内出来与朴一禹握手道别。

邓华转回身,大喊一声:"杨迪。"

杨迪跑步来到邓司令面前。

邓华说:"立即把朴次相带来的情况整理出来,马上向毛主席和党中央报告。"

9月18日,中国驻朝鲜大使倪志亮将军向国内报告了金日成最近谈朝鲜情况以及准备长期作战的情况。20日,周恩来电复倪大使,要他向金日成转告中共中央对目前朝鲜战局的意见。在电报发出前,毛泽东作了审阅修改。电报说:"我们认为你(金日成)的长期作战思想是正确的。朝鲜军民的英勇是令人感佩的。估计敌人在仁川方面尚有增加可能,其目的在于向东延伸占领,切断朝鲜南北交通,并向三八线进逼。而人民军必须力争保住三八线以北,进行持久战方有可能。因此,请考虑在坚持自力更生长期奋斗的总方针下如何保存主力便于各个歼灭敌人的问题。"复电同时说明:"以上所陈,系站在朋友和同志的立场提出,供你们参考。"周恩来的电报向友人提示,一是要树立长期作战的思想;二是要如何保存主力问题;三是力争保住三八线以北的极端重要性。

9月25日,聂荣臻代总长对印度大使潘尼迦说:中国不会"袖手旁观,让美国打到中国的边境"。华盛顿9月27日收到这个报告,不以为然,认为印度大使潘尼迦是个"反复无常,很不可靠的报告者",并且过去有亲共反美倾向。

关于美军是否越过三八线,美国国家安全委员会有个第81号文件。9月27日,在此事提交联合国以前,杜鲁门同意参谋长联席会议发给麦克阿瑟的指示,批准麦克阿瑟在三八线以北展开军事行动。指示说:"你们的军事目的是毁灭北朝鲜武装力量",但"部队绝对不要越过朝满或朝苏边界"。同一天,美联社引述美国国务院一位官员的话说,麦克阿瑟已经被授权进入朝鲜三八线以北继续进攻。该官员还说,6月27日,联合国安理会决议已确立了法律权限。9月29日,国防部长马歇尔给麦克阿瑟发去一封密电:"我们要你在战术和战略上放开手脚,向三八线以北推进。"麦克阿瑟在回复中说:"在我看来,整个朝鲜都是我们军事行动的区域。"

麦克阿瑟这时已经到了他军事生涯的辉煌顶点,他告诉参谋长联席会议,他准备就此事公开发表一个声明。他对守口如瓶不习惯。参谋长联席会议吓坏了,急忙回电:"不用作任何解释或声明,就让行动来说话。"

十七

斯大林批评他的私人军事代表

9月27日,格鲁吉亚的阿布哈兹,黑海吹来的秋风习习,景色明媚宜人。阿德列尔,斯大林别墅的大会议室里,斯大林、布尔加宁、马林科夫、维辛斯基等政治局委员们正在紧急研究美军仁川登陆后朝鲜半岛的形势。布尔加宁不久前刚刚接替不受信任的朱可夫任国防部长,对国防事务以及武装部队情况并不是很熟悉,因此也提不出什么建设性的意见。

会议室内的气氛十分凝重。负责远东事务的外交部副部长葛罗米柯正在汇报斯大林私人军事代表报告的朝鲜半岛的最新情况。

葛罗米柯说:"根据马特维耶夫中将的报告,人民军部队在西线(汉城)和东南战线(釜山)的形势已变得愈加严重起来。美军已将在仁川地区登陆的第10军主力和在大丘向北和西北地区展开攻击的第8集团军部队集中于尚州一线,以包围和摧毁人民军主力。"

其实,在仁川登陆成功后,麦克阿瑟犯了一个错误,并未利用美军在汉城战略位置上的绝对优势把第10军主力用于跨越陆地向东北元山进军,以封锁集结在铁三角和华川一带的人民军部队;而是把第10军调出来,绕过釜山,乘船漂洋,到元山去发动另一次两栖登陆。这两个师有几个星期置身战斗之外。这个情况不知苏联顾问为什么未掌握。

葛罗米柯继续说:"美国空军已完全掌握了制空权,在空战中占有绝对优势。在空军的支援下,美军在人民军的前线和后方两个方面从水源向东和东南成功地推进了25—30公里,并从大丘向北和西北推进,美军的一部分已控制了尚州和安东。"

"据未经证实的报告,敌汉城部队的坦克分队已在清州进攻得手,这就造成了在这一地区被美国先头部队包围的危险态势。"

斯大林手捏烟斗,在室内缓缓地踱着步。葛罗米柯的汇报停下来了,因为不清楚"当家的"反应如何。良久,"当家的"关切地问:"人民军的情况呢?"

葛罗米柯说:"人民军主要是由于遭到敌军飞机的打击,损失惨重,差不多所有坦克都被破坏殆尽,大炮亦被击毁了相当部分。重武器都已丧失,现在人民军只能小规模勉强地展开迟滞敌人的作战行动。"

"当家的"脸色很难看,拿烟斗的手在微微颤抖,他站住,说:"这就是什特科夫上将和马特维耶夫中将的功劳,我看应该把他们调回来,授予他们列宁勋章。"

会议室内气氛死寂。大家沉默了很长时间,葛罗米柯继续汇报说:"人民军目前的装备、弹药严重供应不足,燃料缺乏,运输差不多已完全瘫痪。兵员与弹药补充的组织工作很差。部队从上到下的指挥系统一团糟,通讯线路和无线电联系由于敌机的袭击只能间断畅通,缺乏合格的无线电技术人员,通讯台站燃料供应困难,他们也绝少使用人力,例如通讯员传递信息。处在东南一线的人民军位置仍然不明,根本无法进行有组织的反击。"

斯大林觉得朝鲜半岛形势逆转给他出了一个大难题,他问:"目前有什么积极的措施?"

葛罗米柯:"马特维耶夫报告,按照我们的建议,9月26日朝鲜联络官已出发到前线参谋部和汉城部队,以便收集部队方位的情况。"

十七　斯大林批评他的私人军事代表

斯大林追问:"现在才出发吗?收集的情况如何?"

葛罗米柯:"当地时间9月25日17时,向部队传达了金日成的命令,根据这个命令,处于东南战线北部的汉城部队和第2集团军负责阻击敌人并实行交叉防御。在东南战线中部和南部的第2集团军部队受命开始向西北方向全线撤退到大田、大德地区,以便沿汉城、龙仁、清州、仁实一线设置一道防线。"

"当家的"又问:"还有什么情况?维辛斯基同志,你每次见斯大林同志都是只带耳朵的吗?"

维辛斯基也是新手,他脸色一白,说:"斯大林同志,9月26日金日成接见我们顾问团。外务相朴宪永和什特科夫上将接见时在座。会谈的结果,金日成决定把总司令和作战部的职权集中在他本人手中,建立一个隶属总司令的各部队指挥系统的参谋机构,密切注意后勤工作。他们认为:集中指挥是有利的。"

斯大林点点头,沉思着,问:"他们二线兵力情况如何?"

葛罗米柯说:"在朝鲜北部只有6个师开始组建。从南方部队组建9个师的计划,由于那里出现的局面已经失败。金日成发出命令,采取措施从南朝鲜撤回预备役兵员,以便利用他们在朝鲜北部组建新部队,同时也不让南方人有利用他们的可能。"

斯大林觉得组建6个师是应急措施,不知他们还有多少库存的武器装备。他问:"对斯大林同志有什么要求?"

维辛斯基说:"斯大林同志,需要首先安排向他们运送已经列入清单的正在组建的6个师的武器和装备。"

"当家的"觉得人民军主力在南方大部被击溃、击散,失去战斗力,所以回答说:"6个师的组建必须加快进行。武器、弹药和其他装备通过中国东北的铁路几天可以送到?"

维辛斯基:"一个星期便可到达。"

"当家的""哼"了一声,他对他的私人军事代表很不满意,认为他们的工作很不尽如人意。问:"马特维耶夫他们做了些什么工作?"

葛罗米柯还是尽量给斯大林的私人代表马特维耶夫打圆场,

说:"与金日成会谈结束后,他们正在帮助他们组织有效的指挥系统;整顿后勤供应线、运输和道路维修工作;做好设立防线准备。"

"当家的"反问:"你是说他们的工作很有成绩了?也就是你们外交部也很有成绩了?"

葛罗米柯瞠目无言。

斯大林问:"还有什么问题?"

葛罗米柯:"人民军部队需要驾驶员,已经运到的3400辆卡车还没有足够的司机驾驶。马特维耶夫建议金日成请求中国派出1500个驾驶员来朝鲜的做法是否妥当?"

斯大林交代葛罗米柯说:"这个问题,马特维耶夫可以这样给金日成建议,但不要提及是莫斯科的意见。"

葛罗米柯飞快地在笔记本上记录着。

斯大林神色凝重地问:"还有什么问题?"

葛罗米柯说:"目前就这些情况。"

斯大林问马林科夫、布尔加宁、维辛斯基:"你们呢?"

马、布、维三人摇摇头,表示没有问题了。

斯大林手拿着他那个有名的烟斗,严肃地来回踱步,会议室的空气凝重得好像停止了流动,只听得闹钟走动的声音。斯大林缓慢地走了很长时间,才扭转身说:"最近几天,人民军在汉城地区和东南战线的严重局势已有所发展。这在相当程度上是由于前线司令部、集团军司令部和各部队在军事指挥方面,特别是在战术方面犯有严重错误。"他讲到这里停顿下来,他没有想到苏联的军事顾问和人民军的指挥能力这么差,致使形势发展这么严重。

他想到了他的大使、他的私人代表以及顾问团的失职:第一不能掌握真实情况;第二不能完成最高统帅部交办的任务;第三军事上也很低能。于是他生气地慢慢说:"我们的军事顾问对这些错误有更大的责任。我们的军事顾问没有保证苏联最高统帅部关于从汉城以南地区的主要战线撤回4个师这一命令得到准确和及时的执行。而当时完全有可能做到这一点,结果延误了7天时间,这是难以补偿

十七　斯大林批评他的私人军事代表

的损失。在很多天之前,最高统帅部就发出了这样的指示,他们为什么不及时执行?为什么延误?布尔加宁同志,为什么他们不执行?他们听谁的?听犹太人的吗?听托派的吗?这就给汉城附近的美军提供了极大的实施其战术的便利条件。及时地撤回这几个师本来能够从根本上改变汉城附近的局势。"

布尔加宁点头说:"4个师撤回来就好了。"

马林科夫附加说:"这是一大损失。"

斯大林动气地说:"未经协调、未做好战斗准备的零散部队到达汉城是毫无效果的。他们缺乏协调缺乏与司令部的通讯联系。来自东南战线的师直接投入了零星而缺乏组织的战斗,这很容易就被敌人打败了。他们的敌人是美军,美军是经历过二次大战的,他们的战略战术思想是先进的。像我们以前向朝方曾经指出的,这几个师必须部署在汉城东面和东南面一线,休整24小时,并做好战斗准备。只有这样,才能进入有组织备战的状态。"

大家都觉得"当家的"说得对。他有丰富的指挥大兵团作战的经验,当然对朝鲜半岛的形势看得很清楚。只可惜苏联的军事顾问缺乏军事常识,缺乏战略头脑,缺乏指挥大的战役的经验,只可惜人民军不是苏联红军,指挥不灵呀!

沉默了一阵,斯大林问:"布尔加宁同志,不知你注意到没有,我们的军事顾问们是多么无知,不按战术常识行事。他们在战斗中使用坦克的战术是错误的和完全不可取的。他们最近在战斗中使用坦克时,没事先用大炮轰击为坦克扫清道路,结果我们的坦克很容易就被敌人摧毁了。我们那些已经忘记卫国战争经验的军事顾问一定知道,如此愚蠢地使用坦克只能导致失败。"人民军的T34坦克往往是不用炮兵配合,几辆坦克开路,冲上去,坦克后跟着步兵。结果被美军105毫米榴弹炮、火箭筒、反坦克地雷等摧毁。在从洛东江北上的道路上不断看到被摧毁的T34坦克残骸以及未被严重破坏的稍作修理即可启动的T34坦克。斯大林痛惜T34坦克的心情是可以理解的。斯大林的脸痛苦地抽动着,停了一会儿,他说:"这些顾问是国防部派出的吗？"

布尔加宁部长恐惧地说："斯大林同志,他们完全违背了军事常识,他们参加过卫国战争,但他们把那些可贵的经验忘得一干二净呀,最高统帅同志。"

苏联红军在二次大战中创造了伟大的战争奇迹,红军有丰富的战争经验。斯大林奇怪:红军中还有这样的将军,而且苏联统帅部还把他们派到如此重要的关键岗位。

其实,苏联驻朝鲜大使以及军事顾问们缺乏军事常识,缺乏战略头脑,往往被暂时的胜利冲昏头脑,并非在志愿军入朝前是这样,在志愿军入朝后仍然本性难移,常常在我军统帅彭德怀面前指手画脚,表现得自高自大很不得体。

当时我军取得第3次战役胜利,攻占了汉城,进驻水原,人民军第1军团占领了著名的仁川。中朝部队进抵到三七线。但这次战役的胜利,主要是政治影响大,军事上由于不能实行侧后迂回包围,未能歼灭第8集团军的主力。相反,打到三七线,运输线加长,部队指战员多数靠挖野菜和随身携带的炒面度日。

彭总下命令各军停止进攻。

在彭总同苏联驻朝鲜大使拉佐瓦耶夫见面时,拉佐瓦耶夫以军事家和太上皇自居,指名道姓地指责彭总:"哪有打了胜仗却不追击敌人的？哪有这样的司令员？"他坚持要求志愿军马不停蹄继续进攻,一直打到釜山,将美军赶出朝鲜半岛。他大概忘记了他们是怎么指挥人民军从洛东江败退的惨痛教训。

拉佐瓦耶夫在第二次世界大战后期,红军向日本关东军进军时,是进入朝鲜的苏联集团军司令员。苏军撤回国时,他留下改任为大使,实际上他还是人民军的总顾问。他按照第二次世界大战后期,苏军向德国法西斯军队由战略反攻到战略进攻的情况为依据,来对待朝鲜战场的情况,认为就应该像1945年苏联军队那样,向败逃的美军和南朝鲜军队连续不断进攻。拉佐瓦耶夫还说:"在苏军战斗条

十七　斯大林批评他的私人军事代表

令中,没有进攻胜利后,停止进攻的。只能不断进攻,扩大战果,乘胜将敌人赶出朝鲜,不能给敌人以喘息的机会,应该'一气呵成'。停止进攻是错误的。"

彭总是个富有实战经验的军事家、战略家。他清楚地知道我军还未大量歼灭美军的有生力量,而且美军有两个师正在向日本运输中。我总参谋部认为向南追击是危险的:一是没有空军支援;二是不能马上投入两个兵团的战略预备队;三是不能有两三万辆汽车投入运输。因此,总参谋部不同意继续向南进攻。彭总说:"我军已很疲劳,又没有制空权,后方供应上不去。敌人是摩托化,我军是两条腿,这怎么能够追上敌人呢?而且如果再将敌人压缩到朝鲜半岛东南部,敌人集中了,又有洛东江阻隔,更不利于我军歼灭敌人。"

拉佐瓦耶夫说:"歼灭不了敌人,多占领一些地方也是好的。"

彭总说:"歼灭不了敌人的有生力量,占领了地方也保不住。"

拉佐瓦耶夫说:"敌人为避免被歼灭,肯定会撤出朝鲜的。"

彭总说:"不会。我完全不同意你们的意见。我要对人民负责,如果错了,我负完全责任。"

拉佐瓦耶夫恼羞成怒,向斯大林发电告状。

彭总把同苏联大使的分歧如实地向毛泽东作了汇报,毛泽东将彭总的报告转给了斯大林。斯大林回电说:彭德怀同志是当代的军事家,朝鲜战场的一切军事作战行动都应听从彭德怀同志的指挥。随即,斯大林将拉佐瓦耶夫调回国,并撤了他的职。这些是后话。

斯大林越想越觉得派这些军事专家到朝鲜是失策,他说:"我们的军事顾问在战略上的无知和无视情报工作,也创下了奇迹。不知道我们红军中还有没有比他们更优秀的军官。他们未能理解敌人在仁川登陆的战略意义,他们否认这次登陆的意义。只要稍有军事常识的人都可以认识到美军在仁川登陆的意义。他们完全没有战略头脑,对战争的发展完全不能预见。我们为什么要把这些蠢材派到前方去呢?"

葛罗米柯插话说:"什特科夫上将缺乏军事眼光,他甚至建议追查在《真理报》发表评论美国登陆情况的作者。"

"我们没追究他,他倒追查别人?在《真理报》发表文章不是很好吗?引起大家的警惕。"斯大林顺着自己的思路说:"这种短视和缺乏战略眼光的状况致使他们怀疑从南方向汉城地区抽调部队的必要性,调动部队本身便被拖延和耽搁了,这样就损失了7天时间,而敌人对此感到高兴。我们为什么要继续用这样的人呢?难道苏联红军再找不到比他们聪明而有经验的人了吗?布尔加宁同志、维辛斯基同志?"

维辛斯基答:"外交部正在研究接替什特科夫的人选问题。"

斯大林瞥了维辛斯基一眼,继续顺着自己的思路批评军事顾问:"我们的军事顾问瓦西里耶夫等人在通讯联络、部队调度、情报组织以及作战指挥这样一些重要问题上对于朝鲜指挥机构的帮助极其微弱。其结果是,朝鲜人民军各部队在几乎根本没有指挥的情况下,盲目地进行战斗,对战场上的不同作战兵种也未能进行组织协调。在乘胜进攻的时候,这或许是可以容忍的,但是在前线处于如此复杂的情况下,这是完全不能容忍的。向我们的军事顾问,特别是向瓦西里耶夫讲明这一切是很必要的。"

马林科夫、布尔加宁沉默不语。斯大林稍作停顿,然后下达指示:"在目前的形势下,为了给朝鲜统帅部提供帮助,特别是考虑到组织朝鲜人民军各部队从东南战线撤退,以及尽可能快地在东面、南面和汉城北面建立新的战线等问题,我们的顾问必须做到以下几点。"

斯大林停下来,又走开去,大家的目光追着他的不算高大的身材。良久,"当家的"才说:"必须加强后卫部队。后卫部队必须有战斗力。主力部队在目前还有能力对敌人实施有效抵抗的师组成的强大后卫部队的掩护下,迅速实行撤退。要用正规部队,首先是反坦克大炮、战地工兵,在可能的地方,也用坦克来加强后卫部队。坦克只能在预先实行炮击之后与步兵协同使用。主力部队的一个师应努力攻占并守住全部山谷、桥梁、山口和重要的公路交叉口,直到向前进发的大批主力部队通过。在组织阵地防御时，避免把整个部队沿线分散部署，而要重点掩护主要的前进路线并为进攻行动组织强大的预备队。"

斯大林又停下来，缓慢地走着。他此时大约忘记了不仅后卫部队组织不起来，而且主力部队也不知在何处。据说只有第6师成功地到了北方。当然，斯大林从战役指挥角度指示加强后卫部队，在后卫部队掩护下，主力部队迅速北撤，在汉城北面建立一条新的防线，这与中共中央提出的保住三八线以北的精神是一致的。因为汉城距三八线只有40公里。

斯大林又指示说："后卫部队的责任是广泛地利用障碍物，为此可使用地雷和任何有效手段，实行节节阻击。为了赢得撤退主力部队所需的时间，后卫部队必须采取有力的和大胆的行动，勇敢不怕流血牺牲，保障主力部队通过。"

布尔加宁元帅在认真地听着，他们是新一代的高级军官，在"当家的"面前更是不敢置喙。

斯大林又说："主力部队各师行动时，尽可能不要作为分散的、缺乏协调的部队使用，而要保持完整的建制，以便准备经过战斗强行通过。有必要从主力部队中抽调有战斗力的后卫部队，并配以大炮，有可能的话也配备坦克。在部队撤退期间，要特别注意军事情报的组织工作，以便保证侧翼掩护和各部之间的通讯联络问题。在与各部队和朝鲜统帅部进行联络时，使用无线电密码通讯。在组织我们的军事顾问依据以上指示展开工作时，你们有责任采取各种措施，像以前已经指示的那样，注意不能让任何一个军事顾问被俘。"

维辛斯基、葛罗米柯都飞快地记录着最高统帅的指示。大家都知道三八线以南已无成建制的主力部队，许多师的师团领导已在撤退时失去指挥能力，或者干脆已经牺牲，美军的飞机对他们杀伤太大。但是谁也没勇气去提醒最高统帅。所以，最高统帅的指示也是落空的。

十八

杜鲁门的眼睛盯着斯大林

9月29日深夜,毛泽东收到周恩来的报告,报告说:"美帝国主义已在公开表示进军三八线。从倪志亮29日电看来,三八线北已无防守部队,似此情况甚为严重,敌人有直趋平壤的可能。"

9月30日,周恩来在中国人民政治协商会议全国委员会为建国一周年举行的庆祝大会上,根据毛泽东的决定,向全世界宣告:"中国人民在解放自己的全部国土以后,需要在和平而不受威胁的环境下来恢复和发展自己的工农业生产和文化教育工作。但是美国侵略者如果以为这是中国人民软弱的表示,那就要重犯与国民党反动派同样严重的错误了。中国人民热爱和平,但是为了保卫和平,从不也永不害怕反抗侵略战争。中国人民决不能容忍外国的侵略,也不能听任帝国主义者对自己的邻人肆行侵略而置之不理。"

周恩来的这个讲话,10月1日《人民日报》在显著位置登载了。

在这之前,毛泽东在全国战斗英雄代表会议和全国工农兵劳动模范代表会议上代表中共中央致祝词时表示:"中国必须建立强大的国防军,必须建立强大的经济力量,这是两件大事。这两件事都有赖于同志们和全体人民解放军的指挥员、战斗员一道,和全国工人、农民及其他人民一道,团结一致,协同努力,方能达到目的。"这表明了

十八 杜鲁门的眼睛盯着斯大林

中国政府和中国人民反抗侵略,发展经济的决心和意志。

我国远在公元前100年,汉武帝就认识到了朝鲜半岛与华北平原唇齿相依的关系。他很有战略头脑,那时候他的统治延伸到了朝鲜半岛与三八线相吻合的地带。今天,毛泽东、周恩来怎么能置这道战略屏障于不顾呢?怎么能置朝鲜人民的生死于不顾呢?怎么能不支援朝鲜人民的反侵略正义战争呢?

但当时的美国总统杜鲁门以及他的将军们,都患有自大狂病症,他们很注意斯大林和苏联政府的反应,对新中国却采取蔑视态度。

他们的军事情报部门发现,西伯利亚的苏联军队没有任何调动迹象;北京虽然把11.5万人的常规部队调到了满洲,但北京真正的兴趣在台湾岛,而不是朝鲜半岛。北京方面发出的信息当时都传给了马歇尔和杜鲁门(潘尼迦传给了英国,英国传到了华盛顿)。但杜鲁门怀疑周恩来的警告只是一种宣传策略;艾奇逊认为周恩来发出的信息是"虚张声势",对中国出兵未表现出任何担忧;布莱德雷则认为北京干预的最佳时间即仁川登陆前沃克在洛东江苦苦支撑的时机已经过去了。那时候不动手,现在还能动手?

9月初,美国还在朝鲜东海岸公海上击落苏联一架轰炸机,苏联只提出抗议,美国还不接受。美国经过三个月的仔细观察和研究,发现斯大林毫无任何出兵干涉朝鲜半岛局势的迹象,不愿意把事态扩大,因此就放宽了心。在杜鲁门看来,只要苏联不干预,美国就没有任何顾虑。一个新中国能奈何我美国吗?的确,当时中美双方的经济和军事技术条件指标相差悬殊,钢产量是60万(吨)比8785万(吨),原油产量是20万(吨)比2.6亿(吨),发电量是45亿度比3880亿度,军舰吨位是4万比300万,军用飞机是60架比3.1万架……杜鲁门几乎要笑出来,这点东西能管什么用?!这从10月9日杜鲁门向麦克阿瑟发出的指示也可以看出他的心态来。指示说:"今后中国共产党要是不事先声明就在朝鲜任何地方公开或隐蔽地使用大量的部队,你应该根据自己的判断,只要在你控制的部队有可能获得胜利,你就继续行动。"即授权麦克阿瑟战区司令了。

当时，美国土下公共舆论被将要取得全面胜利的气氛所笼罩。共和党觉得11月的总统大选在即，大力鼓噪，企图以朝鲜半岛的军事胜利帮他们大选的忙。共和党参议院领导人诺兰德说：在三八线驻足不前是对敌人的姑息。众议院的共和党议员斯科特说：在三八线停火的意见是旨在破坏我们在朝鲜的军事胜利。政党的利益影响了杜鲁门的头脑；他的最后决策带有政客的投机性；或者说是选票诱惑了杜鲁门。当时，麦卡锡主义作为一股强大的政治势力正在美国抬头。

利欲熏心的错误决策正好碰到一个野心勃勃的执行者。

麦克阿瑟把美帝国主义当权者的狂妄和愚昧发挥到了极致。他的性格上的缺陷给美军造成的悲剧已是众人皆知。但这时，美国人还未认清自己的这位五星上将，对他仍然充满盲目的崇拜和信任。他指示南朝鲜部队9月30日越过了三八线。同时，他又向朝鲜政府发出了"最后通牒"，命令人民军无条件"放下武器，停止战斗"。麦克阿瑟叼着烟斗想像：朝鲜半岛这个军事桥头堡已是囊中之物了，可以作为在远东遏制"共产主义扩张"的桥头堡了，可以保障美国在太平洋的利益了。

一时间，朝鲜半岛上空黑云笼罩，朝鲜面临亡党亡国、沦为美国殖民地的危机。

十九

斯大林指示必须在三八线以北组织防线

9月30日,黑海之滨的阿德列尔别墅,警卫森严,秘书在外间值班,万籁俱寂。

几天来,朝鲜半岛恶化的形势正苦恼着斯大林。在苏联军事顾问的指挥下,人民军打成这个样子,在他看来,实在是给自己的脸上抹黑。这时,"当家的"在里间巨大空旷的办公室内,正在看着金日成和朴宪永致他的一封信。他是一个勤奋工作的领袖,每天要看一尺以上厚的文件。他的周围已没有亲人,所以,除了工作,还是工作。这时,他看过信之后,推至写字台的前沿,缓慢地燃着他那世界闻名的烟斗,静静地抽着。

朝鲜半岛危险的形势已经出现,形势对人民军各部队非常不利。敌军各种型号的近千架飞机,在未遇人民军任何抵抗的情况下,完全夺取了制空权,像乌云般笼罩天空,对人民军部队的前线和后方实行24小时不间断的空袭。在前线,敌军的机械化部队在数百架飞机的掩护下,气势汹汹,未受任何阻碍地进行机动作战,造成人民军人员和物资的巨大损失。成建制的部队被冲垮,一个师只能有千把人回到北方。同时敌机肆无忌惮地轰炸铁路、公路,摧毁电话线路、通讯设施和其他目标,破坏朝鲜的战略资源,破坏人民军部队的给养供应,瓦解军队的作战意志,使人民军无法展开及时的反击作战。这种情形有点像当年德军突破苏联西部防线的阵势,人民军怎么受得了?美军在仁川实施了两栖登陆,一时间,已将大量作战部队和物资送往这一地区,敌军已经占领仁川,正在汉城进行巷战,汉城那里只有少量守备部队,显然,汉城难保。朝鲜危机四伏,困难重重。敌军在切断了他们各部队之间的所有联络之后,将仁川登陆的第10军和突破人民军南部防线的第8集团军会合起来,从而使汉城的失陷已不可避免。在这种情况下,在朝鲜南部作战的人民军各部队已被敌人分割,无法补充弹药、给养。一些部队已失去联系,有些已被敌人包围。

不知为什么麦克阿瑟在仁川登陆后,并未立即向东和向元山进攻,也未立即向三八线以北的平壤进攻。据情报说,他把在仁川登陆的两个师又调走了。而沃克的部队还未到这一带。而历史巧合的是,麦克阿瑟在仁川登陆后延误的一段宝贵时间同样又被什特科夫延误了,一帮完全没有战略头脑的家伙!

斯大林迈着他那沉稳的步子,心里想,战场的形势已经十分糟,失败的形势显而易见。正如金日成、朴宪永所说,一旦敌人占领汉城,他们将向朝鲜发起进一步的攻击,那么美国侵略者将取得全面胜利。为了向人民军部队供应所有必需的给养,并且保证向前线的供给不中断,首先需要的是一支相应的空军。但是,朝鲜没有经过培训的空军干部。

在苏联党内,内战时期的老同志以及卫国战争时期的新星仍然在领导岗位的已寥若晨星,少数虽然仍在高层,但已不参与决策。所以,在苏联党内,重大事情都是斯大林一个人说了算。他想,美国参战的目的很明显,就是要使朝鲜沦为它的殖民地和军事桥头堡,这是美国蓄谋已久的长期计划。这样可以威胁到中国和苏联,也就改变了二战以后的格局。现在金日成他们正在尽最大努力,采取各种措施组建新的作战部队,在更有利的作战区域部署从南朝鲜动员来

十九　斯大林指示必须在三八线以北组织防线

的10万名战士,并武装全体人民。

但美军是不会给人民军以充分时间去完成这些措施的,一定会利用人民军目前极端困难的形势,加速向朝鲜北部进攻,朝鲜北部很快就可能沦陷。金日成和朴宪永恳求给予特别帮助,在敌军跨过三八线以北的时刻,非常需要得到苏联方面的直接军事援助。他们又说,如果由于某些原因做不到这一点,那么请帮助他们建立一支由中国和其他人民民主国家组成的国际志愿部队,为他们提供军事援助。

斯大林满脸忧虑,走到窗前望着庭院内的秋色,他以共产国际领袖的立场考虑问题,心想,苏联只关心自身的安全。前一个要求显然不行,后一个要求还是可以的。从这封信中可以看出金日成同志和其他朝鲜领导同志把什特科夫和马特维耶夫试图回避的大量问题摆出来了。我们的大使和顾问们的做法是错误的,面对日益严重的紧张局势,朝鲜同志自然需要建议和帮助,但什特科夫同志保持沉默,从而助长了朝鲜领导人摇摆不定的情绪。警察中将马特维耶夫同志被派到朝鲜后,没有传递回来朝鲜各方面情况的报告,中央是从其他渠道得知这些情况的。马特维耶夫作为我的军事代表,一直未曾将他对朝鲜战局的评估送到莫斯科,更不用说他也未曾提出目前这种形势所需要的任何设想和建议。这种状况使中央很难就朝鲜问题做出这样或那样的决定。马特维耶夫同志没有给朝鲜领导人提供多少帮助。我要这样的私人代表有什么用呢?让他给斯大林脸上抹黑吗?朝鲜领导人到目前为止,还没有在三八线及其以北保卫共和国的任何计划,也没有从南朝鲜撤出部队的计划,这一事实清楚地说明了这一点。什特科夫1945—1948年在朝鲜苏联红军司令部中工作还是出色的,现在不知为什么反而不能完成任务了。

斯大林想到这里按响电铃,秘书迅速走进来,以问询的目光注视着这位领袖。

斯大林说:"请马林科夫他们进来。"

马林科夫、莫洛托夫、布尔加宁、维辛斯基及葛罗米柯以及总参谋部八局的同志都来到会议室。

斯大林问:"什特科夫送来的金日成、朴宪永的报告你们都看过了吗?"

众人七嘴八舌地说:"看过了。"

"当家的"不去看马林科夫等人,自己踱着步,用烟斗摩擦着胡须说:"什特科夫和马特维耶夫向中央隐瞒了真实情况,他们不敢向中央报告实情。因为他们对美军的侧后登陆问题麻木不仁,未向中央提出建议。现在情况很糟。他们未向朝鲜提供有益帮助。那么,他们在朝鲜干什么了?跳舞吗?搞女人吗?朝鲜领导人说,在美军仁川登陆之前,所有人对前线形势的估计都认为有利于我方。这个'所有人'首先应该包括我们的什特科夫等人。现在时间紧迫,必须指示什特科夫、马特维耶夫在朝鲜的未来行动,必须注意执行以下这些命令。"

维辛斯基、葛罗米柯等人都在忙着做记录。

斯大林停顿了一下,说:"立即会见金日成和朴宪永,向他们转述下列几点:敌人是否向三八线以北推进?关于这个问题,有必要做最坏的设想,即敌人可能将占领朝鲜北部。因而你们不得有任何延误,必须立即动员全部力量,不让敌人跨过三八线,同时要准备在三八线以北同敌人作战。"

斯大林想在三八线以北组织防线,阻止美伪北进,以挽救危局。

他说:"必须指示什特科夫和马特维耶夫,不要低估了朝鲜在组织防御方面的实力和能力,朝鲜有极大可动员的潜力和资源。在目前困难的形势下,在最短的时间里,需要解决的任务是:通过各种方式——包括加强现有的部队和组建新的部队,做好战斗准备。我们将为所有这些部队提供足够的武器。"

斯大林坚信朝鲜还有力量防守三八线。实际上,他身边的人隐瞒了许多情况,并不了解真实情况,尤其不了解在洛东江一线的人民军主力师的伤亡和溃退情况。他心情十分焦虑,怕错过了有利时机,严肃地对马林科夫、布尔加宁等人说:"现在怀疑北方力量的人

十九　斯大林指示必须在三八线以北组织防线

大有人在。我认为，朝鲜不能在三八线及以北地区进行抵抗的观点是错误的，那里山高路狭，地形有利。朝鲜政府有足够的力量，所需要的只是把所有的力量组织起来并尽其所能进行战斗。用一切方式加速组建部队是必要的。"

领袖坚信朝鲜政府仍然有这个能力，即在三八线及以北山地进行有效的阻击，马林科夫、布尔加宁等都明知不行，却都点头说："是！是！"

斯大林问："武器装备怎么样？"

葛罗米柯答道："武器装备已在运往朝鲜的途中。"

布尔加宁说："需要采取更有力的措施把北方部队从南方撤回来。"

马林科夫说道："不知还能不能撤回来。"

斯大林说："马林科夫同志，你要想到南方并没有一条接连不断的战线，美军的兵力有限，南方有许多大山、深沟，部队完全有可能寻路回到北方。在这方面不能有右倾思想。他们都熟悉路线，用不着我们去担忧。要赶紧完成撤退，美国人无疑试图在最短的时间内使这些部队丧失这种可能性。"

马林科夫噤若寒蝉了。

布尔加宁说："朝鲜方面，目前在敌占区可以广泛开展游击战争，组织有进攻性的游击行动，利用当地民众组成的游击队和那些因无法撤回北方留在那里的正规部队，开辟敌后战场。游击队的任务是破坏交通、捣毁指挥所、切断通讯线路、袭击敌军官兵及其他手段骚扰和威胁敌人后方。"

斯大林："布尔加宁同志在敌后开辟战场的观点是对的。朝鲜方面目前需要依照组织积极防御的新任务打开局面。朝鲜要严格而明确地确定领导同志的职责，在保卫祖国的非常时刻，向每一个指挥员指定专门的任务和职责。为了在敌人后方开展活动，需要使用无情的和极端的手段镇压反动派的首领。对有破坏任务的敌伞兵，政府在其所在地处置敌人时，有必要建立一支由可靠的和值得信赖的人组成的特别剿灭队。必须立即采取一切手段在重要港口和敌人有可能登陆的地方布雷。我们也将在这方面给以必要的援助。"

斯大林在发出对敌人实行铁的手段的指示后，沉吟了一会儿，说："关于金日成提出要求武装援助的问题，我们苏联红军不好直接参战。我们要避免同美国的直接军事冲突，避免引发世界大战。我们已经向国际上声明，红军已完全退出朝鲜半岛。关于这一问题，我们必须首先同中国同志商量，告诉什特科夫和马特维耶夫，几天后将收到答复。"

斯大林会议室的墙壁挂着政治局委员的画像，而且每个委员一般都坐在自己的画像下。斯大林望了一眼布尔加宁元帅的画像，对布尔加宁说："布尔加宁同志，我认为应该给毛泽东、周恩来发一个电报，与中国领导同志协商由他们出兵组成志愿军的问题。"苏联政策的基点在于实行与美国进行军事对抗的战略，保持在远东的势力范围。因此，朝鲜半岛不能沦为美国的殖民地和军事桥头堡。但出兵问题应该跟毛泽东商量。这就是斯大林的战略策略。

布尔加宁立即回答："是的，需要马上同毛泽东协商，斯大林同志。"

斯大林说："可以以我的名义发电。"

布尔加宁说："以您的名义好。"

斯大林说："口气可以客气一些。比如，先谈我正在远离莫斯科的地方度假，对于朝鲜的事情多少有些超脱。然而，从我今天从莫斯科得到的情报判断，我看我们的朝鲜朋友正处在危急的形势之中。"

"当家的"停顿一下，又说："早在9月16日莫斯科就已经警告我们的朝鲜朋友，美国军队在仁川登陆非常值得注意，其目的在于切断朝鲜第1、第2军团与他们在北方的后方联系。莫斯科劝告他们立即从南方撤回至少4个师，以便在汉城北面和东面建立起一条防线，以后逐步把正在南方作战的大部队撤回北方，从而保证三八线的防御。但是第1、第2军团的司令部没有执行金日成的向北撤退的命令，致使美国军队将他们分割包围。我们的朝鲜朋友没有能够在汉

十九　斯大林指示必须在三八线以北组织防线

城附近部署进行抵抗的军队。这样，就需要考虑到在三八线没有防卫的状况。"

斯大林不愧为指挥过苏联红军的最高统帅。在仁川事件后立即指示从南方撤回4个师在汉城北面和东面建立起防线。他的这一指示与9月20日毛泽东进行持久作战，力争保住三八线以北的思想不谋而合。如果斯大林的这一指示得到贯彻执行，即4个师到位，那朝鲜战场将会出现另一种态势。事实上，这一措施是可以实现的。麦克阿瑟在仁川登陆后把两个主力师，即陆战师和步兵7师用船运走了。这个方向只剩下2个旅1个团的兵力。而南线沃克的美军4个师和南朝鲜的6个师还远在人民军的后方。但可惜的是，第1、第2军团未执行这一命令。在前线的人民军战士并不知道美军已经在仁川登陆，他们仍然鏖战在前线。直到9月23日以后，前线的部队才知道发生了大事，一下子惊惶失措，在美军、伪军10个师的进攻下，溃不成军。前线部队的指挥员失去了7天的战机。

这时，马林科夫插话："向毛泽东要先强调朝鲜的困难情况。"

斯大林说："应告诉毛泽东，如果他认为在紧急情况下有可能派部队支援朝鲜人，那么他应该立即派出至少五六个师到三八线，以便让我们的朝鲜同志有机会在你们的部队掩护下组织起保卫三八线以北地区的战斗。中国军队可以考虑作为志愿军，当然是由中国人指挥。"

斯大林停顿了一下，又叮嘱："关于这个想法，要告诉毛泽东，我尚未也不准备告诉我们的朝鲜朋友，但在我看来，他们知道这一情况后，毫无疑问会感到高兴。"

马林科夫、布尔加宁等人都心领神会地点头说："是，是，斯大林同志。"

二十

中央书记们研究斯大林的电报

北京,天高云淡,秋风送爽。天安门广场欢声雷动,正在举行新中国第一个盛大的国庆节盛典。毛泽东、刘少奇、周恩来、朱德、聂荣臻等领导人在天安门城楼上检阅三军分列式,坦克、大炮、战车、装甲车威风凛凛地从天安门前轰然通过,接着是百万群众的游行队伍。

夜晚,天安门广场流光异彩,灯火辉煌,焰火在天空"噼啪噼啪"地响着,繁花盛放。

深夜,中南海颐年堂中央书记处会议厅,毛泽东、刘少奇、周恩来、朱德四位中央书记在紧急开会。

毛泽东等大家坐下后说:"刚才苏联大使罗申转来一封斯大林给我和周恩来的紧急电报。斯大林在黑海疗养地,但他说他在密切地注视着朝鲜半岛的形势。通过他的私人军事代表马特维耶夫和大使什特科夫指挥着人民军。"这位罗申即是蒋介石时期的驻华大使,孙科把政府南迁广州时,他也跟去了。新中国成立后,斯大林仍然让他当驻华大使。

周恩来让师哲同志读斯大林的电报。师哲 1925 年到苏联学习、工作,1938 年在莫斯科担任驻共产国际中共代表团团长任弼时的秘

二十 中央书记们研究斯大林的电报

书。1940年随周恩来、任弼时回国,任毛泽东的俄文翻译,后任政治秘书室主任,协助毛泽东主席处理中苏事务,1950年12月随毛泽东访苏。此时,师哲念道:我正在远离莫斯科的地方度假,对于朝鲜的事情多少有些超脱。然而,从我今天从莫斯科得到的情报判断,我看我们的朝鲜朋友正处在危险的形势之中。

周恩来插话:"他现在在格鲁吉亚的阿布哈兹。"

师哲又念道:早在9月16日之前,莫斯科就已经警告我们的朝鲜朋友,美国军队在仁川的登陆非常值得注意,其目的在于切断北朝鲜第1、第2军团与他们在北方的后方联系。莫斯科劝告他们立即从南方撤回至少4个师,以便在汉城北面和东面建立起一条防线,以后逐步把正在南方作战的大部分部队撤回北方,从而在三八线组织防御。但是第1、第2军团司令部没有执行金日成让他们北撤的命令,致使美国军队把他们分割包围。朝鲜朋友已经没有能够在汉城附近进行抵抗的军队。这样,就需要考虑到在三八线没有防卫的状况。

毛泽东:"斯大林指示撤回4个师以及在汉城一带建立防线的想法是对的。"

刘少奇:"斯大林是有战争经验的。9月16日之前撤回4个师就好了,在汉城以北布置防线就好了,可惜第1、2军团没有执行命令。事实上,他们都粘在洛东江一带,抽不出来。"

朱德:"友方过早地把战略预备队用上了。在汉城、在三八线也不可能有管用的防卫力量了。友方把主力师、管用的部队全部都用到洛东江一线了。"

周恩来:"你们注意听呀,下面就是约瑟夫大叔对朝鲜问题开出的药方。"

师哲传达斯大林的声音:我想,如您认为在紧急情况下有可能派部队支援朝鲜人,那么您应该立即派出至少五六个师到三八线,以便让我们的朝鲜同志有机会在你们的部队的掩护下,组织起保卫三八线以北地区的战斗。中国军队可以考虑作为志愿军,当然是由中国人指挥。

师哲继续念着:关于这个想法,我尚未也不准备告诉我们的朝鲜朋友,但在我看来,他们知道这一情况后,毫无疑问地会感到高兴。

信的最后是:我等待你的答复。

沉默。每一位领导的脸上都凝重起来。

周恩来对大家说:"斯大林说了,让我们组织五六个师到三八线组织防线,掩护朝鲜人民军撤到三八线以北。说友方他们会毫无疑问感到高兴。"

朱德:"我们现在按斯大林的要求出兵到三八线附近,是什么理由呢？敌人是不是要过三八线呢？"

周恩来说:"三八线是南北分界线。现在美军还未越过三八线。我们出兵五六个师,师出无名么。如果美国军队越过了三八线,那我们就不能坐视。应该说,三八线是我们管与不管的前提条件。这是我国政府早已声明了的。"

刘少奇:"不到万不得已的时候,最好不打这一仗。我们中国的经济建设刚刚开始,我们介入朝鲜战争要面临极大困难,意味着我们的经济建设要停下来。我们与美国的实力悬殊太大。美国国防开支是150亿美元,我们只有10亿美元。美国钢产量8785万吨,我们只有60万吨。还是要争取最后一线希望避免与美国直接交战。"

毛泽东:"是呀,这个决心不好下呀！"

毛泽东站起来掏出烟,闻了两下,望着窗外苍苍茫茫的夜空。

10月3日,丰泽园,毛泽东躺在宽大的木床上,正在精心批阅文件。

秘书报告毛主席,朝鲜外务相朴宪永带着金日成首相给毛主席的信飞到了北京。

毛主席"哦"了一声,说:"那马上见他吧。"

毛泽东的客厅内,矮胖的朴宪永向毛主席递交了金日成的一封信。毛主席阅毕,递与坐在一侧沙发上的周恩来。

毛泽东问:"目前形势怎么样？"

二十 中央书记们研究斯大林的电报

朴宪永满脸忧虑地说:"人民军各部队正在英勇地抗击着向前推进的登陆之敌。然而,我们认为有必要向您报告,形势对我们非常不利,主席同志。敌军各种型号的近千架飞机,在未遇到我方任何抵抗的情况下,完全夺取了制空权,对我前线和后方实行 24 小时不间断地空袭。在前线,敌军的机械化部队在数百架飞机的掩护下,未受阻碍地进行机动作战,造成我方人员和物资的巨大损失。同时,敌机肆无忌惮地轰炸铁路、公路,摧毁电报电话线路、通讯设施和其他战略目标,破坏我军给养供应,瓦解我军的作战意图,使我们无法及时地展开反击作战。"实际上,人民军在沃克陆海空军部队的打击下,情况比朴宪永说的更为严重。一个师能撤回千把人就不错了。

听到这里,毛泽东点燃一支烟站起来,在地毯上踱起步来。

他在想,我党和政府曾多次提醒友方,攻洛东江是消耗战。要防止敌人侧后登陆,因为美军有强大的海军。可是由于种种原因结果弄成现在这么一个局面!

朴宪永继续说:"我们所经受的困难是全面的。敌军在切断了我军各部队之间的所有联络之后,将仁川登陆和突破我南部防线的部队会合起来,(作者注:麦克阿瑟把在仁川登陆的其中两个师调往东海岸了,他们未与沃克部队会合。可见,当时,金日成也不掌握敌军的真实情况。)从而使汉城的失陷已不可避免。在这种情况下,在朝鲜南部作战的人民军各部队已被敌人从北面加以分割,已经分散的人民军目前无法补充弹药、给养。此外,一些部队已失去联系,有些已被敌人包围。"

毛泽东停住,意识到人民军成建制的反击已不能进行,美军如入无人之境。他神色严肃地看看周恩来。

周恩来目光锐利地瞅着朴宪永说:"你们估计形势发展如何?"

朴宪永说:"敌人占领汉城后,将向朝鲜北方发动进一步的攻击。那么,美国会取得全面胜利。"

毛泽东说:"形势很危险呀,比我们想像得还要快。"

朴宪永面色沉重地说:"在敌人进攻三八线以北的情况下,急盼

· 毛泽东的艰难决策(一)——中国人民志愿军出兵朝鲜的决策过程 ·

中国人民解放军直接出动,援助人民军作战。"

毛泽东坐到沙发上,抽了一口烟问:"你们向斯大林同志提出直接援助了吗?"

朴宪永说:"29日,金日成同志给斯大林同志写了一封信,要求在敌人跨过三八线以北的时刻,得到苏联方面的直接军事援助。"

周恩来问:"斯大林是怎么答复你们的?"

1949年冬,金日成访问苏联,左为外相朴宪永

毛泽东主席会见访华的金日成首相

二十　中央书记们研究斯大林的电报

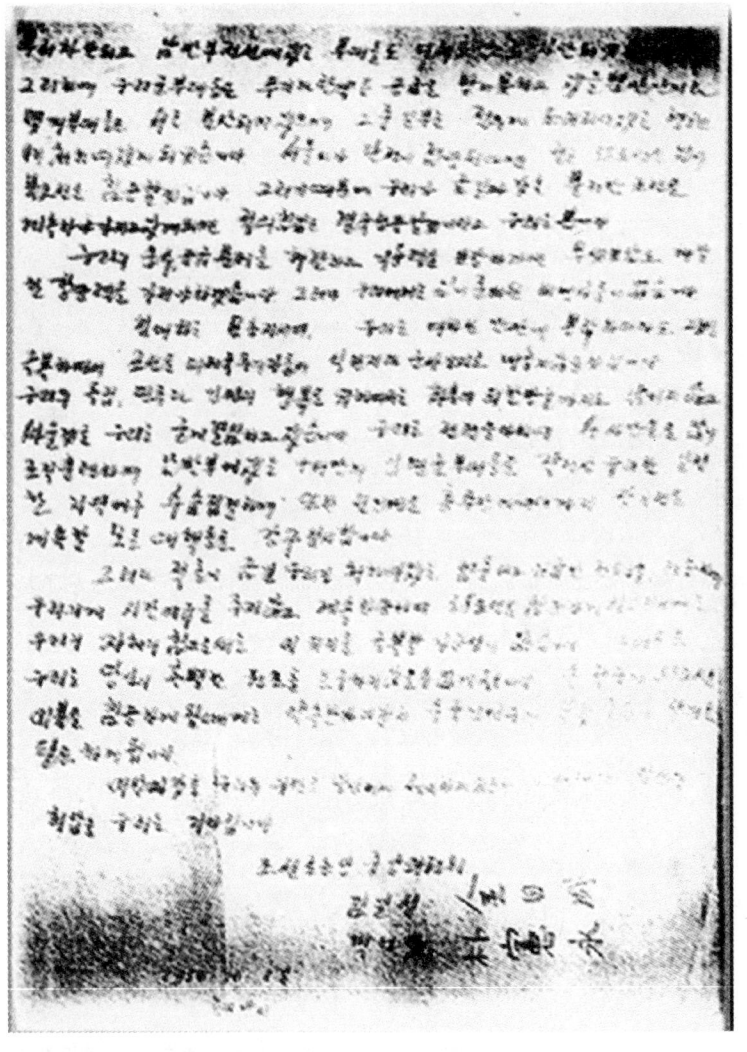

10月1日，金日成代表朝鲜劳动党和朝鲜政府致信毛泽东，请求中国出兵援助(朝文)

朴宪永说："斯大林同志希望这一问题同中国商量。"

毛泽东和周恩来都明白斯大林的用意，老大哥是要把球踢给中国政府。他们二人严肃地瞅着朴宪永。

毛主席说："你们的请求，请容我们政治局研究后答复。"

朴宪永说："请你们尽快研究呀！"

周恩来说："我们党内先要研究统一意见，另外，我国政府还要与斯大林同志协商才能做出最后决定。"

毛主席、周恩来把朴宪永送出门外。

同一天深夜，金日成的会客厅，金日成紧急召见中国驻朝鲜大使倪志亮和政务参赞、武官柴军武（柴成文）。金日成说："麦克阿瑟发出最后通牒，要求我军放下武器，停止战斗。中国政府应尽快派军队支援朝鲜人民军作战，反对美国侵略。"倪志亮大使答应马上向中央反映金日成同志的意见。

二十一

毛泽东给斯大林一个意外的回电

10月2日,颐年堂会议室,一束橘黄色的阳光照在颐年堂内。

中央书记处扩大会议,党和国家、军队领导人围坐一周,研究复斯大林电的问题。

毛泽东对大家说:"现在我们讨论一下朝鲜半岛的形势和出兵问题。先请作战部介绍朝鲜半岛形势。"

李涛将军走到地图旁,说:"美伪军9月28日攻占了汉城。9月29日,进至三八线附近。今天,伪军不顾我国政府9月30日的严正警告,伪军3师已在东海岸越过了三八线。伪6师到了春川。第8集团军的先头部队成立于美国南北战争时期的第1骑兵师已到汉城北边的开城附近。英联邦第27旅(其中有澳大利亚皇家团一个营)五六千人,也同第1骑兵师一样指向平壤。麦克阿瑟认为,中国的国内战争刚刚结束,国力很弱,不可能出兵与美国作战……"

毛泽东坐在沙发上,手里掐着一支烟,吮了吮嘴唇,说:"美帝国主义欺人太甚啊,杜鲁门想一举消灭朝鲜民主主义共和国呀,改变《波茨坦公告》形成的南北分治的格局。邻居遭劫,局势严重,异常危急,战火很快就要烧到我们边界。我们怎么办?"

二十一　毛泽东给斯大林一个意外的回电

毛泽东环视着与会领导。

沉默。

大家都在沉思。年轻的共和国刚刚从血与火中获得新生。战争是什么概念？这些久经沙场的领导同志心里怎能不清楚呢！怎能轻易表态呢！

聂荣臻提建议说："主席，研究朝鲜局势和出兵问题，恐怕需要高岗同志来京面商，征求他的意见。"

毛泽东："对呀，十万火急，立即接高岗来京。"

聂荣臻说："主席呀，据得到情报，麦克阿瑟已向朝鲜政府发出了敦促投降书，下令美军向鸭绿江北犯。鉴于目前朝鲜半岛形势，我考虑，应下令13兵团进入一级战备，随时待命出动。"

周恩来："同意荣臻同志意见。"

毛泽东："可以下令13兵团待命出动。"

朱德："作战部立即拟电稿。"

毛泽东思考了一会儿，说："我13兵团在鸭绿江北岸，是未雨绸缪之计。远在7、8月份，我们就预见到这个形势，成立了边防军。箭在弦上，不得不发。美帝国主义十分猖狂，以世界警察自居，在全球推行其炮舰政策，现在几天之内要消灭一个社会主义国家。帝国主义阵营喝彩声四起，额手称庆哪。社会主义国家唇亡齿寒呀，我心里不是滋味。"

大家听了毛泽东的话，都颇有同感。

根据东北地区与朝鲜地形相似、主要部队的来源是4野的考虑，毛泽东说："我提议林彪同志率军入朝。"

大家举目注视坐在一旁的林彪。

林彪连连摆手，说："主席，我考虑国内战争创伤亟待医治，部分地区尚未解放；我军武器远远落后于美军，无制空权；出兵恐怕不妥，恐怕打不好。打不好将出现严重后果。而且，我身体不好，拟到苏联去治病，不能到前线去。"

毛泽东惊讶地看着林彪。他也是"不战"的观点。每次面临大战，他就是这种精神状态,辽沈战役就是这个样子!他这种阴阴阳阳的态度即使服从命令到了朝鲜,也不妥。非但他自己信心不足,连中央高层也会受到影响。再发生辽沈战役发起前那种执迷不悟的情形就糟了!

毛主席脑袋里还装着两个人选,一个是粟裕,一个是彭德怀。粟裕年轻,战功卓著,比较理想,但据说身体不好,应告诉陈毅找粟裕面谈,希望他能挂帅出征;同时,让周恩来召彭德怀进京参加政治局扩大会议,应该同老彭面商此事;应请高岗同志即行动身来京开会;请邓华同志令边防军提前结束准备工作,随时待命出动,按原定计划与新的敌人作战;请他将准备情况及是否可以立即出动即行电告。

散会后,毛泽东一直在考虑着斯大林的电报。朝中两国同饮一江水,唇齿相依,血脉相连,我毛泽东难道能袖手旁观吗?从战略上讲,我们不能同意美军屯兵鸭绿江,不能同意失去朝鲜半岛这个屏障,公元前100年汉武帝都明白的道理,我毛泽东难道还不明白吗?美帝侵略朝鲜的目的,不是朝鲜本身,而是以半岛为跳板,煽动日本军国主义或者蒋介石集团沿着这条路线入侵大陆。唇亡则齿寒,户破则堂危,救邻即自救么。朝鲜外务相朴宪永代表金日成要求中国军队赴朝参战,其情动人呀!难道中国党能无动于衷吗?他想,不管苏联的态度如何(苏联开始时积极参与向南方的军事进攻,现在又避免过多地卷入冲突,在关键时刻不伸援助之手),我毛泽东不是斯大林,中国党不是苏联党,我们还是要用志愿军的名义派一部分军队至朝鲜境内和美国及其走狗李承晚的军队作战,援助朝鲜同志。这样做是必须的。因为如果让整个朝鲜被美国人占去了,朝鲜革命力量遭受根本的失败,则美国侵略者将更为猖獗,于整个东方都是不利的。苏联政策的基点既然在于实现与美国进行军事对抗的战略,不失时机地在远东扩大势力范围,现在就不应回避与美国发生冲突,不应该在气势汹汹的美国政府面前退缩。

二十一 毛泽东给斯大林一个意外的回电

他抽着一个烟头,站起身来,慢慢踱着步。心想,中国军队到朝鲜和美国人作战,第一,要能解决问题,即要准备在朝鲜境内歼灭和驱逐美国及其他国家的侵略军;第二,既然中国军队在朝鲜境内和美国军队打起来(虽然我们用的是志愿军名义),就要准备美国宣布和中国进入战争状态,就要准备美国至少可能使用其空军轰炸中国许多大城市及工业基地,使用其海军攻击沿海地带。

但是任何事物都是可以转化的。在这两个问题上,首先的问题是中国军队能否在朝鲜境内歼灭美国军队,有效地解决朝鲜问题。只要我军能在朝鲜境内歼灭美国军队,主要是歼灭沃克的第8军(美国的一个有战斗力的老军),虽然第二个问题美国和中国宣战的严重性依然存在,但是那时的形势就会变得对革命阵线和中国有利。到那时,朝鲜问题就会以战胜美国的结果而在事实上结束了,在形式上可能还未结束,美国可能在一个相当长的时期内不承认在朝鲜的失败。只要有这么一个局面,即使美国已和中国公开宣战,这个战争规模也不会很大,时间也不会很长。

毛泽东心里反复掂量着,最不利的情况是中国军队在朝鲜境内不能大量歼灭美国军队,两军相持成为僵局,而美国又已和中国公开进入战争状态,使中国现在已经开始的经济建设计划流产,并引起民族资产阶级及其他一部分人民对我们不满(他们很怕战争)。所以,归根结底是一个军事胜利问题。

我军入朝后,可不可以打胜呢?毛泽东想到了已在辽南的13兵团,这是我军的一支优秀部队,38军、39军都是井冈山建军的红军老部队。40军、42军在东北战争时期都是过硬的能打的部队,是可以依赖的部队。在目前情况下,决定将预先调至南满的这12个师(五六个师不够)于10月15日开始出动,位于北朝鲜的适当地区(不一定到三八线),比如在北部山区,一面和敢于进攻三八线以北的敌人作战,第一个时期只打防御战,歼灭小股敌人,弄清各方面情况;一面等候苏联武器到达,并将我军装备起来,然后配合朝鲜同志举行战略反攻,歼灭美国侵略军。

这时,毛泽东仰在沙发上,他的理发师在给他梳着头发,他在翻阅着总参作战部李涛送来的材料。我军的情报工作做得是好的。他知道,从延安到现在,渠道很多。现在,美国1个军(2个步兵师及1个机械化师),包括坦克炮及高射炮在内,共有7—24公分口径的各种炮1500门,火力很强。敌有制空权,而我们开始训练的一批空军,要到明年2月才有300架飞机可以用于作战。在进入朝鲜作战的初期,不能指望我们的空军协助作战,苏联空军更是未知数。毛泽东是位有气魄的战略家,他的战略战术是用几个拳头打一个人的问题。我军目前尚无一次歼灭一个美国军的把握。我军入朝后应准备在战场上用4倍于敌人的兵力(即用我们的4个军对付敌人的1个军)和一倍半至两倍于敌人的火力(即用2200—3000门7公分口径以上的炮对付敌人同样口径的1500门炮)同美军作战,而有把握地干净地彻底地歼灭敌人的一个军,主要目标应是沃克的第8军。我们入朝的这4个军是4只猛虎呀,吃掉美国一个军,尤其是在突然袭击的情况下,是完全可能的。美军可怕吗?不可怕。他们不比蒋介石的精锐部队强到哪里。辽沈战役时,4野歼灭的蒋介石的新1军、新6军、207师等,廖耀湘兵团的战斗力也不弱。能打败廖耀湘兵团,不能消灭美军一个军吗?反正我毛泽东觉得有信心。朝鲜人民军都可以打败美军24师,我军怎么不可以歼灭美军第8军呢?在11月22日给19兵团以及华东、中南、西南、华北军区的电报中说:"要有同美国人作战的高度的思想准备","美国军队比起蒋介石的某些能战的军队来,其战斗力还要差些"。

这时,理发师离去,毛泽东站起来,点着一支烟,望着院内的几株古树沉思。他觉得美军兵力有限,据说美国本土现在还有一个师。新动员的师要等三四个月以后才能从美国本土出发。美国的战略重点在欧洲,他们不可能从其战略重点欧洲抽调兵力;而我军却兵力雄厚,而且刚刚结束大的战争,打仗对我们来说还是不陌生的。他想,除上述12个师外,聂荣臻正从长江以南及陕甘区域调动24个师位于陇海、津浦、北宁诸线,作为援助朝鲜的第二批及第三

二十一 毛泽东给斯大林一个意外的回电

毛泽东给斯大林的电报手迹（首页）（1950年10月2日）

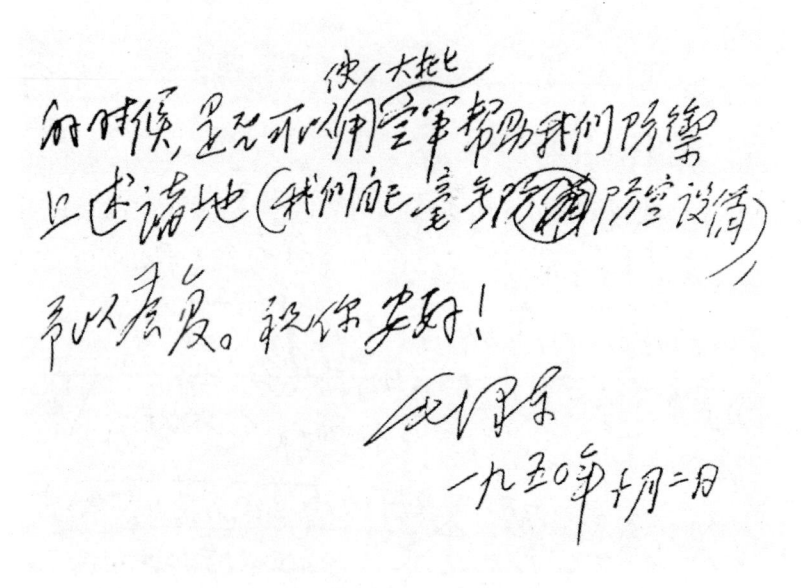

毛泽东给斯大林的电报手迹(末页)(1950年10月2日)

批兵力，预计在明年的春季及夏季，按照当时的情况可以逐步使用上去。

沉思良久，毛泽东决定把上述想法作为复电，告诉斯大林。他快步走到写字台前，用毛笔很潇洒地起草给斯大林的电报："10月1日来电收到了，兹将我们的意见答复如下。"他一口气写了6个问题，并要求斯大林提供必要的军事援助，包括坦克、重炮和其他轻重武器及几千辆卡车。同时，当中国军队进入朝鲜作战的时候，要求斯大林"使用大批空军帮助我们防御"，"我们自己毫无防空设备"。请斯大林予以答复。

10月2日毛泽东亲笔写给斯大林的这封电报在1987年出版的《建国以来毛泽东文稿》中公布了。电报公布后，俄国学者以俄罗斯总统档案馆无此电报为由，对电报的真实性提出质疑。俄国学者认

二十一　毛泽东给斯大林一个意外的回电

为中国公布的电报"是不可靠的。它或者是不准确的,或者是未发出的,或者是日期有误"。甚至不排除"中国当局为了表现他们认为的在意识形态和政治上更正确的历史看法,改动或歪曲了文件内容"的可能性。

俄国学者怀疑文件的真实性是缺乏根据的。事实上,毛泽东在这封电报里提出的问题都是重大问题。他考虑得很全面,很周到,又很慎重。据逄先知、李捷在《毛泽东与抗美援朝》一书中分析:"这份电报没有发出,但它非常详尽地反映了毛泽东个人当时出兵朝鲜的基本态度和各种考虑,因而是一份具有很高价值的文献。""根据当时的情况来判断,毛泽东的这个电报,很有可能是在10月2日下午召开的书记处会议之前起草的,原准备在书记处会议做出出兵决定后发给斯大林。但在这次会议上,多数人不赞成出兵。毛泽东只能把这份电报搁置下来。"

在黑海之滨的斯大林焦急地盼望得到毛泽东的回电,但又觉得似乎不好再催毛泽东了,他一个人沉思着,只要朝鲜能把散落在南方的部队撤到北方,留得青山在,焉愁没柴烧?于是,他又给他的私人代表马特维耶夫(扎哈罗夫)拍去一份十分严厉的密码电报:

> 我们不断地向您指出把军队撤出包围的极端重要性,在这方面,关键的问题是使人员和指挥官回到北方。在目前的情况下,您必须毫不延迟地给仍在南方战斗的士兵和军官发出指示,以各种方式——整队或单个——撤到北方。

"当家的"这封电报足以证明是他的私人军事代表以及顾问们在不断发出指示指挥着人民军。这当然包括人民军在此之前的胜利和失败。

斯大林觉得,在朝鲜半岛已经不存在完整的战线了。朝鲜军队是在他们自己的领土上作战,民众会同情他们,并帮助他们撤退。他们熟悉道路，可以留下重武器，利用夜色掩护，通过尚未被美军占领的南方地区，以各种方式努力回到北方。他在黑海的别墅里认为他的私人代表马特维耶夫有可能营救出最宝贵的财富——干部。斯大林要求马特维耶夫要采取一切必要的手段执行这个指示，而且要电告斯大林完成的情况。

斯大林虽然身在黑海之滨的避暑胜地，但心中十分关注朝鲜半岛的局势。他了解人民军从洛东江溃败情况后，想到了人民军最可宝贵的干部问题。

毛泽东在菊香书屋反复思量着朝鲜问题。

根据毛泽东的秘书胡乔木回忆："我在毛主席身边工作二十多年，记得有两件事毛主席很难下决心。一件是1950年派志愿军入朝作战……"

胡耀邦同志回忆说："考虑出兵不出兵朝鲜的问题，他（指毛泽东）不做声，一个礼拜不刮胡子，留那么长。想通以后开了个会，大家意见统一了，毛主席就刮胡子了。"

毛泽东作为伟大的战略家，完全可以预料到中国介入朝鲜战争所面临的极大困难。中国军队装备太差，与美国发生公开冲突将导致问题的扩大化，许多有关国计民生的建设项目将不得不停下来，刚刚开始的新中国的经济恢复工作将会遭到破坏，而且解放台湾问题将不得不推迟，全国人民对此会有不满情绪。几天来毛泽东睡不着觉，在床上辗转反侧，日夜焦虑，估量着未来战局发展又反复筹划着初战的方略，觉得十分担忧，不容乐观。而且，我们中共中央许多同志都有这种担忧。大家的担忧不是没有道理的，他们都是忧国忧民呀！他想，我国目前暂缓派出军队，并没有改变自己的目标，而只是改变了实现目标的策略。

这一天，毛泽东和周恩来接见了苏联驻中国大使罗申，师哲同志担任翻译。

毛泽东问罗申在中国生活是否习惯，大使馆生活有什么困难等

二十一　毛泽东给斯大林一个意外的回电

等,然后言归正传,对罗申说:"接到斯大林同志的电报后,我们连夜召集书记处紧急会议,讨论朝鲜局势和对策。现将中共中央的意见答复如下:我收到了斯大林同志1950年10月1日的电报。我们原计划当敌人前进到三八线的时候派几个师的志愿军到北朝鲜为朝鲜同志提供援助。然而,经过全面考虑,我们现在认为采取这样的行动可能会承担极其严重的后果。"

罗申停止了记录,抬起头来,愕然瞠目地注视着毛泽东。他觉得自己无法向斯大林交代了。

毛泽东理解罗申的心情,继续阐述说:"我们考虑派几个师的兵力解决朝鲜问题非常困难。因为我们的部队装备很差,与美国军队作战没有取得军事胜利的把握,敌人很可能会迫使我们后退。同时,我国派几个师的兵力很可能会导致美国与中国的公开冲突,其结果苏联也会被拖进战争。这样,问题就变得十分严重了。"

毛泽东停顿下来,抽了几口烟,然后告诉罗申:"中共中央的许多同志对此表示谨慎,这是必要的。"

罗申一脸迷惑的神情,毛泽东继续说:"当然,不派军队援助,对朝鲜同志是很不利的。他们正处在如此的困难之中,我们自己也强烈地感觉到了这一点。但是如果我们派去几个师,敌人又迫使我们后退,同时这还引起美国与中国的公开冲突,那么我们的整个和平恢复计划就会遭到彻底毁灭,我们经过二十多年战争获得的胜利果实可能会毁于一旦。这会引起国内很多人的不满。我国人民长期遭受战争的磨难,人民受到的战争创伤还没有恢复,我们需要和平。"

毛泽东停顿了一下,然后对罗申说:"现在最好表现出耐心,避免派出军队,同时积极准备我们的力量,这样在与敌人进行作战的时间上会更为有利。"

周恩来插话说:"现在由于暂时的失败,朝鲜方面可以把斗争的形势改为游击战。"

毛泽东对罗申说:"我们将举行一次中央会议,中央各部门的主要同志都将出席,进一步讨论。"

罗申用期待的目光注视着毛泽东。毛泽东又解释说："关于这个问题还没有做出最后决定，这是我们的初步意见，我们希望与斯大林同志商量。如果他同意，我们准备立即派周恩来和林彪同志飞往斯大林同志的疗养地，与他谈这件事，并报告中国和朝鲜的局势。"

罗申将毛泽东的意见整理后，又附上他个人的意见，也给斯大林拍了密码电报。他的意见是："1. 我们认为，毛泽东的答复表明中国领导人改变了对朝鲜问题的最初立场。这与以前毛泽东同尤金、克多夫、康诺夫，以及刘少奇同我的多次会谈中表示的态度是矛盾的。过去会谈的情况我们当时都报告过,他们在会谈中提出,中国人民和中国人民解放军准备帮助朝鲜人民，中国人民解放军斗志昂扬，如果需要的话，他们能够打败美国军队，因为美国军队比日本军队差。2. 中国政府无疑可以向朝鲜派出不止五六个而是更多的做好准备的战斗师。不言而喻，这些中国军队需要反坦克武器以及某些火炮方面的技术装备。我们还不清楚中国改变立场的原因。可能的估计是，这受到国际形势、朝鲜局势恶化，以及英美集团通过尼赫鲁搞的阴谋的影响，尼赫鲁曾极力劝说中国要忍耐，为了避免灾难而不要参与战争。"

签署日期为10月3日。

二十二

杜鲁门对潘尼迦传递的信息半信半疑

当时,中美之间未有外交关系,只能通过印度驻中国大使潘尼迦曲线传递。

毛泽东指示周恩来应立即接见印度大使潘尼迦,明白无误地传达中国政府的强硬立场和态度。午夜刚过,印度大使潘尼迦被召到周恩来的西华厅,周恩来铿锵有力地告诉这位印度大使,如果美国军队越过三八线,中华人民共和国将入朝干预,"我们不能坐视不顾,我们要管";但是,如果南朝鲜军独自越过,中国则不会干预。潘尼迦立即向他本国的政府汇报。第二天,潘尼迦还通知了英国和缅甸的外交代表。

10月3日上午,周恩来的警告通过英国渠道传到华盛顿。美国国务院把中国的立场转报给了马歇尔,随后陆军部又通知了麦克阿瑟。

潘尼迦转达的警告没有受到应有的重视。杜鲁门对印度人的话半信半疑,他评论说,潘尼迦"曾时不时地为中国共产党人效力"。非常担心的是莫斯科而不是北京。如果仅是中国参战,轻易就可以抵挡。杜鲁门反而怀疑周恩来的警告是一种策略,是企图阻止联合国

1950年9月之后担任国防部长的马歇尔将军（左）和国务卿艾奇逊做出了许多有关朝鲜的决定

大会通过干预北朝鲜的决议。此时决议正在辩论之中。美国远东问题专家亚历克西斯·约翰逊却对此作出反应说，周恩来发出的信息"无疑含有极大的虚张声势的成分"，但他觉得美国不能完全以为这是虚张声势，并建议在北朝鲜只使用南朝鲜军队，联合国的空军和海军可提供支援。

但是，国务卿艾奇逊认为，周恩来的声明是苏中试图迫使联合国撤军所做努力的一部分。毫无疑问，艾奇逊和杜鲁门二人都受到了中央情报局的影响，该机构到10月12日还在建议说，尽管周恩来

二十二 杜鲁门对潘尼迦传递的信息半信半疑

发了声明,并有军队调往满洲,"但尚未有充分的迹象表明中共有大规模干预朝鲜的意图"。

10月14日美军远东司令部《每日情报综述》认为,红色中国在满洲共有38个师(每师大约1万人)。然而,《综述》却这样说道,中共最近发出的一旦美国军队越过三八线即入朝参战的威胁"很可能是一种外交讹诈"。不过《综述》也说,这些师中有24个师部署在鸭绿江一线的渡口处。

美国根据潘尼迦的信息所采取的直接行动是,经总统批准,参谋长联席会议给麦克阿瑟发了一份通知。通知说,万一"在朝鲜的任何地方发现中共公开或秘密部署的主力部队",只要"有获胜的机会",他仍可以继续行动;但是,除非得到华盛顿的授权,否则不得对中国境内的目标采取行动。

这就是说,我国政府通过潘尼迦转告美国的信息,我国政府负责而正式的信息,并未使美国悬崖勒马,他们反而要一味地蛮干下去。10月7日,当地时间3时14分,美军骑兵第11师在开城地区越过三八线北进,12小时后,在纽约联合国大会上,在美国的威逼下,通过了"统一"朝鲜的提案。那时候,联合国是美国手中的一个橡皮图章,扮演着一个可怜又可悲的角色。

二十三

彭德怀进京

西安，西北局彭德怀的会议室内，厅局长以上干部坐得满满的，他们在研究西北的经济建设问题。

彭德怀扫了一眼会场，说："我们继续研究西北的开发建设问题。中央已给各大行政区发出通知，国庆节后，在北京要开会研究三年经济恢复发展的计划。在我出发前，我们研究出个方案来。主要是关于开发永昌、柴达木、亨堂、乌苏、喀什、库车、阿克等地的大量石油问题；关于开发西北煤、铁、盐等，以及贵重金属问题；关于部队开展大生产，新疆开垦荒地65万亩，60万亩种粮食，5万亩种棉花的问题；关于建设天水至兰州铁路的一些后续问题；关于建设青藏公路问题等等，你们要马上拿出方案来，我到北京开会要带上，我要给主席、恩来、少奇汇报。西部开发问题，关涉我们共产党人不仅能解放国土，而且能建设国家，我们要叫西北变个样儿！"话说得烫人！

彭德怀转身对后排的秘书张养吾说："你要催工业部、农业部、交通部等部门。"

一位干部汇报说："我们进疆部队困难较多，新疆有十几个少数民族，各民族宗教风俗习惯不同，语言文字不同……"

二十三　彭德怀进京

彭德怀立即插话："中央保送你们进疆，进去了，可不能叫少数民族又给赶出来。一定要执行党的民族政策，与各族人民一起大力从事生产建设，迅速恢复对苏贸易，在平等互惠的原则下，实行中苏经济合作，克服困难，繁荣经济，使新疆成为重工业基地之一……"

彭德怀一直认为共产党不仅能解放大西北，而且有决心有能力建设好大西北，为西北人民造福，他雄心勃勃，心中勾画了改变西北面貌的蓝图。他准备到中央开会时，好好汇报一下西北的建设问题……

10月4日，军事参谋杨凤安走进彭总的办公室，告诉老总：

"飞机到了。"

彭德怀眉毛一扬："啊？"

"中办派来两个干部接你。"

"中办来人了？"

"随机到达。"

彭德怀疑惑："什么事，这么严重，还来两个人？要是张国焘，这阵势就是拉出去要毙了。"

大家哄堂大笑。

"吃过午饭起飞。"

"这么急呀！"彭总不无惊讶地说："我们还没研究完呢。"

杨凤安看着手表，笑笑说："飞机不等人。散会吃饭吧。"

彭德怀喊了一嗓子："张养吾你把文件准备好。另外，告诉习仲勋、马文瑞同志，我到北京后，他们继续研究，弄出个名堂来！"

中办的张科长走进彭总的办公室，说："毛主席请你立即去北京开会。"

彭德怀问："是原先通知的汇报会吗？"

张科长回答说："不清楚。周总理交代，飞机一到西安，马上接彭老总来，一刻也不能耽误，还要严格保密。"

彭德怀用商量的口气说："那我总要给其他同志打个招呼吧？"

他马上把西北局秘书长常黎夫找来，说："告诉习仲勋，我到北京开会去了。让他继续开会研究西北的开发建设问题,弄出一个可行的方案来。我回来后,就大干,一定要让西北在我们共产党人手里变个样儿,让人民群众摆脱贫困的生活,生活要富裕起来!告诉他们我马上就回来!"只可惜,他这一步踏上舷梯,就走进了硝烟弥漫的朝鲜战场,凯旋回国后,担任军委常务副主席,笔者见过他的许多批文原件,确实军务繁忙,中央再未分工让他负责西部的经济建设问题。但他老人家未敢须臾忘忧民,庐山会议前,他到湖南农村作社会调查,然后到庐山为民请命,放了一炮。这是后话。

阳光朗照,银灰色的18座里—2客机从西安机场起飞。

飞机的前舱有一长长的沙发,放下可以当床,从机壁上还可以拉出一个方桌来。

彭德怀肃然坐在方桌前,陷入了沉思之中。西北5省幅员辽阔,物产丰富,人民贫穷,生活艰难。共产党是为人民谋幸福的。到京后,一定要争取中央对西部实行倾斜政策,把路修好,把石油开采好,把地下矿藏开发好,把经济建设搞好,改变西北的落后面貌。左宗棠还为西北办了实事呢,甭说我们共产党了!

窗外一碧万顷,秋高气爽,机翼下大朵大朵的白云悠悠地飘荡着。白云下的黄土高原像一只只老鳖似的七高八低挤在一起,山民的窑洞或泥土构筑的房屋隐现在山坳之间,难得见到一片绿荫,到处是灰黄的色调,好像没有生命存在似的。

彭德怀忧虑地注视着窗外。改变西北面貌不易呀!

作为西北军政委员会主任、西北局书记、方面大员,彭德怀感到自己参与庙堂大计,身负重任,责无旁贷。在国民党反动统治下,西北各族人民食不果腹,衣不蔽体,如今共产党执政了,应该为西北人民谋幸福。不然,参加革命几十年,冒锋镝矢石,案牍鞅掌,戎马倥偬,为的是什么呢?到中央要如实地讲西北的困难、西北的要求。中央领导都是老西北了,他们会理解支持的。西北是有希望的。

飞机遇到了强大的气流,忽上忽下,颠簸得很厉害。警卫员郭凤光关切地过来看彭总。

彭德怀摆手,让他坐回原座。

北京西郊机场,里—2客机徐徐降落了。

彭德怀快步走下舷梯,几辆小汽车鱼贯驶至机侧。前来迎候的李副主任传达毛主席的交代:"请彭总先到北京饭店休息一下。"

彭德怀说:"不是说不能耽搁吗?先去中南海!"

李副主任说:"那就请彭总立即到中南海参加会议,随员先到北京饭店下榻。"

彭德怀从秘书张养吾手中接过沉甸甸的一摞关于迅速开发建设西北的材料,坐入吉斯牌黑色小轿车内,向中南海颐年堂驶去。

车到中南海颐年堂政治局会议室前,周恩来闻声走出,降阶而迎,与彭德怀握手,解释说:"会议下午3点就开始了,来不及等你。"

彭德怀点点头,随周恩来进入颐年堂会议厅。

颐年堂内气氛十分紧张、热烈,坐满了党和国家领导人、军队高级将领以及各大行政区的"诸侯"。

彭德怀走进室内,环视会场,坐在正面大沙发上的毛泽东见他进来,首先发话,同他打招呼:"彭德怀同志,你来得很及时。我们正在讨论朝鲜形势,伪军已经开始越过三八线了,现在我们正在讨论出兵援朝问题。"

彭德怀这才明白原来是关于朝鲜半岛形势问题,他走过去同毛主席握握手,又同刘少奇、周恩来、朱德等一一握了手。

毛泽东又说:"恐怕催你催得急了点,可是这有什么办法?这是美帝国主义'请'你来的呀!"

彭德怀笑着回答:"美帝国主义想认识认识我哩!"

彭德怀找了个座位坐下来。

毛泽东说:"恩来同志早就警告过杜鲁门先生,说你不要过三八线。你要过了这条线,中国政府就不能置之不理,不能听任帝国主义对自己的邻人肆行侵略而置之不理。可是人家硬是过来了,将了我们中国政府的军。美帝国主义目中无人呀,南边占了台湾海峡,东边又要占朝鲜半岛,从战略上包围我们。我们如何是好呢?中国政府要说话算数呀!"

彭德怀把装有西北经济建设计划的文件包放到茶几上,心想,先听听别人的发言吧。他忽然觉得肩膀被捅了一下,一看是坐在身边的高岗。高岗神秘兮兮地悄声说:"老彭,你要有所准备呀。"

"准备什么?"他问。

高岗向他点点头,很有深意地一笑。

麻子就是这么个人!彭德怀问:"中央已决定出兵了?"

"有不同意见么。这样的大事,搞不好要出大乱子!"

"是哪些人有不同意见?"

"绝大多数,毛主席也不例外。"

这时,朱老总说:"出不出兵要慎重。如果要出兵,就要同美军在朝鲜境内打起来,就要准备美国宣布同中国进入战争状态,美国空军可能要轰炸我国的许多大城市和工业基地,其海军可能要攻击沿海地带。"

周恩来接话说:"要有这个思想准备。即我国现在已经开始的经济建设将毁于一旦。不到万不得已,不走这一步。"

林彪发言说:"主席让我们摆摆我国出兵不利的情况,我很赞成。我们刚刚建国不久,一部分地区尚未解放,新的解放区尚未进行土地改革。百废待兴,国力很弱,没有能力再打一场战争。美国的钢产量8700多万吨,我们才60万吨,实力悬殊太大。我们还没有同美军直接打过仗,美军有现代武器装备,有海空军优势。我们没有制空制海权,能否打赢这场战争是很难说的。仗打起来是没有界线,倘若没有把美军顶住,反而把战火引到我国东北就糟了。我的意思是不到万不得已的情况下,最好不打这一仗。"

坐在彭德怀身边的高岗对他说:"大家基本上都是这种看法。可是毛主席不同意。"彭德怀点点头。

这时,毛泽东说:"你们说的都有理由,但是别人处于国家危急

二十三 彭德怀进京

时刻,我们站在旁边看,不论怎样,心里也难过。"

彭德怀目光炯炯,神色肃然,默然不语。

毛泽东又说:"说到底,朝鲜是我们的近邻,是我们的亲兄弟。现在到了这种地步,怎么能坐视不救呢?"

刘少奇说:"我国空军还未成立,美国控制着制空权;会给我军造成很大的困难。要争取苏联的支持和援助,尤其苏联出动空军问题,这要听取斯大林的意见。"

北京饭店彭德怀的房间。

入夜,暮色苍茫,十分寂静,彭德怀在房间里久久地踱着步。

秘书张养吾悄悄地走进来,见他神情严肃,未敢问什么,麻利地收拾着文件。

彭德怀瓮声瓮气地说:"放那儿吧,我明天还用。"

张养吾瞅了他一眼,放下文件,又悄然退出。

墙上的闹钟敲过凌晨两点,他才上床休息。沙发床软软的,躺在上面,动一下,反弹一下,他辗转反侧,怎么也睡不着。彭总满脸忧虑、焦躁、痛苦的神情。他索性起来,把被褥搬到地毯上,然后躺下去,好像身板踏实了,渐渐进入了梦乡。

"美帝国主义太猖狂!"他突然愤愤然拍着地毯,说:"它要发动侵华战争,随时都可以找到借口。老虎要吃人的,什么时候吃,决定于它的肠胃。向它让步行吗?不行。它胆敢来侵略,老夫就要反侵略。从当前的国际形势看,不同美帝国主义见个高低,要建设社会主义是困难的。美帝国主义是不允许我们进行和平建设的!"

他气呼呼地从地毯上爬起来,嘟噜着脸站到窗前:我军英勇善战,有人民拥护,有强大后方。朝鲜中部都是高山,不利于美国机械化部队运动,美国的优势难以发挥。敌利速决,我利长期;敌利正规战,我利对付日本那一套,运动战加游击战。让我去打这一仗,怎么样?败了,会使你彭德怀蒙受战败将军的名声,会使你一生的军事生涯黯然失色! 在这种国家生死存亡的关头,个人的成败荣辱算得了什么!

他在地毯上倒背着手走着,一股跃跃欲试的凛然之气直往上升。他走到窗前眺望晨岚中的北京民居。

窗外渐渐明亮如霜,星空高远深邃。

东长安街和天安门广场寂静又迷蒙。

彭德怀感到头疼、头晕,他用双手拇指揉着两侧太阳穴。

"老总,吃饭了。"张养吾喊他。在延安时,他对别人喊他"老总"很反感,认为是旧军队的称呼,后来被人叫得多了,他也就不再提这个事了。他同张养吾来到餐厅,默默地吃着早饭。头脑中思考的仍是如何在朝鲜打仗:必须巧妙利用那里的地形,迅速地前进和后退,迅速地集中与分散,大胆地穿插分割,破坏敌后交通……

他喝了碗稀粥,放下碗筷,愣着出神儿。

"回房去吧,老总。"张养吾说。

彭德怀严肃地点点头,站起来,倒背着双手,慢慢地起身离去。

张养吾瞄了一眼彭德怀,疑惑莫名,在他身后直摇头。

"你利用在北京的机会,去给郭沫若同志汇报一下西北文教工作情况。"彭德怀站住,回过头来对他说:"要给他说,中央要大力支持西北的文化教育。首先使西北的孩子有学上,有饭吃。西北落后么!西北人民太苦了!对战争的付出太大了!"

"我马上联系好,就去汇报。"

二十四

毛泽东与彭德怀谈话

彭德怀皱着眉头，站在窗前，远望着前门火车站一带鳞次栉比的民居。

他这样站了很久，很久。

突然，西南军政委员会邓小平政委来到彭德怀下榻的房间。抗日战争时期，他们两个都在山西麻田这一带，指挥我军同华北的日寇作战。

"你怎么来了？"彭德怀不无惊讶地问道。

邓小平笑呵呵地说："我怎么就不能来呢？"

"那好，我们正好谈一谈。"

"我们谈不成了。"

"噢？"

"毛主席让我来请你到他那儿去一下。"

"请我？"

"是呀。"

"啊……"彭德怀若有所思地望着邓政委。

在去中南海的车上，彭德怀说："那么，一定是朝鲜的问题了。"

"我想是的。"邓小平点着头。

10月5日,中南海内秋色宜人,秋海棠像宝石般点缀在院内。说话间,吉斯牌轿车已停在丰泽园门前。

他们两位一前一后来到毛泽东的客厅。

"呀!彭大将军驾到,有失远迎,有失远迎。"

毛泽东笑呵呵地站起来,同彭德怀握手。

彭德怀心想,好机会,先给主席说说西北吧,他说:"主席让邓政委接我来,我也正要找主席呢。"

"你找我谈啥子问题哟?"

"西北开发建设问题……"

毛泽东的大手直摆:"西北问题今天不谈,今天不谈。"

"啊?"

"我找你来,别言不叙,专门谈朝鲜局势。"

彭德怀凝神注视着毛主席,点着头,在沙发上坐下。

"主席,"他嘟噜着脸严肃地说,"我昨天晚上翻来覆去,一晚上没睡好,总是在考虑朝鲜局势。他们怎么弄成了这么个局面?"

毛泽东点燃一支烟,说:"昨天,你刚刚到会,没有发言,我就是想听听你的高见。我们确实存在着许多困难,但是我们还有哪些有利条件呢?"

"不敢说高见,主席。"彭德怀满脸忧虑地说,"我感到局势很严重。现在美军和李承晚军队正在疯狂地向北推进,人民军溃不成军,完全失去战斗力。如果让美帝侵占了朝鲜,好些动摇的国家和阶层就会倒向美帝国主义方面去。而且,对我们就成为一个直接威胁,好像一只老虎蹲在大门口一样。然后,美国又会把兵力转向越南、缅甸等周边国家去,对我形成战略包围圈,我国就将陷于被动。假如美国又挑动蒋介石反攻大陆,在我东南沿海开辟第二战场,那么,国防、边防都会处于极不利的地位。我们党内、国内的恐美病者会更多,对内、对外都会产生极坏的影响。我对这种形势甚是忧虑。"

二十四 毛泽东与彭德怀谈话

毛泽东听着,忘记了抽烟,指缝里的烟雾缕缕升起。

彭德怀停顿下来,询问似的注视着毛泽东。

毛泽东指指他说:"你继续往下说,往下说。"

"关于是否出兵问题,党内意见分歧,大家担心是对的,我也很理解。"彭德怀满面愁容,沉吟片刻,然后突然抬高声音说:"可是,我们同朝鲜民主主义人民共和国都是社会主义阵营的国家。我们对于兄弟党、兄弟国家的劳动人民,能见死不救吗?邻家遭劫,我们能坐视不管、隔岸观火吗?中国党、中国政府和中国人民是国际主义者,我们不能做自私自利的小人,不能做狭隘的民族主义者。我就是这么一个人,见不得这样的事!我反复考虑赞成你出兵援朝的决策。"

毛泽东欣喜地说:"我毛泽东早就知道,我的湘潭老乡呀,是一位热血将军。可是,我们党内意见不一致么,大家摆了很多困难。当然,我们现在确实存在严重的困难,比如中国经过十几年的战争,满目疮痍,百业待兴,人民需要和平安定的环境恢复生产,休养生息么。不知你是如何考虑这个问题的。"

"困难是客观存在。"彭德怀激昂地说,"我们的战争创伤还未治愈,经济恢复刚刚开始,军队装备和训练不充分,有一些部队已转向搞生产。国内军民经过长期的战争年代,现在都想过和平生活。但是,反过来想,如果现在不打,让我们松一口气,三五年以后再打,好不好?我说不好。"

毛泽东眉毛一扬:"唔?你说,你说。"

彭德怀慷慨陈词地说:"因为我们三五年辛辛苦苦建设起来的一点工业,还是要被打得稀烂。那时候美国把日本武装起来,把西德武装起来,西德钢产量很大,加上日本的复仇主义,到时候更不容易对付。这样细算一下,目前打也许更为有利……"

毛泽东"嗯嗯"地点着头,说:"我们两个算是想到一起来了。"

彭德怀说:"当然我也不主张大打,不主张向美国宣战,我只主张以人民志愿军的名义支援朝鲜的反侵略战争。"

"你这个主意好。"毛泽东说,"在出兵问题上,我毛泽东算是个好战分子了。现在再加上你一个,算是两个了。你看,出兵援朝,谁挂帅合适?"

彭德怀反问:"中央不是已决定林彪去吗?"

毛泽东说:"我同恩来、少奇、朱老总几位同志商量过,决定由林彪挂帅。林彪原是4野的司令员么,对东北地区熟悉,对4野部队熟悉,对现在集结在南满的13兵团和后方都熟悉,所以,中央一想就想到他。但是,林彪说,他有病,准备到苏联去治病。我问了傅连,傅连告诉我,他的病是有一点,但不大。"

彭德怀说:"他有些神经衰弱是真的。"

毛泽东说:"我还在做他的工作,万一他托病坚决不领兵出征,我就考虑到你彭大将军了。你的身体怎么样?"

彭德怀说:"我壮得像头牛么。"

毛泽东哈哈笑了。邓小平也笑了。

毛泽东感慨万端地长出一口气,说:"这我就放心了。现在美军已分路向北进犯,我们要尽快出兵,争取主动。今天下午政治局继续开会,请你摆摆你的看法。"

毛泽东先做好了老彭的工作。

日色偏西,秋风萧瑟。

中央政治局扩大会议继续在颐年堂开会。

毛泽东说:"继续开会,仍然是讨论朝鲜局势和中国是否出兵问题。"

朱老总说:"朝鲜局势很严重,我们的空军还未成立,出兵要有空军协同,我主张与斯大林协商共同出兵问题。"

少奇说:"这个意见是对的。"

林彪仍然坚持己见说:"关于出兵这个问题,我考虑了很久。我们国家刚刚解放,胜利来之不易,是无数先烈流血牺牲取得的。我们实力不如美国,不能引火烧身。"

毛泽东的目光注视着彭德怀,问:"彭德怀同志,你的意见呢?"

二十四　毛泽东与彭德怀谈话

彭德怀稍稍沉吟了一下，说："我的话不多，我认为出兵援朝是必要的。"

他这句话，使与会的许多领导大感意外。

"我主要考虑三条。"他解释说，"朝鲜是我们的邻邦，唇齿相依，唇亡齿寒。如果我们不出兵，让美帝席卷朝鲜半岛后，蹲在鸭绿江边，蹲在台湾，它随时都可以找到进攻你的借口，不以我们的意愿为转移。你想太太平平地搞建设，过和平的日子，不可能。将来问题更复杂。所以迟打不如早打。老虎是要吃人的，什么时候吃取决于它的胃。第二条，从最坏的结局着想，我们被打烂了，等于解放战争晚胜利几年么。不能怕打烂坛坛罐罐。打完了，再建设。第三条，我们同是社会主义阵营，我们不能让美帝看社会主义阵营的笑话。"

毛泽东听完他的一席话，兴奋地说："德怀同志呀，你讲得好，有气魄，有远见。"

彭德怀笑笑说："我同意主席的意见，出兵援朝。"

毛泽东激动地提高了声音："好，有彭大将军这句话，我毛泽东心中就有数了。我们当前存在着一些困难，这是事实。但我认为今天老彭的发言很有说服力。现在是美国人逼着我们打这一仗，犹豫、退缩、担心、害怕都是没有用的。这些心理和情绪正是敌人所希望的。现在我们只有一条路，就是在敌人进占平壤之前，不管冒多大风险，有多大困难，必须立即出兵援朝，协助朝鲜人民军抗击敌人。我考虑，林彪同志有病，不能去，这个司令员是不是由你当呢？由你挂帅出征，行不行？你的意见呢？"

彭德怀说："我服从中央的决定。"

"那我们这次会议就算定下来了，中国出兵援助朝鲜，德怀同志担任司令员兼政治委员。给你10天准备时间。"

散会后，林彪追着毛泽东说："主席呀，出兵弊多利少，事关重大。你要好好考虑呀，要千万慎重呀！"

毛泽东说："会议都定了么，不好改了。"

彭德怀走到中南海畔，高岗跟他开玩笑说："彭总呀，看来你还

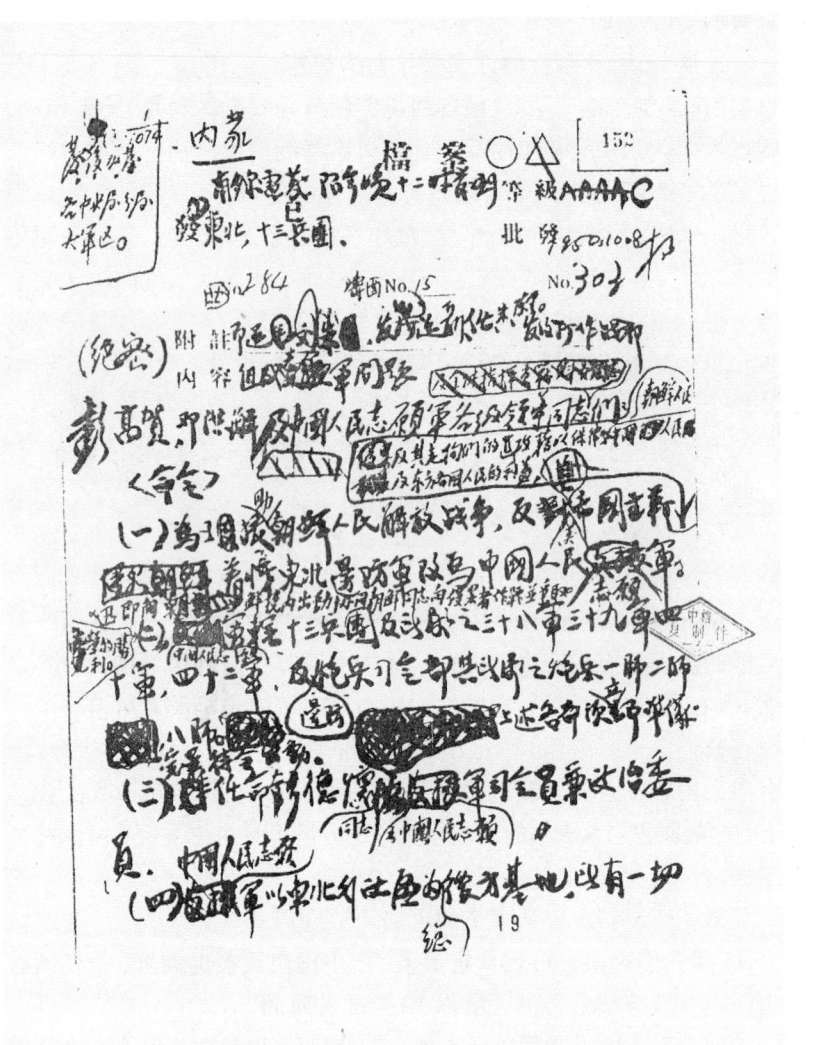

· 毛泽东的艰难决策（一）——中国人民志愿军出兵朝鲜的决策过程 ·

1950年10月8日毛泽东关于成立中国人民志愿军，彭德怀任司令员兼政委的命令手迹（首页）

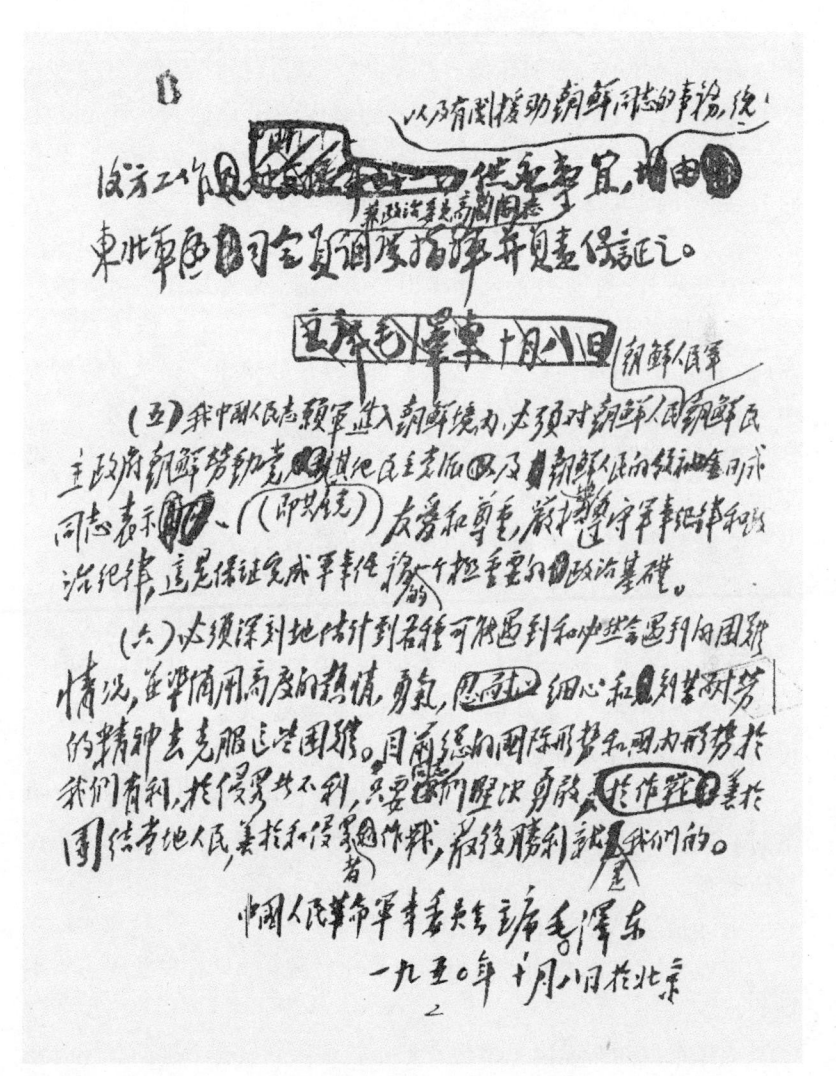

1950年10月8日毛泽东关于成立中国人民志愿军，彭德怀任司令员兼政委的命令手迹(末页)

是不服老呀!"

彭德怀苦笑一下,说:"我是至死不服老!"

未等对方说完,彭德怀倒剪两手,微耸双肩,昂首走去。

晚饭后,毛泽东又对彭德怀、高岗交代说:"你们俩8日先到沈阳,召开东北边防军干部会议。关于更换苏联武器装备和空军支援问题,恩来同志即去莫斯科与斯大林同志商谈,尽快解决。"

10月6日,中央政治局做出出兵决策后,周恩来在中南海居仁堂军委作战室主持军委扩大会,到会的有朱德、陈云、彭德怀、林彪、高岗、聂荣臻、杨尚昆以及军委各总部、各兵种领导。周恩来传达了中央政治局关于出兵朝鲜的决定,然后,就出兵的各项准备事项,出兵后美国可能同我国进入战争状态,台湾国民党军队的动向以及我军的对策措施,请大家讨论、研究。总之,研究怎么落实出兵决定以及军委需要决定的一系列问题(毛泽东因事未到会)。

当天,会议一直持续到很晚。研究的内容很多,包括关于军队进入战备,东南沿海防止蒋介石反攻大陆,进入战争时期工业调整,出兵后的战略战术,后备兵力,后勤保障,空军建设,要求苏联援助等一系列重大问题。大家发表了很多很好的意见,形成一系列决定。会议结束后,周恩来步行回西华厅。

十月金秋,清风送爽。开了一天会,走在中南海边,觉得空气很清新。周恩来一边走,一边舒臂伸腰,活动筋骨。正走间,见毛泽东在岸边散步。

毛泽东问:"会议开得怎么样啊?"

周恩来说:"多数同志对出兵意见比较统一,只有少数同志有不同意见。"

毛泽东得知军委同志多数意见比较统一,只有个别同志还有些想不通,觉得会议开得是好的,就放心了。

二十五

毛泽东与彭德怀敲定作战方案

10月7日,中南海的湖光水色,在彭德怀的眼中都有些扑朔迷离了。

彭总又来到中南海,疾步走进毛泽东的客厅,见高岗已经到了。

毛泽东紧紧握住彭德怀的手,说:"德怀同志呀,我这个决心可不容易下呀!一声令下,三军出动,那就关系到数十万人的生命。打得好没有可说的,打不好,危及国内政局,甚至丢了江山。那我毛泽东对历史、对人民都没法交待哟!"

毛泽东沉思着走开去说:"政治局扩大会议上,大家的担心都是有道理的。不过,金日成危急了,我们要不管,那我们将来危急了,斯大林也不管,都这样的话,社会主义阵营还不是一句空话?我告诉你彭德怀,斯大林对我们党是有些瞧不起哩!他以为我们不是什么真正的马克思主义者,是搞农民运动的土地改革者……农民嘛,当然是只顾自家田里的收成。但是我们就是不能只顾自己,我们现在困难很多,这是实情,但是我们毕竟是个大国,人口众多,我们应该发扬国际主义精神,无私地援助朝鲜……话又说回来,帮助朝鲜也有利于我们——我们的重工业都集中在东北:鞍山的钢铁,沈阳的机械工业，抚顺和本溪的煤，还有鸭绿江上的大型水力发电站，我们不能让敌人进到鸭绿江威胁我们东北的安全！"

彭德怀倾听着毛泽东的每一句话。根据他对毛泽东多年的了解，他知道，毛泽东决心下定了。

"主席，看来现在不是打不打的问题，而是如何战而胜之的问题。"

"对，你说得对，打是早晚要打的。"毛泽东站在窗前，望着西下的夕阳，"去年我们渡长江，解放全中国，用了百万大军，就是防备美国出兵帮助蒋介石。斯大林同志派了米高扬来西柏坡，建议我们不要打过长江，害怕打过长江引起美军参战，我们没有听他的，结果打走了蒋介石，美国也没有参战。不过，美国当局这口气是咽不下去的，我看迟早要同我们交一下手。现在怎么样？打到咱家门口喽，我们还能退避三舍吗？当然要打，而且要打胜，打出中国人民的威风！"

"苏联方面怎么在军事上配合？"作为军人，彭德怀开始从军事角度考虑问题，"从金日成的电报看，他们很吃美国空军的亏，需要有飞行部队，但我们的空军还没搞起来……"

"这个问题我们跟苏联方面谈过，斯大林答应派出空军，空中由他们考虑。美国方面有几个不利因素，这些不利因素当然就是我们的有利因素。"毛泽东站在彭德怀面前，扳着指头数道："第一，美国战线太长，从北冰洋、黑海、波罗的海、地中海、印度洋、太平洋一直到朝鲜到东方来，战线从西欧拉到东亚，比希特勒和日本的战线都长。美国在全世界搞军事基地，好比10个指头按跳蚤，动弹不得。第二，后方太远，必须横渡大西洋与太平洋。第三，不义之战，侵略别国，士气必然不高。美国在朝鲜的部队大都是驻日本的占领军，过惯了舒服日子，据称是什么'榻榻米'部队。他们到朝鲜半岛去作战并未准备好，没有好好训练。第四，美国的同盟国都不强，可派的兵也寥寥无几。第五，美国倚仗的原子弹也并非一国独有，苏联也掌握了原子弹，这就打破了它的核讹诈；而且，国土愈广，人口愈不集中，原子弹的作用也愈小……我预言，决定战争胜负的因素是人，而不是

二十五　毛泽东与彭德怀敲定作战方案

一两件新式武器……"

毛泽东说到这里,将手臂扬起一挥。

这时,彭德怀深为毛泽东判断的周密而打动,连说:"有道理,有道理。"

毛泽东又说:"我们考虑以志愿军的名义参战,尽可能不给美国以对我国公开宣战的口实,争取把朝鲜问题地域化。我们是要和平的,不希望爆发第三次世界大战——蒋介石希望打起世界大战来嘛!"

"关于作战方针,主席是如何考虑的?"彭德怀关切地问。

"我的意见是出其不意,在朝鲜北部山区占一块根据地,做到首战必胜。"毛泽东在地毯上一边缓缓走着,一边燃着一支烟说:"我考虑中国出兵援助朝鲜这场战争,是我们与美帝国主义兵戎相见。我们过去还没有直接同美国打过仗,解放战争时,美国也是出钱出枪让蒋介石的军队同我们打,这次是首次同美国直接打。美国有空军、海军。我们不能让美军有制空、制海权。否则,对我军极为不利。"

彭德怀说:"我也一直在考虑这个问题。"

毛泽东边沉思边踱着步说:"我考虑,派恩来立即去莫斯科见斯大林同志,商谈由苏联出动空军支援的问题,商谈更换我们东北边防军的武器装备问题,你看有没有必要呢?"

彭德怀眼睛一亮,说:"非常必要,这正是我们急需的。"

毛泽东又说:"苏联是社会主义阵营的老大哥,他们也有国际主义义务么。他们出动空军,我们出动陆军,很合理么。中苏联合对付美帝国主义,就形成了一种三国形势了么,恐怕'魏武帝'杜鲁门就不会放胆北犯了。"

彭德怀说:"一定要做通斯大林的工作。"

"斯大林这个人向来有一定之规。"

毛泽东说到这里,突然笑了:"中国党派自己最好的外交家去游说么。"

彭德怀:"是呀,是呀。"

毛泽东正色道:"恩来此去,要速决才是,因为战争不等人哪。"

彭德怀抬起头来,凝视着毛泽东伟岸的身躯,问:"主席考虑,我们参战的最早时间是……"

"这个问题,我同恩来、朱老总几位商量过了,现在美伪军切断交通线,不让朝鲜人民军得到军火、油料和食品,这样也就使他们丧失了战斗力。原来以为,人民军会利用汉城以东的公路支线和铁路线,通过东部山区为人民军提供给养。现在美伪军已截断了被称为汉城走廊的双线铁路和公路,洛东江一线的人民军很难回到北方。美伪军疯狂北扑,朝鲜北部地幅狭小,美军会很快占领全境。所以,中央只能按10月15日做准备。"

彭德怀惊愕地反问:"10月15日?"

毛泽东沉思着,说:"是短了一些。但我军也不是毫无准备,13兵团已于8月调至东北边防。中央令他们做训练准备已两个多月了。"

彭德怀沉吟一下,说:"我对4野的部队不熟悉,但我考虑这不成问题。服从指挥是我军的传统,这个问题我不担心,我最担心的还是主席说的苏联空军问题。"

毛泽东目光炯炯地瞅着彭德怀说:"你至迟8日要到沈阳,我马上把我们出兵的决定电告金日成同志。"

彭德怀站起来要走了,毛泽东突然又想起一件事情,说:"对了,老彭呀,你对你的指挥所设立问题怎么想的?"

"我还没来得及很好考虑。"彭德怀说。

"中央考虑,为了你以及指挥所的安全起见,为了免遭敌机轰炸,指挥所应设在鸭绿江北岸一隐蔽处。"

彭德怀双眉耸起,突然声色俱厉地说:"那不行,主席。"

毛泽东稍稍惊讶地"哦"了一声。

"我的指挥所不能设在鸭绿江北岸。"

"啊? 你是说不能设在北岸?"

"对,主席,部队打到哪里,我就应当到哪里。"彭德怀补充说,"我向来习惯靠前指挥。"

二十五　毛泽东与彭德怀敲定作战方案

"啊？"

"对,主席,设在北岸影响不好。作为部队的统帅,应当同部队在一起。我老彭的命就那么值钱？"

"那样的话,你的统帅部万一被敌人一下子炸掉呢？"毛泽东问。

彭德怀不假思索地摇头说:"不会,不会。"

毛泽东说:"不是不会。万一呢？那我军不是出师不利了吗？"

彭德怀:"总而言之,主席,叫我彭德怀去,我就不能在北岸设指挥所。"

"啊,你彭德怀还是这么倔强呀！"毛泽东长出了一口气。

彭德怀还向毛泽东建议:"在战斗打响之前,应绝对保密。打响之后,新华社在报道和广播方面也应注意分寸。要设法转移敌人的视线,使其产生错觉,以便我军各路部队迅速隐蔽过江取得战斗的主动权。"

这天早晨,东长安街一片冷清。起床后,彭德怀告诉张养吾:"你替我的侄儿侄女们向学校请两天假,就说我要见见他们。"

张养吾说:"彭总来北京一趟不容易,是该见见。"

这一天,他又忙了一天,从早至晚,从晚至晨,他满脑子都是如何在朝鲜中部的蜂腰部组织防线,建立一块根据地,然后与美、李军周旋的战略。夜幕沉沉时,彭德怀回到北京饭店。他的侄儿、侄女们见他进来,一拥而上,把他包围起来,"伯伯,伯伯"叫个不停。他这才忽然想起,"啊,是我让你们来的。"

这位知兵善战的统帅一生军书旁午、戎马倥偬,想到自己又要奔赴生死莫测的战场,想到与孩子们可能是生离死别,倏然,一股热流直撞胸膛。

他的眼圈红了,他的手在颤抖,抚摩着一个个孩子的面庞,热泪如丝从面颊上流下,心中千言万语无法表达。他把自己仅有的几件衣服从箱子里翻出来,每个孩子送了一件,让孩子们留念。让他们日后睹物思人,对他们的学习、成长或许是一种激励吧！

孩子们对他的行为大惑不解,个个都睁大了眼睛:"伯伯,你怎么了?"

"是呀,你怎么把衣服给我们了?"

"你穿什么?"

彭德怀泪花闪闪,爱抚地看着孩子们,说:"伯伯老了,也许用不着这些衣服了,你们……"

孩子们直瞅他那破麻袋片似的黄呢军服,袖口都开线了。

"怎么用不着了呢?"孩子们天真地问,指指他的袖口:"你看你的衣服……"

"伯伯用不着了。"他哽咽难语,说:"伯伯要出发执行任务。"

"执行任务?不是回西安吗?"

"你们长大了就会知道的。"彭总抑制着自己一阵阵冲击着泪腺的情感,不能多言,只是一个一个地拍拍他们的脑袋,眨巴着眼睛,说:"记住伯伯的话,你们的任务就是好好学习,长大后为人民服务……"

暮色中彭德怀把孩子们送至大门口,望着孩子们的背影,禁不住老泪纵横。

回到房间,他稍稍调整了一下感情,喊张养吾说:"准备一下,明天走了。"

张养吾说:"给浦安修同志打个电话,安排接站吧。"

彭德怀摇摇头说:"用不着,我们不回西安了。"

张养吾很吃惊:"不回西安,到哪里去呀?"

"我们到东北。"

"材料也带上?"

"那材料也没用了,想办法转给习仲勋。我们抗美援朝去!"

二十六

斯大林给金日成的答复

　　阿布哈兹，潮湿的海风缓缓吹过。10月7日，莫斯科时间晚上10时许，斯大林在别墅里处理完政治局、国防部的公文后，站起来，一个人在木地板上久久地踱着，他想应该把与毛泽东交涉中国出兵的情况通报金日成。他把秘书叫来，口述一封电报给苏联大使什特科夫，让什特科夫把斯大林继续要求中国出兵的电报内容给金日成看，允许金日成当着什特科夫的面抄下电报内容，但不同意金日成拿走电报。

　　斯大林告诉金日成：由于与中国同志商议占用了几天时间，我的答复拖延了。10月1日我给毛泽东写了一封信，询问他是否可以立即派出至少五六个师到朝鲜，掩护我们的朝鲜同志，使他们能够组织起预备队。毛泽东拒绝了，说他不打算把苏联拖进战争，中国军队技术方面薄弱，战争可能在中国引起强烈的不满。

　　斯大林以下面的信回答了他：

　　　　我认为向您提出派五六个师的中国志愿部队这个问题是有可能的，因为我完全知道中国领导同志多次声明，如果敌人越过三八线,他们愿意派几支部队援助朝鲜同志。我理解中国同志愿意派军队到朝鲜是基于这样的事实:中国对于避免出现使朝鲜成为美国的跳板和未来日本军国主义反对中国的桥头堡这样的危险非常关切。

当我向您提出派部队到朝鲜这一问题时,我所考虑的至少而不是最多派五六个师,是从下面这些国际形势的特点出发的:1. 正如朝鲜事件表明的,美国目前没有准备进行一场大的战争;2. 日本的军国主义势力还没有恢复,它无法为美国提供军事援助;3. 美国将被迫屈服于背后有苏联盟国支持的中国,并不得不同意以有利于朝鲜的条件解决朝鲜问题,而且没有使朝鲜成为敌人的跳板的可能性;4. 由于同样的理由,美国不仅必须放弃台湾,而且还会拒绝与日本反动派单独缔结和约的主张,放弃他们使日本帝国主义复元和把日本变成他在远东地区的跳板的计划。

在这方面,如果采取消极的等着看的政策,我估计中国不会得到让步。不经过严酷的斗争并施加压力,不仅中国不能得到所有这些让步,甚至都无法收回台湾。目前美国坚持把台湾作为他的跳板,不是为了蒋介石——他已经没有机会成功,而是为了他们自己或未来的军国主义日本。

当然,我也估计到这种可能性,即美国尽管没有准备打一场大的战争,但仍可能出于对其威信的考虑而被卷进一场大战;反过来这将把中国卷入战争,同时,由于与中国有互助同盟条约,苏联也将被卷入战争。我们对此应该惧怕吗?在我看来,我们不应该惧怕,因为我们联合起来比美国和英国更强大,而其他欧洲资本主义国家没有德国(目前它不可能给美国提供任何帮助)就不是什么重要的军事力量。如果战争是不可避免的,那么让它现在就来吧,而不要等到几年之后,那时日本帝国主义将复兴起来并成为美国的一个盟国,而在李承晚控制整个朝鲜的情况下,美国和日

二十六　斯大林给金日成的答复

本在大陆将会有一个现成的桥头堡。

这就是当我要求您派出五六个师时对国际局势的考虑和估计。

斯大林觉得必须把毛泽东的态度告诉金日成。不是斯大林不给军事援助,而是毛泽东完全拒绝了自己的建议。他继续口述说:

10月7日,我又收到了毛泽东对此进行答复的信,他在信中表达了与我在信中所说的一致的基本立场,并说他将派到朝鲜的不是6个师,而是9个师。但他说现在不能派出部队,而要过一些时候。他还要求我相信他的话,并与他们讨论对朝鲜进行军事援助的详细计划。

叙述了与毛泽东协商的经过后,斯大林要求金日成:

根据以上提到的情况,显然您必须坚持下去,并为你们的每一寸土地进行战斗。您必须对美国占领朝鲜进行坚决抵抗,并准备保存和利用为此目的而冲出包围的朝鲜人民军干部。您要求我们把所有正在苏联学习的朝鲜同志转入飞行员训练的建议是完全正确的。我将继续通知(您)我们与中国同志进一步会谈的情况。

二十七

彭德怀带毛岸英赴命沈阳

北京，菊香书屋的写字台上放着总参谋部送来的关于我国出兵援朝的呈批件，以军事委员会主席的名义送给彭德怀、高岗、贺晋年、邓华、洪学智、解方以及中国人民志愿军各级领导同志。毛泽东的心情极其沉重，他清楚，只要他一签字，中国就向美军宣战了，就会造成极其严重的局面，美军会轰炸我国东北，我军如果一时抵抗不过美军，美军可能会越过鸭绿江。斯大林那里究竟能有多大帮助，还不得而知。

他心中觉得沉甸甸的，把烟在烟缸中掐灭，坐下来，梳了一阵头发，看着总参作战部李涛部长用毛笔拟出的电报稿：为了援助朝鲜人民解放战争，反对美帝国主义及其走狗们的进攻，借以保卫朝鲜人民、中国人民及东方各国人民的利益，着将东北边防军改为中国人民志愿军，迅即向朝鲜境内出动，协同朝鲜同志向侵略者作战并争取光荣的胜利。中国人民志愿军辖 13 兵团及所属之 38 军、39 军、40 军、42 军，及边防炮兵司令部与所属之炮兵 1 师、2 师、8 师。上述各部须立即准备完毕，待命出动。中国人民志愿军以东北行政区为总后方基地，所有一切后方工作供应事宜，以及有关援助朝鲜同志的事务，

二十七　彭德怀带毛岸英赴命沈阳

统由东北军区司令员兼政治委员高岗同志调度指挥并负责保证之。看到这里,毛泽东在高岗的名字下画了两个圈圈。

看到"任命彭德怀同志为中国人民志愿军司令员兼政治委员"时,他加了一段话:"必须深刻地估计到各种可能遇到和必然会遇到的困难情况,并准备用高度的热情、勇气、细心和刻苦耐劳的精神去克服这些困难。目前总的国际形势和国内形势于我们有利,于侵略者不利,只要同志们坚决勇敢,善于团结当地人民,善于和侵略者作战,最后胜利就是我们的。"

毛泽东改毕以上电报,觉得应该将此事告诉我驻朝鲜大使倪志亮,由他告诉金日成我国政府的决定。他写道:

　　(一)根据目前形势,我们决定派遣志愿军到朝鲜境内帮助朝鲜人民反对侵略者;(二)彭德怀同志为中国人民志愿军的司令员兼政治委员;(三)中国人民志愿军的后方勤务工作及其他在满洲境内有关援助朝鲜的工作,由东北军区司令员兼政治委员高岗同志负责;(四)请你即派朴一禹同志到沈阳与彭德怀、高岗二同志会商中国人民志愿军入朝鲜境内作战有关的诸项问题。彭高二同志本日即由北京去沈阳。

10月8日,里—2客机上。机舱里坐了十几个人,彭德怀坐在前舱的沙发上,后舱有军委作战部的成普、徐亩元、龚杰、海鸥、毛岸英;通信部的崔伦以及几个苏联顾问。到沈阳后又抽调丁甘如处长以及炊事员、司机等服务人员。这些工作人员都是10月5日中央政治局决定出兵后,聂代总长和李涛部长抽调的。

飞机在强大气流冲击下不断地颠簸着,一位苏联顾问的铅笔滚落到地板上。

毛岸英立即用俄语提醒苏联朋友说:"你的铅笔掉了。"

苏联朋友说了声:"西巴西巴(谢谢)!"把铅笔捡了起来。

(手稿影印件，内容大意如下：)

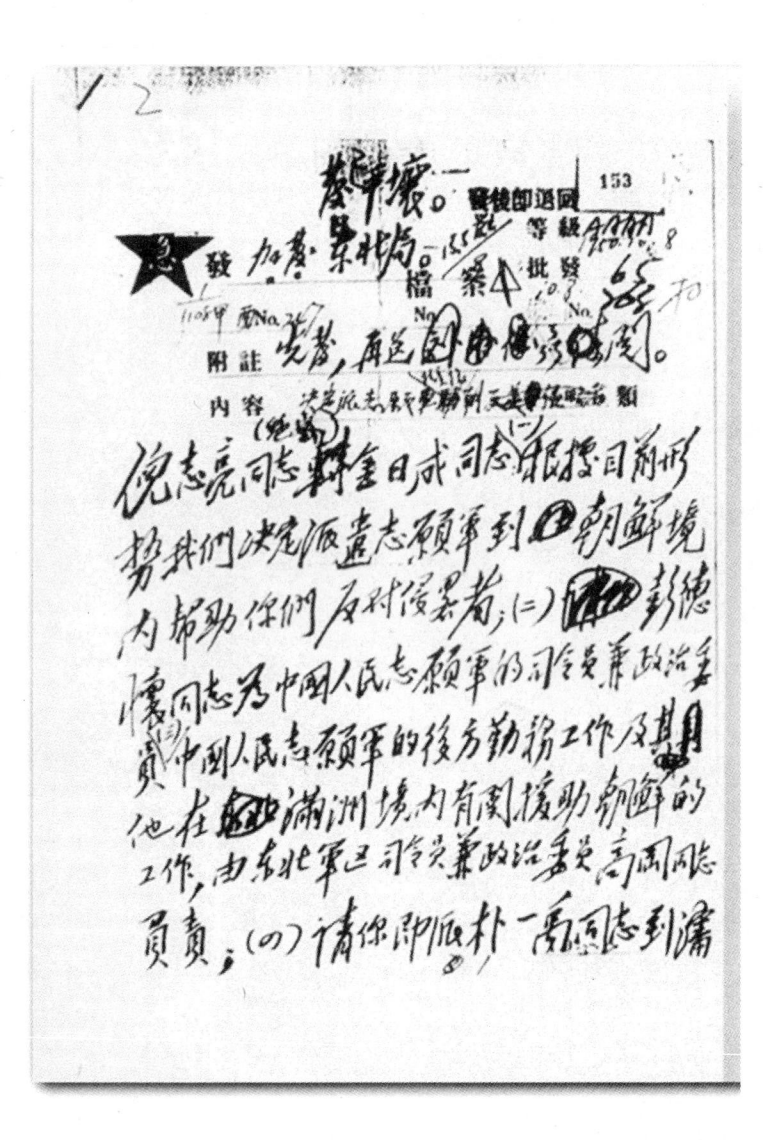

急 发 加急 东北局 等级

附註：发后，再送...阅。

内容：关于派志愿军入朝鲜作战的电话

(绝密)

倪志亮同志转金日成司令：根据目前形势，我们决定派遣志愿军到朝鲜境内帮助你们反对侵略者；(二) 令彭德怀同志为中国人民志愿军的司令员兼政治委员，中国人民志愿军的后方勤务工作及其他在满洲境内有关援助朝鲜的工作，由东北军区司令员兼政治委员高岗同志负责；(四) 请你即派朴一禹同志到沈

二十七　彭德怀带毛岸英赴命沈阳

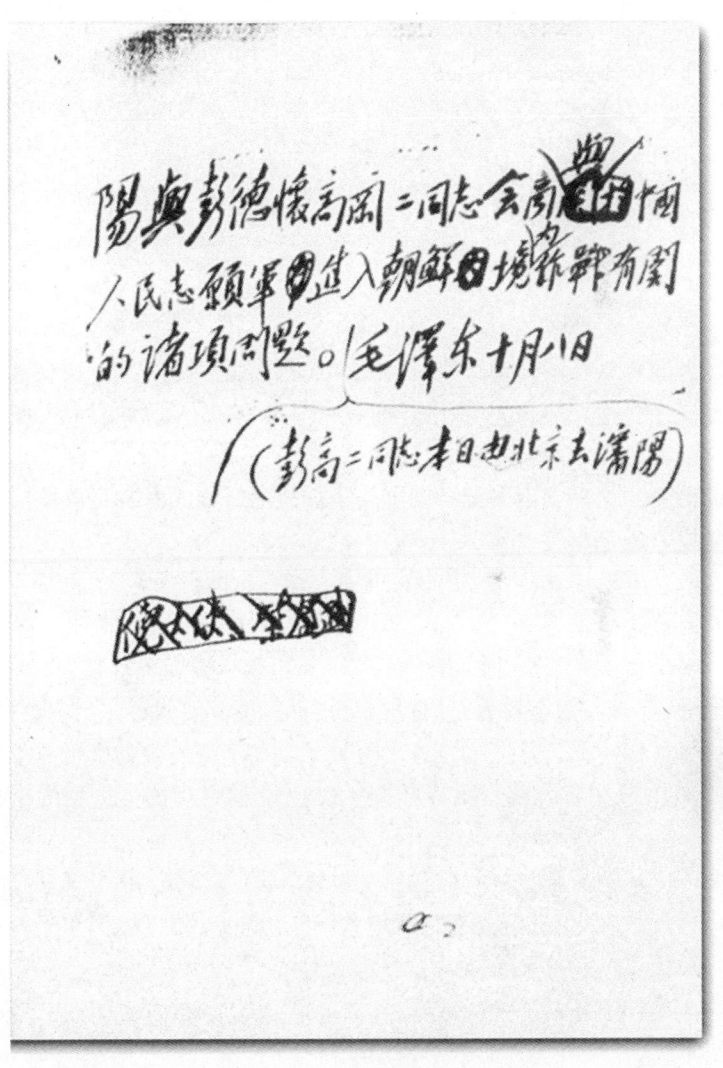

> 阳与彭德怀高岗二同志会商组成中国人民志愿军即进入朝鲜国境作战有关的诸项问题。毛泽东 十月八日
>
> （彭高二同志本日赴北京去沈阳）

10月8日，毛泽东主席致信金日成首相，告知中国政府决定出兵援助朝鲜

彭德怀的秘书张养吾吃惊了。

他小声地问成普:"这位是谁?"成普神秘兮兮地说:"是毛岸英。"

张养吾不明白:"毛岸英?"

"毛主席的大公子。"

"啊!"

"他从苏联留学回来的。"

"怪不得会说俄语。"

原来,在彭德怀赴命沈阳的前一天,毛泽东特意在自己家里设便宴为即将赴任的彭德怀饯行。毛泽东没有专门的餐厅,便宴就在书房兼办公室、客厅的"菊香书屋"内举行。在场作陪的只有毛泽东的长子毛岸英,彭德怀不清楚为什么毛岸英在场。这时,毛岸英正在北京机器厂任总支副书记,朝鲜战争爆发后,作为参加过苏联反法西斯战争的毛岸英按捺不住内心的冲动,向他的父亲毛泽东提出要求参战。毛泽东支持儿子的这一愿望,请彭德怀到家里来,也是为了当面商谈这件事。

坐下后,毛泽东对彭德怀说:"岸英想跟你到朝鲜打仗去,他要我批准,我没有这个权力,你是司令员,你看要不要收他这个兵啊?"

彭德怀一愣,说:"你有工作单位,离不开吧?去朝鲜可有危险哟,你还是在后方嘛,搞好社会主义建设也是对抗美援朝的支持嘛。"

毛岸英一听彭德怀这样说,有些着急:"彭叔叔,我考虑好几天了。你就让我去吧,我在苏联的时候,当过坦克兵,同德国鬼子打过仗。参加了苏联的大反攻,一直攻到柏林。"

彭德怀笑答:"好,你这位参加过第二次世界大战的坦克中尉,年纪不大,作战经验还是蛮丰富的哟!"

彭德怀转向毛泽东,用询问的目光看着他。

毛泽东说:"有话慢慢谈,先吃饭要紧。"

二十七　彭德怀带毛岸英赴命沈阳

彭德怀看了一下桌子上的湖南家乡菜,辣椒炒肉、辣子鱼、腊肉,高兴地说:"好菜,家乡风味啊!"说着坐下吃了起来。

毛泽东一边用筷子往彭总碗内夹菜,一边说:"很多人劝我不要出兵朝鲜与美帝直接对抗,风险太大,还可能会引起第三次世界大战。他们提出的问题也有些道理,但是帝国主义从来就是欺软怕硬,美帝国主义也不例外,我看捅它一下也没什么了不起!"

"我看最多无非是他们进来,我们再回山沟里去。"彭德怀说。

毛泽东说:"关键时刻,还要看你彭老总喽。"

毛泽东站起来,用筷子指着墙上的地图说:"第一步,一定要在北部山区站住脚,就是有块根据地。然后就好办。"

这时,毛岸英端上两碗稀饭给毛泽东和彭德怀。毛泽东笑着说:"岸英,你刚才不是对彭叔叔说打仗有你一份吗?"

毛岸英转脸向彭德怀身边跨近一步,说:"彭叔叔,现在可以批准了吧。"

彭德怀只好表态道:"那我就收下你这第一个报名入朝参战的志愿军战士,你就留在司令部当翻译哟,愿意吗?"毛岸英高兴地站起来,向彭德怀行了一个军礼,大声说:"谢谢彭叔叔。"

彭德怀说:"主席,让那些记者知道了,这可是头条新闻哟!"

毛泽东回答说:"还是不让记者知道的好。要是传到杜鲁门的耳朵里,又要说我毛泽东好战喽!"

毛岸英随彭总入朝后,与成普、徐亩元、龚杰、杨凤安一起在彭总的作战指挥室工作。毛岸英为彭总的俄文翻译兼管电报。志司的领导机关在朝鲜平安道镇附近的大榆洞。

当时,设在前线的志愿军首脑机关也处在敌机严重的威胁之下,并且缺乏必要的防空手段和措施。毛泽东对志愿军司令部的安全一直挂念在心。10月21日,毛泽东指示彭、邓:"熙川或其他适当地点应速筑可靠的防空洞,保障你们司令部的安全。"10月28日,毛泽东给彭德怀、邓华、高岗的电报末尾还提到防空安全问题,说:"你

毛泽东在北京与他的长子毛岸英的合影

们指挥所应速建坚固的防空洞,立即修建,万勿疏忽。"

周恩来对志司和彭总的安全很关心,他以中央的名义给志愿军司令部发电:"志司党委会:据从志司归来的同志面报,志司所在地尚无足够的防空洞,该地又为著名的金矿,志司在街上房屋中办公,而志司负责同志在飞机来时亦常不进防空洞,且志司附近又集中有4部电台,驻扎已近1个月……更易暴露。故为保证志司指挥机关及其领导同志的安全,中央责成志司驻地应经常变动,电台分散安置,防空洞必须按标准挖好,并布置地下办公室。凡遇敌机来袭,负责同志必须进入地下室,任何同志不应违背。中央,11月21日。"

在第二次战役中,彭总电令各军以小部队与敌人保持接触,诱敌深入,创造有利战机。麦克阿瑟得意忘形,认为"中国人似乎在全线撤退","最后胜利即将到来"。他在东京发表了广播。

11月25日,西线美军被我军诱至预定战场,完全中了彭总之计。按照彭总的命令,我军定于当晚对敌人发起大规模反击作战。

二十七　彭德怀带毛岸英赴命沈阳

不料，突然祸从天降。上午11时左右，4架美国轰炸机从南向北，又从北向南飞临大榆洞南山坡上的志愿军司令部上空。这时，彭总在作战室隔壁的小房行军床上和衣小憩，但并未睡着。成普、毛岸英、高瑞欣及通信员李振基还在作战室内。那是一个大山沟，北面一座大山，南面一座大山。作战室依山就势呈东西走向，有东西两个门，东边门直通志愿军司令部。作战室内东西走向放着一个长长的木桌，供开会用，南面墙上张挂着作战大地图。彭总的休息室在西门北面的房间内，西门南面是通讯员的休息室。敌机飞临大榆洞上空时，毛岸英正在西门内的铁桶火炉旁，高瑞欣在办公桌的北侧。

成普见敌机从南向北飞过来，他立即奔彭总休息室，大声喊道："彭总，敌机要来轰炸，赶快防空！"

彭总见成普失声大叫，不但未起来，反而批评成普说："怕什么？你这么怕死呀？！"

成普心想，统帅躺着不动怎么办？如果把他炸死了，那怎么得了？！

正在这时，洪学智副司令员跑来了，他走进彭总的休息室，一边喊："彭总，赶快防空……"一边拖彭总，把彭总连拉带拽拖上山去了。

彭总离开作战室，成普马上跨出西门坎，一只脚在门外，一只脚在门内，仰头向空中观察敌机活动，见4架敌机以水平投弹式投下许多的球，那些球状的东西在太阳的照射下反射着明晃晃的光彩。成普大声惊呼："不好，不好！"惊呼未毕，大量的汽油弹就击中了他们的作战室，木板房立即坍塌起火。成普被炸弹爆炸的冲击波击倒在西门外的小沟里，脸部被滚油灼伤，衣服着火。毛岸英、高瑞欣两同志牺牲在烈火之中了。彭总得知毛岸英和高瑞欣牺牲后，久久一言不发。

高瑞欣，1926年出生于河北省安国县王玉巷村。他在抗日战争困难时期入伍，1946年调到延安王家岭作战局任参谋，精明强干，熟悉作战业务。1947年3月，随彭总到西北野战军司令部，当彭总的作战参谋。在转战西北的日日夜夜,彭总觉他是一个很合格的作战参谋,用起来很顺手。彭总入朝后,电令他火速入朝。他11月18日入朝,25日遇难,其新婚妻子李翠英怀孕在身。1951年1月2日,周恩来向毛主席呈报志司的电报时说:"高瑞欣也是一个很好的机要参谋。"

朝鲜北部山区,白霜铺地,清冷寂寥。彭德怀带着几个随员,在山坡上散步,他连帽子也没戴,还把风纪扣解开。他背着手,走走停停,停停走走。他站住,仰起头来,望着空廓的苍穹,默默无语,许久许久才发出一声长叹:"唉!"

中午,司令部机关几乎没人去吃午饭。下午3时,彭德怀和志司党委商量,决定把这次不幸事件报告军委。

周恩来突然接到中央机要室送来的志愿军司令部的紧急电报:军委并高(岗)、贺(晋年):我们今日7时已进入防空洞,毛岸英同3个参谋在房子内。11时敌机4架经过时,他们4人已出来。敌机过后,他们4人返回房子内,忽又来敌机4架,投下近百枚燃烧弹,命中房子,当时有两名参谋跑出,毛岸英及高瑞欣未及跑出被烧死,其他无损失。

周恩来看完电报十分震惊。由于事情发生得如此突然,以致他读完电文时,手都颤抖了。周恩来深知,毛泽东一家已为中国革命做出了巨大的牺牲,现在又出了这种事,想到此,周恩来的眼睛里噙满了泪水。他斟酌一会儿,在电报上写道:"刘(少奇)、朱(德):因主席这两天身体不好,故未给他看。"

刘少奇考虑到正在病中的毛泽东还在通宵达旦地精心筹划、组织指挥刚刚揭开战幕的第二次战役,他同意周恩来的意见,决定暂不将毛岸英牺牲一事告诉毛泽东。直到1951年1月2日,毛泽东病已经痊愈后,周恩来才写信把毛岸英牺牲的消息报告毛泽东,并随信附去了志军司令部1950年11月25日的电报。

叶子龙把信和电报送给毛泽东时,毛泽东正坐在沙发上,听到这一消息先是一愣,盯着叶子龙一声不响。叶子龙也不说一句劝慰

二十七　彭德怀带毛岸英赴命沈阳

的话,只是低着头。

卫士李银桥帮助他抽出一支烟,再帮他点燃。屋里静了很长时间,谁也没有说一句话。能听到的只有毛泽东"咝咝"吸烟的声音,吸着吸着,毛泽东的眼圈湿润了。又沉默了很久,在他吸完第二支烟,把烟头压灭在烟缸里后,才略有沙哑地发出催人泪下的一声叹息:"唉,谁叫他是毛泽东的儿子呢……"

1951年2月底,彭德怀回国,在北京西郊玉泉山静明园,向毛泽东汇报朝鲜战况及请示今后的作战方针时,最后向主席汇报了毛岸英牺牲的详情。他心情沉重地说:"主席,我没有保护好岸英,致使他和高参谋不幸牺牲,我应承担责任,我和志愿军司令部的同志们至今还很悲痛。我有责任,我请求处分!"

毛泽东反而宽慰彭德怀说:"打仗总是要死人的。中国人民志愿军已经献出了那么多指战员的生命,他们的牺牲是光荣的。岸英是一个普通的战士,不要因为是我的儿子,就当成一件大事。"

在毛岸英不幸牺牲后,彭德怀曾经不止一次地谈到这件事。彭德怀说:"国难当头,挺身而出,这不是每个人都能做到的。有个别高级干部就没有做到,叫他去他都不去,但毛岸英做到了,他是坚决请求到抗美援朝前线的。"

1954年12月24日晚,彭德怀被任命为中华人民共和国国务院副总理、中央军委常务副主席、国防部长。他在中南海的办公室里,就毛岸英遗体永远安葬问题,专门给周恩来写了一封信:我意即埋在朝鲜,以志司或志愿军司令员名义刻碑,说明其自愿参军和牺牲的经过,不愧为毛泽东的儿子。与其同时牺牲的另一参谋高瑞欣合理一处,以此教育意义较好,其他死难烈士家属亦无异议,原稿已送你处,上述意见未写上,特补告,妥否请考虑。

周恩来接到信后,在信上批示道:"同意彭的意见,请告总干部局另拟复电。"同时,将彭的信转送给刘少奇、邓小平传阅。这些都是后话,因为此事影响巨大,故在此记述,以志纪念。

沈阳,彭德怀的办公室,沈阳和平街1号一幢日式小楼。小楼的二层是一个红木地板的套间,匆匆走马上任的彭德怀住在里屋,他的指挥班子成员在外屋搭了一溜儿通铺。

黄昏,张养吾秘书疾步上楼,走到里屋,对彭总说:"朝鲜次帅朴一禹来了。"

彭德怀好像在深思什么,受惊似地"啊"了一声。

说话间,朴一禹已行色匆忙地跟了上来。

朴一禹瘦高的个子,看上去十分精明强干。抗日战争时期,他曾在中国华北太行山区工作,当过八路军的中层领导干部。抗日战争胜利后,他返回祖国,讲一口流利的中国话,对我军的战略战术和传统作风很熟悉。他一进屋,双手握住彭总的手就说:"彭总呀,你好!"

彭德怀说:"你好,朴一禹同志。"

"彭总,我受金日成同志的派遣,来欢迎彭总来了。"朴一禹神情激动地说。

彭德怀问:"你们接到毛泽东主席的电报了吗?"

"接到了,金日成同志委托我向你转达他的要求,朝鲜党、朝鲜人民希望彭总尽快率兵入朝。"

彭德怀目光炯炯地瞅着朴次相,一边点头,一边说:"我们的心情是一样的,朴一禹同志。可是,你知道,我刚刚受命两天,对美军的部队编成、作战特点、武器装备,以及现在敌我的态势,包括朝鲜的地形特点等等,都很不了解。作为指挥员,这是大忌。你来得正好,请把你们掌握的情况给我介绍一下。"

朴一禹焦急地说:"昨天美军已经越过了三八线。"

彭德怀问:"现在推进到什么部位?"

"已经接近平壤了。"

"啊?"彭德怀不胜惊讶,"在平壤以南的金川没阻挡住吗?"

"我军成建制的抵抗已经不存在了,美军推进得很快……"朴一禹满脸忧虑地说:"我们已安排外国驻平壤的使馆一律撤出,同时,金日成首相也准备撤至德川……"

二十七　彭德怀带毛岸英赴命沈阳

"撤至德川？"彭德怀问。

朴次相点点头说："是的。"

彭德怀站起来，快步走到地图前。

朴一禹给他指指德川的位置，彭德怀缓缓地点头无语。

"对美军占领平壤后，我们估计有两种可能。"朴一禹注视着嘟噜着脸听汇报的彭德怀说："一种可能是美军占领后，要做一下休整，看看苏联、中国的态度。如果苏联、中国公开实行军事介入，他们可能转入防御；一种可能是占领后，未等苏联、中国军事介入，便一鼓作气，迅速向北推进，占领全朝鲜……"

彭德怀听到这里马上问："你们估计哪种可能性大？"

"我们估计是第一种。"

彭德怀在原地踱了几步。

他在琢磨，在他出发来沈阳时，周恩来也出发前往莫斯科。不知道周恩来到莫斯科同斯大林谈得怎么样，苏联会不会公开地采取军事介入的行动，或者答应出动空军支援我军行动。退一步说，他们不出动陆军，只出动空军也好呀，不能让美军完全掌握制空权呀！但他觉得即使是后一条也没把握。斯大林这个人呀！

他问朴次相："你们向苏联提出出兵要求了没有。"

朴次相说："提出了。"

"有答复吗？"

朴一禹摇摇头。

彭德怀沉思着点点头："是这样。"

他表情沉重地凝视着对方。

"我们还在继续要求苏方出兵。"朴一禹补充说。

"……"彭总只是注视着对方不言语。

良久，他才突然问："你知道美军师、军的防御情况吗？"

"根据同美军作战了解，"朴一禹回答说，"一个美国步兵师，防御正面10—12公里，纵深5—7公里。在这个区域里建立三条防线。在第一道防线内挖三条战壕，间距600米。第二道防线是团的二梯队。第三道防线是师的二梯队。炮兵在团、师两梯队之间占领阵地。"

"他们两个梯队是……"

"前边两个营、或团、或师,后边一个营、或团、或师。步兵进攻有坦克、炮兵、空军协同。"

彭德怀莫测高深地静静听着,说:"根据你们同美军、李承晚部队的作战经验,你说说志愿军介入后,应该怎样打这场仗?"

朴次相说:"彭总是军事家,我……"

"什么军事家,你谈谈你们同他们是怎么打的么。"

朴次相说:"现代进攻战是可以在各种情况下进行的。从我军同美、伪军的战争看,对防御之敌发动进攻,绝不能贸然进行,必须做好准备,组织各兵种协同。主攻方向要集中优势兵力,力量是三比一,弱敌也可二比一。"

"炮火呢?"彭总十分专注地瞅着对方。

"炮火是五比一,弱敌也可三比一。坦克是二比一。空军是二比一,或三比一……"

"二比一,三比一。"彭总自言自语地沉吟着,神情有些黯然。他想,这完全是苏军的一套作战原则。我军入朝后能这样打吗?

朴一禹看了彭德怀一眼,继续说:"进攻中各兵种行动原则,应该对敌人防御纵深有统一的整体制压。首先是空军对敌人的制压,炮兵对敌人的制压。这是在我战术行动地带,即敌人防御前沿到纵深5—6公里地区。对敌前沿散兵壕、敌指挥所,要有系统的破坏;然后,坦克部队迅速投入战斗,扩大突破口;接着步兵投入缺口,深入敌人纵深。"

"好吧,"彭总说,"你介绍的情况很重要。回去告诉金首相,我军10天后出动。"

"太好了,我们盼着13兵团早日过江。"

"你们希望我军过江后如何行动?"

"金首相希望13兵团过江后迅速占领咸兴、新安州一线。"

彭德怀再次走到地图前,朴一禹用手一指:"这里。"

二十七　彭德怀带毛岸英赴命沈阳

"这里？"彭总询问地扭头目视对方。这里是东、西朝鲜湾一带。

"这里是大块山区，可以在这里构筑防线，组织防御。与平壤的美军形成对峙，阻止美军北进……"

彭德怀久久地注视着咸兴、新安州一线地区。

他感到金日成同志的建议，符合毛泽东同志关于我军入朝后，先在元山、平壤以北大块山区建立一块根据地，以使我军先站住脚的指示精神。现在美军向元山、平壤一线前进，在这一线建立防线已不实际。考虑在咸兴、新安州一线防御是对的。一旦我军能站稳脚跟，就是取得了第一步的胜利，就可以赢得进一步准备战争的时间，就可以待我军装备好，从空中和地上都对敌人有了压倒优势后，再配合朝鲜人民军发动反攻，战胜美帝国主义。先求自保，次图胜敌，能自保而全胜也。

他的脸上露出了笑意，对朴一禹不住地点头："你先回去告诉金日成同志，我很赞成他的建议。我认为13兵团应占领这块山区。"

他的手指在平壤北部地区，画了一个圈圈儿，说："具有战略意义。这个设想有远见……"

朴一禹神情激动地说："彭总呀，千言万语一句话，希望彭总尽快率兵入朝。"

彭德怀指指朴一禹，说："我的心情比你还着急。"

二十八

彭德怀、高岗召开军以上高干会议

火车喘着粗气,停在了沈阳站。从安东赶来的邓华、洪学智风尘仆仆,先到招待所休息。10月9日清晨,匆匆忙忙到沈阳和平街1号见彭总。

这时,彭总一个人站在屋内,似乎在等他们两个。

邓华与彭总熟悉,井冈山时期,他们曾经在一起;洪学智是红四方面军的,抗日战争时期又在新四军,与彭总不熟悉。

关于彭总的个性,邓华已经给洪作了介绍,知道彭总治军甚严,稍出纰漏便要骂人。同时,又风趣地告诉他"小心侍候"为是。

邓华、洪学智二人走进彭总的屋子,邓华先"报告"一声,两人给彭总敬礼。

彭总说:"你们两个来得好,我正在等你们。"

邓华说:"欢迎老总来志愿军当司令。"

彭总脖子一梗,说:"我不是志愿军。"

邓、洪二人愣怔了好半天,老总怎么说自己不是志愿军呢?怪了,那他是什么军?

邓华试探地问:"老总,你是……"

二十八　彭德怀、高岗召开军以上高干会议

"我是临危受命,毛主席派我来的。知道吧?"彭总瞪着眼珠子问。

邓华眨巴着眼,说:"老总,你这么一说,我也不是志愿军了,也是军委命令我来的。"

洪学智开玩笑地说:"那我更不是志愿军了,我到北京汇报工作,被邓华抓壮丁抓来的。"

"抓来的?"彭总认真地问。

"是呀。"洪学智回答。

彭总说:"能抓来就是志愿军么。"

三个人哄堂大笑。上下级之间的那点儿陌生,那点儿拘谨,都在一笑之中化为泡影了!

"好,你们到东北两个多月了吧?给我介绍一下朝鲜战局以及你们参战的考虑。"

邓华汇报了13兵团政治动员和军事训练的情况。彭总一边听,一边审视地瞅着洪学智,心想,林彪曾推荐他当参谋长,参谋长的角色在战争期间很重要,他可以算是一个人选吧。

这时,邓华说:"美军虽然装备先进,但基本的弱点难以克服。他们的步兵从日本匆匆忙忙拉来,战斗力弱,战线拉得很宽,运输线很远。美国到朝鲜4276公里,需要19天半,快也得17天。就是空运到东京,最快也要40个小时。我军参战后,要专门针对美军的弱点打。"

"针对美军的弱点打!"彭总轻轻点着下颌。

邓华说:"兵团对作战的指导思想问题曾经多次研究过。"

"你说,我听听。"彭总倒背着手站在他们的面前。

邓华回答说:"美军占领朝鲜大部分领土后,我们估计,今后的作战方式主要是攻坚战,本质是连续突破,从扫清前沿到突破防线、打下核心堡垒都是连续的。这几个军在天津战役后,攻坚战打得很少了,生疏了。我们在9月22日开军事教育会时已经把这个问题提出来了,让各军在训练中加紧演习连续突破战术。"

"连续突破,对呀!"彭总自言自语似地说:"这个问题你们想得很正确。"

"因为敌人装备很强,班有自动步,排有火器班,连有炮。我们应该不出兵则已,一出动非打不可。有飞机配合好;无飞机配合,在主攻方向一定要有优势的炮火。宁可少开几个口子,也要在主攻口子上保持优势,起码三倍以上兵力优势,原则是确保一定能打进去。步兵、炮兵、坦克都要联络好,协同好。"

邓华讲到这里说:"这些恐怕老总都胸有成竹了。"

彭总严肃地说:"我还有锦囊妙计呢!"

邓华停下来,看了一眼洪学智,知道自己话说得不得体了。接着他又汇报说:"我们考虑协同一定要搞好。炮兵破坏、制压,空军参加从前沿到纵深的制压、破坏,然后步兵、坦克冲锋。纵深中要坚决执行预案的穿插战术,纵深中还有组织突破问题。"

洪学智补充说:"夺取山头也是突破。进入9月份以来,各军重点研究了突破、穿插战术,进行战术教育。"

彭总脸上微微露出了笑意,说:"我看你们战备工作做得很不错,老夫听来也很开窍呀。"

邓华和洪学智相视而笑。

"先人说,用兵之法,教戒为先。一人学战,教成十人。百人学战,教成千人。以不教民战,谓弃之。"彭德怀赞许地瞧着邓、洪两位司令员,说:"你们都是从基层成长起来的指挥员,有实战经验。你们懂得怎么带兵,怎么打仗。我们的士兵是贫苦出身,我们当高级将领的一定要让他们学会战术、技术,才可上战场,这才是真正的爱兵。从胜败说,士兵有训练,方能克敌制胜;士兵无训练,无异于乌合之徒,纵有百万,何益于用?驱市人而战,是以人命为儿戏!13兵团为战争做了很好的准备,军委是满意的。我来之前,聂荣臻已经给我介绍了。"

邓华谦虚地说:"还存在许多问题。"

彭总不高兴了,说:"我说的是实话。"

邓华怔了一下。其实,他说的也是实话。

二十八　彭德怀、高岗召开军以上高干会议

下午,东北军区司令部会议室内济济一堂,坐满了东北军区、东北边防军以及13兵团的军以上高级将领。彭德怀正在给大家讲话:"同志们,中央派我到这里来,也只是两天前才决定的。我是刚刚进入情况。你们两个月来做了很好的工作,战备工作做得很好,训练工作很有针对性,针对朝鲜战场的情况从严从难加大强度搞训练,我感到很满意。我代表军委谢谢大家!"

高级将领们都热烈地鼓掌。

这时,张养吾秘书进来,送给彭总一份材料,彭总停下来,翻了一下,说:"刚刚得到情报,美国第8集团军的3个师和空降兵1个团,及英军、加拿大旅、土耳其旅正在向平壤推进。看来平壤会很快陷落。美军推进得很快呀!"

会场里响起嗡嗡的议论声。

"朴一禹来见我时,说他们对美军攻克平壤后,有两种估计,一种是乘胜北进,一种是相机固守。你们是怎么分析的?"彭德怀瞅瞅大家。

彭德怀抬高声音,声色俱厉地说:"从现在的形势看,我估计麦克阿瑟不会停下来。我们的敌人不是宋襄公,他不会愚蠢到等待我们摆好阵势才来。敌人是机械化部队,有空军、海军支援,他们会利用朝鲜的铁路、公路,迅速北进,推进的速度会很快。你们想到没有?因为人民军的抵抗很弱,敌人会放大胆子北进。我们要想取得朝鲜战争的胜利,就要和敌人争时间。假如敌人占领朝鲜全境,把战线推到鸭绿江边,大家想一想,那样的话,仗就难打了。所以,13兵团各军要准备迅速出动,先敌占领平壤北部山区,在北部山区站住脚,然后再图南进。如果我们能做到这一点,我们就取得了初步胜利。我要求各军克服一切困难,在10天之内,完成出国作战的所有准备工作!你们军长们有什么意见?"

梁兴初军长站起来说:"没有什么困难,就是有些具体问题要解决。"

邓华说:"彭总呀,关于出国作战急需解决的几个问题,我们给中央军委和4野有一个电报请示,不知彭总看到了没有?"

彭总回答道："我在北京时，军委把材料都给我了，我都看了。"

"主要是那几个问题。另外，大家有一个最担心的问题。"邓华瞅着彭总，说："就是有无空军支援问题。"

洪学智、解方、吴信泉、温玉成都说，马上要出国作战了，空军如何配合，到现在还不知道。有无空军协同，在打法上是不一样的。彭总既然来了，希望与军委联系，马上解决一下这个问题。

彭总瞅着大家，觉得意见提得很对。在现代战争中，空军的力量不可忽视。虽然不一定像西方军事家所说的那样：空军决定战争胜负，但空军毕竟是一支重要力量。如果在敌人空军的狂轰滥炸下，我军战斗力会受到很大影响。尤其是影响士气。军委应该把这个问题尽早尽快定下来，部队心中也有个数呀！他与高岗交换意见后，决定以两个人的名义向毛泽东发一个电报。彭德怀向来有自己起草电报的习惯，此时，他找了一张纸，写了几行字："高射武器全军仅有1个团共36门，不能掩护数百门重炮放列，请由广州或其他军区再抽调1个团速来东北应用。我军出动作战时，军委能派出多少战斗机及轰炸机配合，何时能出动并由何人负责指挥，盼速示。"交给秘书张养吾说："发出去。"

"好吧，关于空军问题，我向军委发了电报请示。大家还有什么问题没有？"彭总把笔放下，眼睛注视着各位将军。

大家都点头赞许，觉得彭总作为统帅，能够理解大家的心情，而且办事、决策十分果断，当场就向毛主席发电，言无虚发，雷厉风行，与前方将领想到一起了，心中感到很欣慰。在场的将领们过去多数是4野的，与彭总打交道甚少，这是他们第一次体会到彭总的作风。

彭总与邓华、洪学智、韩先楚、解方等又详细研究了志愿军入朝后的作战方案。彭总考虑有几个问题必须向毛泽东报告，于是，他拍电请示："志愿军各项出动准备不充分，对美帝坦克尤其空军顾虑很大。炮兵进入阵地运动时无空军和高射武器掩护，顾虑更大。请设法速调一至两个高射炮团。安东、辑安两铁桥无任何高射设置，战斗开始两桥将完全毁坏，交通亦将发生困难。按你预定指示15日出动，20

日至22日4个军，3个炮兵师集结下述地区，相机适时歼敌一部。40军集结云山，42军在孟山、德川，39军在熙川，38军在江界，炮兵司令部率两个师集结前川，另一师集结北镇、温井。原拟先出动两个军、两个炮兵师。恐鸭绿江铁桥被炸毁，不易集中优势兵力，失去战机，故决定将4个军3个炮师全部集结江南待机歼敌，改变原计划。要否盼示。"

关于这次高干会议的情况，1959年庐山会议期间，在彭德怀7月24日的亲笔手记中，当叙述到1950年10月，他同高岗到沈阳召集第13兵团干部开会，传达中央出兵决定时写道：

"会议结束后，有好几个同志到我处来谈话说，高主席（高是东北行政区主席）也不愿出兵，你在西北为什么赞成出兵呢？我说，这不能分东北和西北，这是一个国际问题，是社会主义阵营和帝国主义阵营的斗争，是中国人民解放大陆后能否巩固和发展，以及建设社会主义的问题。美国不仅把军队摆在鸭绿江南岸，威胁东北，而且也把军队摆在台湾威胁华北，如果他决心同中国战斗到底，随时都可以找到借口，我们现在不要怕打烂，要有打烂后再建的精神，准备长期战争，准备打烂。我们把美帝国主义拖住，使苏联和其他兄弟国家迅速建设，最后必然是美帝削弱，苏联强大。我们要有这样的精神准备，就会取得最后胜利。他们提出另一个问题，在朝鲜我们打不赢怎么办呢？我以毛主席的话答复了，那是我们打输了，可是美国欠了债，我们准备好时，就可以随时打过鸭绿江，如果让美国军队占了北朝鲜，我们没有出兵，那时再打过去，世界舆论会责备我们发动战争。现在美国发动了战争，他输了理。他们又问，美国打到东北来怎么办？我说，那当然不好，破坏了我们东北，应当尽力阻止它在北朝鲜大山区。万一打得不好，被美国打过鸭绿江，那我们更有理，准备把美国长期拖在中国，削弱它，对美国来说，是最不利的，对亚、非、拉丁美洲民族运动，对各国劳动人民解放运动是有利的。中国人民当然要付出很大的代价，但是将赢得国际人民和民族解放运动，那也是值得的。他们也就不再提问题而告别了。"

会后,彭总又深感与朴一禹的谈话,内容不够具体详细,想及早与金日成见面。

10日晚上22时,彭德怀把电报发给了毛泽东主席,说:"还有不少具体问题,须与金日成同志面商解决,拟明(11日)晨经安东往德川。特报。"

10月10日,下午4时,印度驻中国大使潘尼迦向中国政府转交了英国外交大臣贝文致中国外交部长周恩来的电报。电报称:"如果北朝鲜不愿放下武器,那么'联合国军'统帅将无他途可循。"向朝鲜下了最后通牒。当日深夜,金日成紧急召见中国驻朝鲜临时代办柴军武(柴成文),表示:"我们决不会放下武器,决不会投降,我们要抵抗到底。"

10月11日,沈阳开往安东的火车上。

在公务车的客厅里,坐着中国人民志愿军的统帅彭德怀和他从北京、沈阳调来的很小的指挥班子。

列车在争分夺秒地扑向边防。

彭总则在争分夺秒地研究着朝鲜半岛地图。

窗外,两山如壁,黑影憧憧,窗内灯火通明,每个人都在紧张地忙碌着。

"彭总,休息吧,天不早了。"警卫员郭凤光走到首长面前催促道。

彭总却问他:"杨凤安怎么搞的?现在在哪里?到北京了没有?"

张养吾答道:"他今天可以到沈阳。"

"今天才到沈阳?"彭总吃惊地问。

彭总在西安时有3个秘书,杨凤安是分管军事工作的,具体分工是管西北军区以及剿匪。浦安修是管地方工作的。张养吾分管工业、文教等工作。从西安出发时,原以为到中央开会是研究开发西北问题,就把张养吾带来了。军事方面的事情,张养吾不熟悉,所以彭总希望杨凤安赶紧来。

二十八　彭德怀、高岗召开军以上高干会议

　　大约是5日晚上,中央决定中国出兵参战,决定他出任志愿军的统帅后,他就想到应该叫杨凤安马上来。

　　杨凤安赶到北京后,从军委办公厅朱造观那里把所有志愿军的材料都拿到手,马上乘飞机飞往沈阳。

　　彭总在火车上还在考虑着怎么成立志愿军的领导机构问题。

　　"张秘书。"大概他觉得饿了,喊道:"找啥子吃一点呀?"

　　张养吾给他找来一个馒头。彭总伸手抓过来,大口大口地啃起来。感到馒头蒸得特别有水平,那柔韧感,正好可以解决他的饥饿感。他一边啃着馒头,一边在脑子里想着:志愿军马上就要出动了,已经是箭在弦上,不得不发了。可是领导机构还一直未确定,现在我既然担任了司令员,当然应该有责任向中央和军委提出建议了。可是这个机构究竟应该怎么组建呢?他嚼着馒头望了一眼窗外,火车在不知疲倦地飞奔,山野、村庄、树林都模糊为一团团黑影,急遽地后撤。时空在分分秒秒地变化着。这个建议怎么提呢?粟裕、陈赓、甘泗淇的名字首先出现在他的脑海里,接着肖劲光、肖华的名字又闪现在脑海里……志愿军的领导班子应该很强呀!这些领导同志,无论政治上、军事上都是很强的,有的是战略家,有的是战役战术家,都是久经沙场的战将。但是他们有的身体有病,不能适应战争环境了;有的虽然身体可以,可工作离不开呀!他慢慢地嚼着馒头,想着这件刻不容缓的大事。就领导机构的关系而言,应该上边是志愿军指挥机构,然后下属兵团一级的机构,兵团下辖野战军……可是,现在是临战的非常时期,非常时期就不能按部就班地行事了。他脑子里一闪,可不可以考虑我的班子干脆与13兵团合并作为志愿军的领导机构?列车好像要倾覆似地左右摇摆,彭总的身子也随着列车的摆动而摇晃着……应该向军委汇报一下自己的想法,就是说根据实际情况,已没有必要将我的小指挥班子与13兵团分成两个层次了。

　　关于志愿军领导机构设置和主要干部的配备一事,10月21日清晨3时半,毛泽东给邓华并彭德怀、高岗发来指示:"我意13兵团

部应即去彭德怀同志所在之地点和彭住在一起并改组为中国人民志愿军司令部,以便部署作战。"到 10 月 25 日,毛泽东以中共中央名义发出电报指示:"(一)为了适应目前伟大战斗任务的需要,13 兵团司令部政治部及其机构,应即改组为人民志愿军司令部政治部及其他机构;(二)彭德怀同志为人民志愿军司令员兼政治委员(前已通知),邓华、朴一禹、洪学智、韩先楚四同志均为副司令员,邓华、朴一禹二同志均兼副政治委员,解方同志为参谋长,政治、后勤部及其他机构的负责同志均照旧负责;(三)党委组织亦照原名单加入彭、朴二同志,以彭德怀同志为书记,邓华、朴一禹二同志为副书记。"

这一天,正是中国人民志愿军入朝后打响抗美援朝战争的一天。彭德怀宣布了中共中央的命令后,又宣布他的指挥机构与兵团机关合并。兵团党委决定,凡是彭总带来的干部都在机关各处任正职,兵团原来的干部任副职,便于彭总指挥。解方参谋长说:"彭总原想以他从北京带来的小型班子为基础组建志司,但他在入朝前后的短时间内,对第 13 兵团司令部的战前组织准备、拟定作战行动计划和组织指挥部队开进等工作,是比较满意的,认为兵团组织指挥能力不错,而且战争已打响,来不及组建新的指挥机构了,于是就决定以兵团司令部为基础组建志司。这是彭总对我们兵团最大的信任,我们一定要珍惜彭总对我们的信任和对我们的期望。"

安东是一座靠山临江的边境小城,与朝鲜的新义州隔江相望。凌晨,镇江山仍然黑黝黝的,像一头雄狮似的卧伏着。城区也是黑暗一片,看不到任何灯火闪烁。

彭总走下火车,被 13 兵团首长接到镇江山下的一幢小楼里,这里共有四幢日式小楼,其他三幢住着邓华、赖传珠、洪学智。

10 月的安东,秋色宜人,一树树黄叶、红叶随着秋风到处飘飘洒洒,好似天女散花一般,显示着秋景的特有风韵。

彭总简单吃过早饭,即在邓华的陪同下,来到鸭绿江边察看渡江地点。

二十八　彭德怀、高岗召开军以上高干会议

鸭绿江水泛着白沫,波涛汹涌地奔流着。一架黑色的巨大铁桥气势雄伟地横跨在江上,对岸的新义州残垣断壁,一片瓦砾。

邓华指着对岸对彭总说:"四天前的傍晚,美帝国主义的几十架飞机,有B—29,有野马式的,一阵狂轰滥炸,就被炸平了。我和洪学智都看到了。"

彭总浓眉紧蹙,抿着厚厚的嘴唇喷出浓重的粗气,然后他冷冷地一笑,说:"看来杜鲁门还没有狂妄到不顾一切的地步。假如他们轰炸大桥和安东市,那就是侵略我国领土,就等于向我国宣战。那我们就举国一致,全民动员,同美帝国主义决一死战!"

邓华说:"美帝国主义未必有向我国开战的决心。毛主席在《论持久战》中说过,日本是小国,地小、物少、兵少;中国是大国,地大、物博、人多、兵多。现在,如美国取代日本,侵略中国,也不成。美国虽然是大国,但远隔重洋,兵员缺乏,运输线长。战争一持久,美国的不足就暴露出来了。我看美军还不如日本小鬼子!"

彭总瞭望了一下江面,目光停留在大桥上,说:"不过,话又说回来,美机如果把桥炸了,我军渡江就困难了。"

江风很大,带着浓浓的湿气直扑人面。彭总迎着江风,拧紧眉头眺望着江中那些像草甸子似的小岛。小岛上偶尔可以见到一两个草棚子,多数则是无人的荒岛。

邓华瞧着彭总,说:"美国虽然现在没炸桥,但说不定以后会炸。所以,如果中央同意4个军一齐出动,那么,4个军就应一块儿过江,以使我军在地面兵力上占绝对优势。"

彭总点点头,心想,他们考虑得很周到。他感到自己新来乍到,刚刚进入情况,朝鲜战争又是狂风骤雨,形势紧张,日甚一日。自己虽然还想做许多事,以便把仗打好,但美帝国主义不一定给我们时间呀!中央一旦下令出兵,恐怕许多事情要抓瞎呢!我军出兵到朝鲜后能否初战获胜,此事关系甚大。如果初战获胜,我军就会站住脚,就会挫伤美帝国主义的锐气,就会使麦克阿瑟有所顾忌,也可能使帝国主义阵营发生分歧。如果初战未获胜,那么美国可要更猖狂了,

更不可一世了,更迷信他们的炮舰政策了。他们的战争界限可能扩大,可能与我国进入战争状态,至少会让他们的空军轰炸我国许多大城市和工业基地,使用其海军攻击沿海地带,这种严重的形势随时都可能发生。虽然中央已在福建方向和广东方向分别部署了4个军,防止美国海军或者台湾的蒋介石军队攻击沿海地带,但最好还是不要出现东北和东南两个方向都出现战事的紧张局面。这时,江风冷极了,随员们都催他回去。他想,关键的关键,当然是要确保初战必胜,再战大胜。还是毛主席说的,我军只要在平壤、元山以北山区站住脚,就可以争取时间,就有歼敌的机会。

吉普车风驰电掣般从安东市飞过,回到镇江山下。

彭总内心焦急,在地板上不停地踱着步。对邓华说:"既然考虑4个军3个师全部过江,你们说说,你们是怎么安排部队渡江的?"

邓华示意解方讲,解方走到地图前,从杨迪手中接过一枝铅笔,指着安东说:"计划40军先从鸭绿江大桥上过江,39军从安东长甸河口过江,38军、42军从辑安过江……"

彭总默默地点着头。

彭总挠了挠小腿,心想,敌人北犯的速度真快呀!按照这个进度,估计几天之内,就到咸兴了。到那时,我军能否先敌到达预定防区呢?他的眉心拧成一个很紧的结。窗外,秋风卷着落叶呼呼地吹着,有些树上黄叶已所剩无几了。他想,我们对敌情的侦察,纯属隔岸观火,究竟美军是怎样北进的,在战略战术上有些什么特点,伪军又有些什么特点,朝鲜人民军现在情况怎样?现在还有多大战斗力?同美军伪军作战与同蒋介石军队作战有什么不同之处?朝鲜的地形地物如何利用?尤其是平壤、元山以北的大块山区怎样利用?那一带究竟是什么样子?朝鲜党和政府下一步的打算如何?志愿军和人民军怎么协同配合等等,许多问题都还需要作深入的了解和研讨。他感到在沈阳时与朴一禹的会谈太过匆忙,那时自己刚刚进入情况,所以交换情况比较肤浅、笼统,不够详尽,不够具体。目前朝鲜那边的具体情况不甚了了,找朝鲜方面联系也联系不上,就是靠我驻朝武官了解一些情况,只知道情况变化很快,形势急剧恶化。现在看来,我得先进去见见金日成同志,亲自了解一下战场的情况,许多问题需要与金日成协商。

二十九

聂代总长电话：主席请你迅速回京

在聂荣臻与彭德怀通话的深夜，毛泽东正在看秘书送来的一批呈批件。其中有一份是反映朝鲜半岛战事的简报，有一则新闻，人民军克复蔚珍、竹边地区。在面对美军这样强大的对手的情况下，人民军还能取得这样大的胜利，委实难得，说明人民军还是很顽强的，是有战斗力的。其实，人民军7、8两月一路向南，打了许多战役还是不错的，他们有些指挥员在解放军中锻炼过，运用包抄敌人侧后的战术很奏效。只是后方太空虚了，又没有接受我们的建议，可惜呀！

我军进入朝鲜北部山区后，如何取得战争胜利问题，一方面我军对敌人要有初战必胜的气概和战略战术；另一方面人民军要在南方开展大规模的游击战争。南北夹击，以期必胜。现在敌军大部北进，后方空虚，建议凡人民军无法北撤者，均留于南朝鲜，开辟敌后战场，这在战略上是必须的而且是很有利的。如有人民军四五万人留在南朝鲜担负此项任务，则对北部作战将大有帮助。此事需与金日成同志协商，不知道他现在还能否指挥这些散落在南朝鲜的人民军不能。毛泽东走到地图前，凝视着朝鲜半岛西部曲曲折折的海岸线，心想，麦克阿瑟仁川登陆成功后尝到了登陆作战开辟新战场的

二十九　聂代总长电话：主席请你迅速回京

甜头。现在敌人似乎正在准备从镇南浦至新义州一线再次登陆作战，切断平壤至新义州的交通线，这一交通线具有战略意义，是必须保护的。我军在北部山区作战时，无此交通线是不能保证后勤供应的。此线很重要。应告彭德怀与朝鲜同志研究保护方法，如敌登陆则应坚决歼灭之。不能让麦克阿瑟切断这条线。这是我军能否初战取胜的一个关键问题。

毛泽东沉默良久，拿起毛笔在砚台上润过，起草由倪志亮、金日成告知彭德怀的电文。

拟完电文，他翻阅已经朱德、刘少奇圈阅过的关于我军出兵朝鲜的呈批件。他又把9日彭德怀、高岗的请示电及10日彭德怀的请示电阅过，又提笔写道：10月9日、10日各电均悉，(一)同意4个军及3个炮兵师全部出动，集结于你所预定的位置，待机歼敌；(二)已电华东调一个高射炮团于10月14日从上海开赴沈阳转赴前线，请高岗注意接转；(三)其他各项已另复。惟空军暂时无法出动。

10月11日，镇江山下，暮色沉沉，十分寂静。彭德怀在屋内不停地踱着，焦急地等待毛泽东主席的回电。可是，北京方面却迟迟没有任何信息，好像两个电报半路拐了弯似的。恰在此时，秘书给他送来毛泽东的回电。他读到"惟空军暂时无法出动"时，心中一沉。担心什么，就有什么。空军不落实，这仗可怎么打呀！

此时，中南海毛泽东主席的住地正灯火通明。毛泽东主席也在不停地踱着，而且一支接一支地抽烟。他面临着一个历史性的重大抉择。

可以说，毛泽东主席担心的，彭德怀司令员担心的，13兵团以及所辖各军将领们担心的事情终于发生了。

这件事就是全军上下大家普遍关心的苏联能否或者何时出动空军的问题。

就在彭总发出要入朝见金日成的电报之前，毛泽东主席刚刚收到周恩来发自莫斯科的急电，说斯大林答复道：苏联空军目前尚未准备好,暂时无法支援中国人民志愿军作战,请中央对出兵问题再做综合考虑。

毛泽东主席瞅着周恩来从莫斯科拍来的电报,感到形势发生了重大变化。苏联不出动空军对我陆军作战影响太大,这就是彭德怀说的"半洗手"了。

中南海院内,秋虫唧唧,秋风阵阵。

与此同时,鸭绿江畔、镇江山下的日式小楼里,彭德怀正在与他的参谋班子围在桌子旁研究着作战预案。彭总感到作战处的情报还是及时的。他们每天都在分工负责了解汇总朝鲜战场情况。估计敌人占领元山、平壤后,即突破那里的防御后,再向北推进,可能需要一段时间,所以,我军入朝后,能在龟城、球场、德川、五老里一线组织防御。当然,我军也可能遇到相反的三种情况:一是敌人先到达预定作战地区;二是我军刚到该地区立足未稳,敌人就开到了;三是我军在开进途中同敌遭遇。彭总想,到时候究竟出现哪一种情况,当然还要看战场情况的发展。但无论何种情况,部队都应该以战斗姿态开进。明天见到金日成后,还要详细地研究一下。

10月12日晚6时,聂代总长从毛泽东住处来到居仁堂。恰好是王亚志在值班。聂代总长急促地问:"彭总在哪里?"王亚志说:"在安东。"聂说:"快给我拨通电话。"王亚志不知道13兵团的代号,但知道40军的代号,于是就让长途台叫通第40军值班室。40军用车把彭总接来。王亚志把话筒递给聂代总长。

彭总:"我是彭德怀,聂总吗?"

"是的,我是聂荣臻。"

"聂总,什么事?"

"你的来电已经收到了,有新情况了,中央原定的方案有变化!"

"有变化?"彭总吃惊不小,屋内的高参们都愣了。战争是最捉摸不定的事物,不知道现在又发生了什么意想不到的情况。是美国方面的?莫非蒋介石从福建登陆了?莫非苏联向美国宣战了?莫非毛泽东主席又重新考虑出兵的决定了?如果是苏联决定出兵就好了!

二十九 聂代总长电话:主席请你迅速回京

电话里的声音很大,几乎室内所有的人都可以听到。

"对,有变化!到沈阳乘飞机!请你回北京商议。"

"……"彭总知道,大概是有重大情况,不然聂总怎么这么着急,深夜亲自打电话,而且秘而不宣。

"迅速回京?"

"对,马上回京,中央有要事讨论。"通话十多秒钟。

到底发生了什么重大情况,彭总不得而知。但他感到,一定是发生了关系战争全局的大事,不然中央不会在志愿军即将出动的关键时刻把自己突然紧急召回北京。

三十
中央政治局紧急会议

彭总接到聂代总长的电话,成普同志立即与火车站联系好,12日深夜乘火车先由安东返回沈阳,13日中午,他和高岗回到北京。高岗住毛家湾。彭总下榻北京饭店。这时,聂荣臻已经在房间等他。下午4时许,中南海颐年堂,毛泽东主席正在主持紧急会议。

形势发生了变化,苏联不能为志愿军提供空中掩护,在我军没有制空权的形势下,志愿军还要不要入朝作战?参战与不参战的利害关系如何?毛泽东主席让大家发表意见,首先问中央军委副主席、志愿军司令员彭德怀。

彭德怀稍事沉思,说:"即使在苏联不出动空军支援的情况下,即苏联半洗手,我认为,我志愿军仍应入朝作战。我们可以考虑迅速增加防空炮火,调高射炮入朝。我们不能让美帝国主义放手吞并朝鲜,威胁我国国防。据外电说,麦克阿瑟野心太大了,他要联合日本军国主义和蒋介石匪帮跟我们打。我们与美军的这场战争是不可避免的,现在不打,以后到鸭绿江边还得打。这种形势是明摆着的。美军仁川登陆成功后,反动报刊吹嘘美军是不可战胜的。美军不会就此止步。现在联合国已经通过决议,美国有了法律依据,麦克阿瑟更不会就此罢手。他通过广播要求人民军在朝鲜的任何区域停止抵抗。同美国这一仗是不可避免的,与其到鸭绿江边被迫打,不如现在主动打。"

高岗问彭总:"你考虑这个仗怎么个打法?"

彭总说:"主席跟我多次谈了作战方案问题,按照主席的想法,第一个时期,可以专打伪军。我军对付伪军还是有把握的,像在解放战争中打蒋介石部队时一样。原来考虑是在元山、平壤以北大块山区打开一块根据地,第一使我军站住脚,第二振奋朝鲜人民。现在形势又变化了,金日成建议在新安州、咸兴一线。这个建议是对的。据情报说:西线即平壤这个方向主要是第8集团军的美骑1师、美2师、24师、25师,英27旅。东线主要是伪首都师、伪第1师、3师、6师、7师、8师。现在东线的伪3师和首都师已进入元山,占领了东海岸这个海港城市。估计伪军还会继续北进。只要在第一个时期能歼灭几个伪军的师团,朝鲜局势就可以起一个对我军有利的转变。"

毛泽东主席接着说:"当然,我军没有空军支援,伤亡会大些。"

彭总说:"但是,我们自己的空军一定要出动。有与没有大不一样。"

会议一直进行到深夜。毛主席反复征求大家的意见,对出兵一事思之再三,最后才下了决心,认为我军还是出动到朝鲜有利,这样对中国、对朝鲜、对东方、对世界都极为有利。如果我们不出兵,让敌人压至鸭绿江边,国内、国际反动气焰增高,则对各方都不利。首先是对东北更不利,整个东北边防军将被吸住,辽南电力将被控制。总之,我们应该参战,必须参战,参战利益极大,不参战损害极大。中央做出决定后,彭总立即给志愿军参谋长解方发急电,要求志愿军各部继续做好出国准备,防止部队对出兵援朝产生怀疑和松懈情绪。

10月14日,彭德怀到毛泽东主席住处具体商谈出兵和作战的方案。

毛泽东一见彭总就说:"来来来,我们把作战方案详细研究一下。"

那时候，我方对敌军进展的情况侦察得有时准，有时不准，有时情报还要晚一两天。这时，美军的骑兵1师已经突破了开城以北的人民军防线，与美24师正向平壤进军；伪军则从东南和东边侧翼向平壤进攻。

这时，彭总摸着光头对毛泽东说："这次到安东后，我先进朝鲜，见见金日成同志，许多问题需要与他商定一下。"

毛主席说："你到德川与金日成同志要好好研究一下在北部山区建立根据地的问题。这个问题我思考很久了，只要在这一块山区站住了脚，就好办了。"

彭总点着头说："这是我和金日成交谈的主要问题。一方面已经分散在三八线以南的人民军，在敌后积极开展游击战争；一方面已经撤到北方的人民军应该迅速收拢集结，协同中国人民志愿军力争保住一块根据地。"

毛泽东顺便拿起一枝铅笔指着地图，说："我军入朝后，应在平壤、元山铁路线以北、德川、宁远公路线以南地区构筑两道至三道防线。"

彭总注视着领袖手中的铅笔，不住地点头"哼"着。

"如果敌人来攻，则力争在阵地前面分割之，进而歼灭之。如果平壤美军、元山伪军两路来攻，那么……"毛主席抬头看彭总。

彭总说："打孤立薄弱的一路。"

"这一路，先选择伪军。"

"对，伪军好打，可以振奋军心。但是在美军一路处于极不利的情况下，也可以采取突然袭击的方式，重创美军。"

"美军狂妄自大，骄兵必败。只要好打，我们不分美军、伪军都打。"毛主席说："根据集中优势兵力的原则，以及敌人的火力情况，歼灭伪军一个师。"

彭总说："我看有一个军就够了。"

毛泽东说："宁肯用两个军的兵力。"

彭总在地毯上踱起步来。

三十　中央政治局紧急会议

毛主席一眼发现了彭总那件已经很破旧的黄呢子衣服,说:"德怀同志呀,你看你的袖口都破了,让后勤部长杨立三给你做一身衣服吧。你是我们志愿军的统帅么,中国再穷,也不能让你穿这样的衣服入朝呀。"

彭德怀笑笑,说:"小事一桩。"

"好。"毛主席又回到他的思路上去,说:"如果敌人不来攻,在半年之内固守平壤、元山一线不出动,怎么办?"

"这当然是最理想的了。有6个月的时间,在这段时间内我们可以准备得更充分一些,到那时候再打,当然好了。"

毛泽东说:"在这6个月内,敌军固守不动,则我军也不去打平壤、元山。可以等待我军装备训练完毕,空中和地上都对敌军具有压倒优势条件之后再去攻平壤、元山等处。即在6个月以后再谈攻击问题。我们这样做是有把握的和很有利益的。"

彭总沉思着,说:"如果出现这种形势对我军就有利多了。"

毛泽东主席提高声音说:"美军从三八线到平壤需要时间,由平壤再向德川进攻又需要时间。如平壤沃克的第8集团军不向德川进攻,则东线元山伪军也不会单独进攻。这样就给我军以开进和构筑防线的时间。"

"退一步说,如果准备在11月内,在敌人进攻德川地区时打一个胜仗,我军还是应该26万人即12个步兵师和3个炮兵师,一齐开进。"彭总对毛主席说:"在我军已把防御工事修好,在敌人固守平壤、元山不敢来攻的情况下,我军可以把军队的一半左右开回中国境内,练兵就粮,打仗时再开去。"

"这个想法对呀。"毛泽东赞许地说:"如果有那种可能性是很好的。"

"在这期间,人民军应继续抵抗、迟滞敌人前进。"彭德怀说:"这个问题,我到德川后再与金日成谈。"

毛泽东点头认可。

彭总继续说:"我军还必须做好充分的准备,敌人占领平壤后,可能要乘胜继续北犯。"

毛泽东把手一挥,说:"我军还是要做两手准备,既做停下来的准备,也做好不停的准备。我军目前还是做最坏的情况准备。你看我军渡江问题……"

彭总接住毛泽东的话头,说:"如果我军19日开动,先头军步行200公里,即400华里,约需7天,加上休息时间,28日可在德川、宁远以南地区构筑工事。全军26万人渡江需要10天时间,要到28日才可渡江完毕。"

毛主席掐指一算:"19日过江,还有5天时间。德怀呀,就确定这个时间吧!"

三十一

周恩来同斯大林谈判

10月8日,周恩来、林彪从北京乘里—2型飞机出发,飞机在伊尔库茨克加油作短暂停留,9日到鄂木斯克,10日飞抵莫斯科,住进奥斯特罗夫斯卡亚8号公寓。随行人员有师哲、康一民。在莫斯科稍作休息后,由布尔加宁陪同,11日,到高加索黑海边的阿布哈兹阿德列尔斯大林的休养所。在阿德列尔,下午,中苏双方开始会谈。周恩来根据我党开会研究的结果,通报给斯大林。说明中国的实际困难,提出只要苏联同意出动空军给予空中掩护,中国就可以出兵援朝,同时要求苏联援助军事装备和武器弹药。斯大林听后很不高兴。表示既然中国不打算出兵,就得具体地筹划,如何安置朝鲜同志和他们的武装人员,保存实力和有生力量,以待时机。斯大林表示可以帮助中国军队解决装备落后问题,但苏联空军尚未准备好。会谈后,斯大林、周恩来联名致电毛泽东说明情况。

会谈结束后,格鲁吉亚的老人让他的秘书波斯特列贝夫任"总司令"举行宴会的斯大林不停地给中国同志敬酒。大家都喝得不少,只有林彪未喝。直到太阳从东方升起,宴会才结束。

10月12日清晨,周恩来、林彪等人在布尔加宁陪同下飞返莫斯科,午后3时许抵达莫斯科,回到住地奥斯特罗夫斯卡亚8号公寓。第二天,师哲到康一民的房间,想看看国内有什么新的指示。

康一民正在抄报,一见师哲进来就说:正在接收毛主席的电报,你看看。

师哲一看,大吃一惊。电文的第一句是:政治局同志收到联名电报后开会一致主张出兵。

师哲急忙转身回到周恩来休息的房间,口头向他报告。

周恩来让他赶快把电文拿来。师哲又回到康一民那里将译完的电文拿给周恩来看。周恩来坐在沙发上看电文:

(一)与政治局同志商量结果,一致认为我军还是出动到朝鲜为有利。在第一时期可以专打伪军,我军对付伪军是有把握的,可以在元山、平壤线以北大块山区打开一块朝鲜的根据地,可以振奋朝鲜人民。在第一时期,只要能歼灭伪军的几个师团,朝鲜局势即可起一个对我们有利的变化。

(二)我们采取上述积极政策,对中国、对朝鲜、对东方、对世界都极为有利;而我们不出兵,让敌人压至鸭绿江边,国内国际反动气焰增高,则对各方都不利。首先是对东北更不利,整个东北边防军被吸住,南满电力被控制。

总之,我们认为应当参战,必须参战,参战利益极大,不参战损害极大。

周总理研究了来电后,沉思良久,然后要师哲译成俄文,首先送给莫洛托夫,要求他立即转告斯大林,并约定时间,举行新的会谈。当时住在莫斯科的苏联政治局委员只有莫洛托夫和布尔加宁两人,布尔加宁正在忙斯大林交办的那些事情。

晚上,周恩来同莫洛托夫会面,首先提到来电的内容,希望把来电转告斯大林,并询问他的意见。

莫洛托夫说,信(即电文)已转去了,尚未见到回话。不过昨天斯

三十一 周恩来同斯大林谈判

1945年12月莫斯科会议上,英国外交大臣贝文(左),苏联外长莫洛托夫(中)和美国国务卿贝尔纳斯就成立一个四国委员会管理朝鲜问题达成一致意见

大林同志已谈到中国出兵,军火供应没有问题。虽然双方未最后谈定,但我大概了解一些情况和你们的要求。这时,莫洛托夫的夫人已被斯大林逮捕,莫洛托夫已被冷落。莫洛托夫一再表示他不能做主,这一切都必须由斯大林定。但是对周恩来绝口不提再同斯大林会谈的要求。

莫洛托夫将信将疑地探询周恩来,如果中国方面的考虑是确定的,那么,我们的事情应该如何谈起?

周恩来把前一天同斯大林谈的需要援助的项目与规模又重新提了一遍。

当提到坦克和火炮的具体数字时,莫洛托夫说,他记得数目没有那么大。于是双方争论多时,然而这并不是主要问题。接着双方详细研究物资运输、接管与集中的方法等问题,特别是关于集中地点、接收、转运、保管和转交手续等一系列办法,特别研究了防空与存放地点和转交等项原则问题。苏方指定的接收终点站是奥特波尔,中国车辆到此站接运。验收、接管等具体手续和办法,由双方交接人员进一步磋商、确定。

斯大林很快复电,满足中方提出的军火数字。

当时,因为形势紧迫,中方和苏联谈判时,只谈到军火的数目,而没有谈军火的价格。

中方接受苏方的军火,是作为他们对抗美援朝的物资供应的贡献而接收的。这件事情一开始,周恩来在同师哲私下谈话时就明确说明了他的这个打算。

在回国的飞机上周恩来再次提及:准备在下次会见斯大林时,正式提出这个问题,争取做出明确规定来。

遗憾的是,后来没有机会将此事办成。斯大林从没有明确规定一定要我们偿还。但事过七八年以后,中苏两国关系恶化,又恰逢我国经济困难,赫鲁晓夫乘人之危,向我们索要这部分军火的款项,对我国施加压力。这是后话。

毛泽东在菊香书屋穿着睡衣,足不出户,又像在指挥解放战争三大战役时那样殚精竭虑,深宵不寐,劳形案牍,亲拟电文。周恩来远在莫斯科,他还不断地把朝鲜战场发展情况以及我方的作战方案通报给周恩来。14日晨3时,他给周恩来拍去一电。关于朝鲜情况,他告知美军3个师、英军1个旅和伪军1个师集结在汉城以北三八线上的开城、金川地区做进攻平壤的准备。"美是否进攻平壤及何时进攻平壤似乎尚未作最后决定。"东线有两个伪军师到了元山,有3个师正在逐步向元山区域集中。金日成指挥的朝鲜尚能战斗的部队在三八线坚决对敌,南部人民军撤至三八线以北有5万余人,大部留在南朝鲜。毛泽东从决定出兵以来一直昼思夜想出国的作战方案问题,因为敌情在变化,所以如何作战问题也在不断变化。他日夜不停地思考如何打好第一仗问题。彭德怀此次从安东回到北京,向他汇报了了解到的情况后,他告诉周恩来:"彭德怀同志在安东研究情况后,认为如果我军能以1个军进至平壤东北方面约200公里之德川县山岳地区,而以其余3个军及3个炮兵师位于德川以北之熙川、前川、江界地区,则第一,可能使美伪军有所顾虑而停止继续前进,保持平壤、元山线以北地区至少是山岳地区不被敌占。如此,则我军可以不打仗,而争取时间装备训练。第二,如元山、平壤两敌向北进攻德川等处山岳地带,则我军可以必要兵力钳制平壤之敌而集中主力歼灭由元山方向来攻之伪军,只要歼灭一二个或二三个完整的伪军师,局势就大为松动了。彭及高岗同志均认为打伪军有把握,他们和我一样,都认为参战为必须和有利。"

10月15日,彭德怀返回沈阳。

这时,东北军区已得到确切情报:美军已兵临平壤城下,平壤城旦夕可下。彭总看了情报后,眉头拧起来,心想,原来估计敌人到达平壤需要一些时间,由平壤再向德川进攻又需要时间。现在看来,对敌人估计还是不足。敌人是机械化部队,一路北犯,进展确实很快!形势比昨天同毛主席研究时又有发展了。

然后,秘书又给他送来本日晨5时毛泽东拍给他和高岗、邓华的电报:

(一)三八线上之美伪军13日已占金川,准备继续向平壤进攻,美陆战师准备从镇南浦登陆协攻平壤,由中路前进原拟向元山集结之伪第6、第8两师有转向平壤攻击的消息。

(二)我军先头军最好能于17日出动,23日到德川地区。休息一天,25日开始筑工事制敌先机。第2个军可于18日出动,其余可在而后陆续出动,10天内渡江完毕。

"彭总,朝鲜的朴宪永来了。"张秘书进来报告彭总。

彭总眉毛一扬："啊,在哪里?"

"在客厅。"

彭总大步向客厅走去。

朴宪永是朝鲜的副首相兼外交部长,圆圆的脸,胖乎乎的,中等个子,着一身灰色的西服。

"朴宪永同志呀,你来得正好。"

彭总同朴外相紧紧地握手。朴外相说:"我受金首相的派遣,来沈阳见彭总。"

彭德怀让朴宪永坐下,问:"金首相好吧?"

朴宪永说:"他很好。他让我转告您,他希望与您早日会面。"

"我也希望与金首相早日会面,有许多问题需要同金首相交换意见呢。我本来准备4天前就要过江见金首相的,中央又把我紧急召回北京。情况有重大变化,斯大林不同意出动空军了。这个情况想必朝鲜方面已经知道了。"

彭总目光专注地看着对方。

朴外相说:"是的,我们也知道了。"

"中国领导人认为,没有制空权是一个重大变化。需要针对这种变化很好地研究防空措施,包括加强部队高射炮、探照灯,加强铁道兵、工程兵,加强抢修、抢运的抗击能力……"

"金首相希望与彭总商谈一下两军协同作战问题。美军进展情况,可能彭总已经知道了。平壤可能很快就要被敌人占领。情况十分危急,我国已经危在旦夕。希望志愿军早日过江……"

彭总沉思了一会儿,说:"我们党中央已经最后决定不管有没有苏联空军援助,志愿军都要出动,都要参战,决心与不可一世的美帝国主义在战场上一见高低。"

朴外相噙着泪花激动地说:"我们党和政府对中国党和政府的伟大的国际主义决策表示衷心的谢意。中国在我国极端危难时出兵援助,我们朝鲜人民世世代代永志不忘!"

彭总说:"我们预定自10月19日部队开始分批过江,在这以前

三十一　周恩来同斯大林谈判

志愿军迫击炮手用身体作炮架出其不意地发射炮弹后立即转移位置

希望人民军利用各种形式继续阻击敌人，迟滞敌人的进攻速度，给志愿军进入战场争取时间。"

"我将把彭总的意见报告金首相。"

"你什么时候回去。"

"我马上就回去。"

"我具体出发时间，再通知你们。"

"我来接彭总。"

三十二

麦克阿瑟的投机性判断

美国的决策机构在这一段时期似乎正在犯病,不能正常运转。本来用参谋长联席会议领导各大战略区司令,但由于麦克阿瑟资格老,仁川登陆后功高镇主,他不仅不把参谋长联席会议诸位参谋长放在眼里,其实也不把杜鲁门放在眼里,而参谋长联席会议虽有不同意见,也不好坚持,常常闪烁其词,表达含糊。杜鲁门听到的只能是麦克阿瑟直言不讳的狂言和呓语。

10月15日,在我国高层酝酿出兵的同时,美国高层也作出了侵占朝鲜北部的最后决策。尽管我国政府多次明白无误地向美国政府发出一旦美军越过三八线,我国就会出兵援朝的信号,但杜鲁门政府似乎都如同风吹牛耳。杜鲁门政府之所以坚决不信,坚决不同我国寻求和解,一个重要原因是11月两党大选在即:共和党领导人大力鼓噪,敦促美国继续进攻,同时有些人把任何停战计划都说成是对北京共产党人的姑息让步。

在这种政治气氛下,杜鲁门为了提高他的威信,以便在选举中对他产生有益的影响,他决定与麦克阿瑟会面,最后决策北进问题。起初他想与麦克阿瑟在朝鲜会面,但出于安全考虑,他又选中夏威夷,

三十二　麦克阿瑟的投机性判断

1950年10月15日，杜鲁门在威克岛会议后与麦克阿瑟及其政治顾问考特尼·惠特尼准将(右)道别

最后地点改在威克岛。

　　威克岛是一座美属环状珊瑚小岛，位于檀香山以西2300英里、东京东南2000英里处。之所以这样考虑，是因为美军对朝鲜的进攻行动正处在白热化状态，麦克阿瑟不能走得太远。

　　杜鲁门的随员除参谋长联席会议主席布莱德雷外，还包括助理国务卿腊斯克，总统特别助理哈里曼，陆军部长佩斯，巡回大使杰瑟普，美国驻韩国大使穆乔，还有太平洋舰队司令雷德福。只有国务卿艾奇逊拒绝降低身份去见麦克阿瑟，他说："把他当君主一样看待似乎不太明智。"

　　麦克阿瑟离开东京第一大厦，在杜鲁门的"独立号"专机降落前到达，当杜鲁门从专机上走下时，麦克阿瑟已站在舷梯旁迎接。这是他们的第一次会面(也是最后一次)。杜鲁门和麦克阿瑟登上一辆破旧不堪的轿车，朝着海滨的一座临时营房开去。在那里，他们两人先举行了一个小时的私下会谈。杜鲁门说，他们讨论了朝鲜和日本的局势，麦克阿瑟保证一定会在朝鲜冲突中获胜，中国干预的可能性不大。

随后，杜鲁门和麦克阿瑟转移到另一间房里，与军方及外交顾问一道举行大型会议。这次会议包括布莱德雷本人都做了笔记。

在会上，麦克阿瑟说，他相信朝鲜人的有效抵抗到感恩节就会结束。他还说，他希望到圣诞节能把第8集团军撤回日本，把美国第2师、第3师和其他国家的分遣队作为占领部队留在朝鲜。

杜鲁门问："中国和苏联干预的可能性有多大？"

"微乎其微。"麦克阿瑟回答："如果他们在头一两个月里进行干预，那将是决定性的。现在我们不再害怕他们干预了，我们已不再卑躬屈膝。中国人在满洲有30万军队，其中部署在鸭绿江一带可能不超过10万到12.5万人。他们没有空军，我们现在在朝鲜有空军基地。如果中国人要南下到平壤，那他们就等于自取灭亡。"

杜鲁门问他俄国人干预怎么办。麦克阿瑟回答说，那是行不通的，也不会发生，因为苏联根本没有随时可以开赴朝鲜的军队。再说，要把军队运到朝鲜得花6个星期，而"过6个星期,冬天就来临了"。

关于麦克阿瑟错误判断形势的公案，1957年11月15日，麦克阿瑟在对阿普尔曼所写的关于朝鲜战争头5个月的官方陆军史所作的评论中说，他对中国或苏联干涉的判断纯粹是投机性的，判断是从军方的观点出发做出的。他想当然地认为，联合国会对中国的交通线和补给基地（即满洲境内）进行报复性打击。他说，杜鲁门提出的问题从根本上讲是一个需要从政治上做出决定的问题。言下之意，判断北京的意图是杜鲁门的事，而不是麦克阿瑟的事。

麦克阿瑟的狂妄和无知，受到杜鲁门及其随员的认可和尊重，参加会议的人没有对麦克阿瑟的狂言提出异议。

10月22日，麦克阿瑟批准了沃克的请求，把要运到朝鲜半岛的军火船转开日本，他觉得朝鲜半岛的军火已经够用了。还让开往远

三十二 麦克阿瑟的投机性判断

东的6艘军火船转向了夏威夷,或干脆返回美国。他认为中国不会出兵干涉。只要美国在鸭绿江畔驻扎强大的美国军队,把军事基地建在台湾岛,同时与蒋介石结成联盟,红色中国敢动?只要红色中国动,那我就实行空中打击,美国还有原子弹呢!

可见,麦克阿瑟沿袭的还是日寇先侵略朝鲜后侵略中国的老路。他简直是坐在东京的豪华大楼里做美梦呢!

三十三

彭德怀、高岗召集志愿军师以上干部会议

彭德怀、高岗10月16日上午到安东,召集志愿军师以上领导干部会议,进行出师动员。

"同志们!"他望着一个个年轻指挥员的陌生面孔,讲道:"在兄弟党和邻国人民遭受侵略,处境很严重的时候,我们应该采取什么态度?中央经过反复讨论和慎重考虑,认为不能置之不理。我认为中央这种决策,是十分必要和非常正确的。不过,关于这个问题,在党内是有不同意见的。目前有两种意见:一是主张不出兵或暂不出兵朝鲜,理由是军队装备和训练不充分,部队有厌战情绪,总之,一切准备不够;另一主张是积极出兵朝鲜,因为,我们准备不够,敌人准备也不够,特别是美帝国主义准备不够。"接着他根据中央军委的材料,具体而详细地向将奔赴战场的指挥员们讲述了美、英发动战争存在的兵力不足的困难,但为了摆脱经济危机又不得不用战争找出路……

"三五年以后再打,让我们松一口气,好不好?"他又问大家。是呀,三五年以后,久经战火的军民经过休养生息,工业有了一定的发展,军队装备也会有所改善,尤其是空军建设起来了,不是更好吗?

三十三　彭德怀、高岗召集志愿军师以上干部会议

他说,不好。"我们要建设国防,建设重工业,三五年是办不好的,五年时间不能有过高的希望,短短的三五年,陆军、空军的装备不可能有特别改善,海军更谈不上,所以迟打不如早打的好。"况且,三五年辛辛苦苦建设起来的一点工业,到时候还是要被打得稀烂。"这样细算一下,目前就打,也许更有利些。但我们目前并不希望大打,不向美国宣战,只是以人民志愿军的名义支援朝鲜革命战争……"

在场的师以上指挥员,大多数对彭总久闻大名,未见其人。今日才算一睹这位在中外军界颇负盛名的统帅的风采。不愧为军事家、战略家呀,把这场战争看得这样透,讲得又这么直!军人的特点是对上级的崇拜和敬佩。39军副军长吴国璋、炮8师师长王珩特参加完这次会议后,耳边萦绕着司令员那朴实感人的话语,头脑中幻化着战场的情景,带领部队跨过鸭绿江,长眠在朝鲜的土地上了。

彭总抬眼睛望着与会的军、师指挥员们,说:"同志们,根据现在的了解,朝鲜的敌人有美军7个师,伪军7个师,敌人再向北压时,能抽出3个美军师和3个伪军师,这个力量我们是抵抗得住的!美国空军用于朝鲜的虽不多,目前仍占优势。但空军不能决定战争的胜负,空军并不像人们想像的那样可怕。我们要好好地制定对付敌人空军的作战方案。我们的力量,初步计划第一线4个军、3个炮兵师;第二线15万人;第三线20万人。空军预计在第二个月有8个团,到第三个月有16个团……"

关于战术问题,他讲:"过去我们在国内战争中所采取的大踏步前进和大踏步后退的运动作战方式,在今天的朝鲜战场上不一定适用。志愿军在战术上要采取阵地战与运动战相结合的形式,如敌人来攻,我们要把敌人顶住;一旦发现敌人的弱点,即迅速出击,插入敌后,坚决包围歼灭之。我们的战术是灵活的,不是死守某一阵地;但必要时,又必须坚守阵地。我们要按毛主席的指示先歼灭几个伪军师。打伪军,我军还是有把握的。只要初战获胜,局面就会改观。"

对师以上干部动员后,彭总立即把主要精力转到调查研究东北的经济状况、工业布局、生产能力、可能对战争的支援、哪些工厂应

适应战争的需要实行民转军、哪些工厂应实行战略转移,倘若美帝国主义轰炸东北的话,哪些工厂是一线,哪些工厂是二线……

沈阳和平街1号立即成为一个中心,东北政府的各级要员络绎不绝,整个东北党、政、军和人民群众支援志愿军的热潮正在兴起。

"走,到工厂去看看。"

彭总同各方面负责同志谈了半天,觉得还是要亲眼看看心中才踏实。

他带着杨凤安等随员先来到沈阳兵工厂。

"这种火箭炮不错呀。"

他在骡子拉的18管火箭炮周围转着,津津有味地看着、问着,苏联的卡秋莎是铁轨式的,沈阳兵工厂制造一排9管,还有一种是3排的,一排是6管。以后,苏联发明出40管的火箭炮,基本上还是从中国受到的启发。

彭总想,我军的炮火不如美军。如果这种火箭炮装备到部队,用到朝鲜战场上,那多好呀!部队到了冲击位置后,来它一个波次,再来一个波次,然后立即机动,转移位置。既轻便又有威力,正是抗美援朝需要的东西呀!这真是踏破铁鞋无觅处,得来全不费功夫。

"你们给我打一下。"他兴奋地说。

于是,工厂立即把炮车拉到郊区,给老总打了试射。那连发的炮弹形成一条条火龙,景况壮观极了。

"好,好,这东西不错。"

他高兴得直搓手,没想到我们自己还有这么好的东西!实在是叫老总喜出望外了!

一个月能生产多少?

钢材供应有没有问题?

加班加点,很快给我装备一个团行不行?

装备两个团需要多长时间?

他给工厂提了许多问题,然后,又到刚刚恢复生产的鞍山铁厂。那时,鞍钢真是破旧不堪,百废待兴。

三十三　彭德怀、高岗召集志愿军师以上干部会议

"一切工作都要围绕着恢复生产去做。"

"生产要保证抗美援朝的需要,这是迫不及待的政治任务!"

"前方战士流血,后方工人流汗。前后方为着一个目的,战胜美帝国主义!"

这时,彭总已经是众目所瞩的重要人物了。

他乘里—2专机飞往安东时,机翼两侧有4架战斗机护航。

彭总坐在机舱里,从窗口往外望去,机翼的侧面可以看到战斗机在同步飞行。他心里想,我这老头子的命突然就珍贵起来了。哪有那么多危险,美军飞机,现在还不会飞过鸭绿江把我揍掉。这时,5架飞机在同一高度飞行,发出很大的声响。彭总心想,毛泽东同志早就说过,战争双方强弱的转化往往在几个关键动作上。现在,在美军还不知道我军大批部队渡江参战的情况下,一定要千方百计继续迷惑美军,以保证我军渡江后首次战役突然袭击成功。

飞机很快落到安东机场,彭总被邓华他们接到镇江山下的日式小楼里。

"渡江方案怎么样?"往会客室一坐,彭总劈头问邓华。

邓华说:"渡江方案已经落实了。已经给各部队开了一个协调会。"

"大家怎么说的?"彭总又问。

邓华看着彭总,说:"渡江是没有多少问题了,只是……"

"只是什么?"

"许多同志表示,现在部队高射炮太少,又无空军的支援,朝鲜多为山地水田,天寒地冻,工事很难挖。过去,我们在解放战争时多次遇到这种情况。敌军如果集中大量飞机、大炮、坦克向我阵地攻击,我们的阵地恐怕很难坚持住。"

彭总凝视着邓华,说:"这个困难肯定是存在的。你说,还有什么主要问题?"

邓华说:"还是感到很仓促。"

彭总说:"再准备两个月也是这个感觉。"

在场的人都笑了。由于作战对象是美帝国主义,当然会有这种感觉。过去还没有同美军直接作过战么,打几仗就好了。

"我给你说呀,邓华,我这次到沈阳兵工厂看了一下,他们那里生产18管火箭炮,是用骡子拉的,既轻便,又有威力,我军如果能装备几个团,炮火就加强了。"

彭总又对邓华说:"现在根据多方面的情报,美国方面还是认为中国不敢出兵参战。麦克阿瑟太小瞧我们了,这对我们是很有利的。我们可以利用敌人的错误判断,隐蔽过江,对敌人实施突然袭击。"

邓华说:"现在美军和伪军兵分两路,分东西两线向北疾进,两军之间是狼林山的高山峻岭,东西临海,机动比较困难。"

彭总说:"这点情况很重要。美军是机械化部队,它不可能越过高山峻岭。我军要利用美伪军的弱点,利用我军传统的打法,分割包围,一下子打掉他几个团就好了。"

邓华说:"就怕美伪军又停下来。"

"我想现在不会。他们目中无人,以为世界上没有一个军队敢于抵挡他们了。"

事实上,第二天,17日,麦克阿瑟下达了"联合国军第4号作战命令",命令阿尔蒙德的第10军沿狼林山脉东侧向鸭绿江推进,沃克的第8集团军沿狼林山脉西侧向鸭绿江进军,改变了原定美第8集团军和美第10军在平壤和元山蜂腰会合的计划,让两支部队互不相连地继续前进,直到鸭绿江边。这样就形成了两支部队间较大的间隙,失去了协同。

三十四

彭总代毛泽东起草第13兵团出动命令

10月18日,天空清澈爽朗,有几簇白云在马不停蹄地飞行着,大团的云朵一马当先,几朵小云团也不甘落后,始终紧跟其后,保持着不变的距离。从舷窗下眺,大地上的山岭、村庄、公路都依稀可辨,但看不到人类的活动。

彭总一直在沉思着。10月18日毛泽东再次要他火速回京,并告,对志愿军出兵的时间,待周恩来从莫斯科回到北京向中央汇报后再行商定。看来毛主席是想听听苏联方面的情况,然后再确定出兵时间。主席慎重呀,战争对国家、对民族是大事,慎重对待是对的。但对于出兵的决策恐怕是不会改变的了。现在可以说是箭在弦上,不得不发,只是具体时间问题了。明天过江,当然,对于我军来说仍然是仓促匆忙的。朝鲜那地方,多为山地水田,天寒地冻,工事不好挖。我们的高射炮又太少,如果敌人集中大量飞机、大炮、坦克向我阵地大规模攻击,则我伤亡会很大。阵地坚守很困难,机动也很困难。可是,反过来,什么时候我军作战是在无困难的条件下进行的?

飞机在北京上空画了一个半圆,校正方向,然后朝着机场俯冲下去……

中南海颐年堂灯火辉煌。

彭德怀来到颐年堂时,毛泽东、刘少奇、周恩来、朱德等领导同志都已经先一步到了。对最高统帅毛泽东来说,他要考虑全方位的战略,政治、军事、外交、经济万箭齐发。他今晚召集中央会议就是听听外交和军事两个方面的真情实况,以便做出最终的历史性决策。

彭总见到周总理,上前握手问好,周总理笑微微地问:"边防情况怎么样?"

彭总说:"边防情况有喜也有忧。"

总理问:"我听说,部队对斯大林不出动飞机支援,有些情绪?"

彭总叹息一声,说:"是呀。我军原来都是按苏联空军支援准备的。现在制空权没有了,情况变化不小呀。"

"现在关键就看你们在前线打得怎么样了。"周总理双手抱于胸前说:"假如我军打了胜仗,可能对斯大林是一个教育、促进。"

"从目前敌人的态势看,"彭总对总理说,"麦克阿瑟已经改变了美第8集团军和美第10军在平壤、元山蜂腰部会合的计划,命令两支部队互不相连地继续前进,直到鸭绿江边。这样两支部队就失去了协同,中间有60公里左右的间隙,有高山阻隔,我军可以利用……"

这时,毛泽东主席走过来说:"你们谈得很投机呀,算上我一个怎么样?"

彭总高兴地说:"那当然好。现在的形势,我们愿意听听主席的高见。"

毛主席说:"我这个人最缺少的就是'高见'。"

周恩来等人都笑了。

毛泽东主席说:"我们历来欢迎外援,但主要是立足自己。中国革命就是不靠天,不靠地,靠自己。现在敌人围攻平壤,平壤旦夕可下。再过几天,敌人就进到鸭绿江边了。等敌人在鸭绿江南岸构筑阵地,稳住阵脚,我们再出兵,发动进攻,还要渡江,就困难了。你们说是不是?"

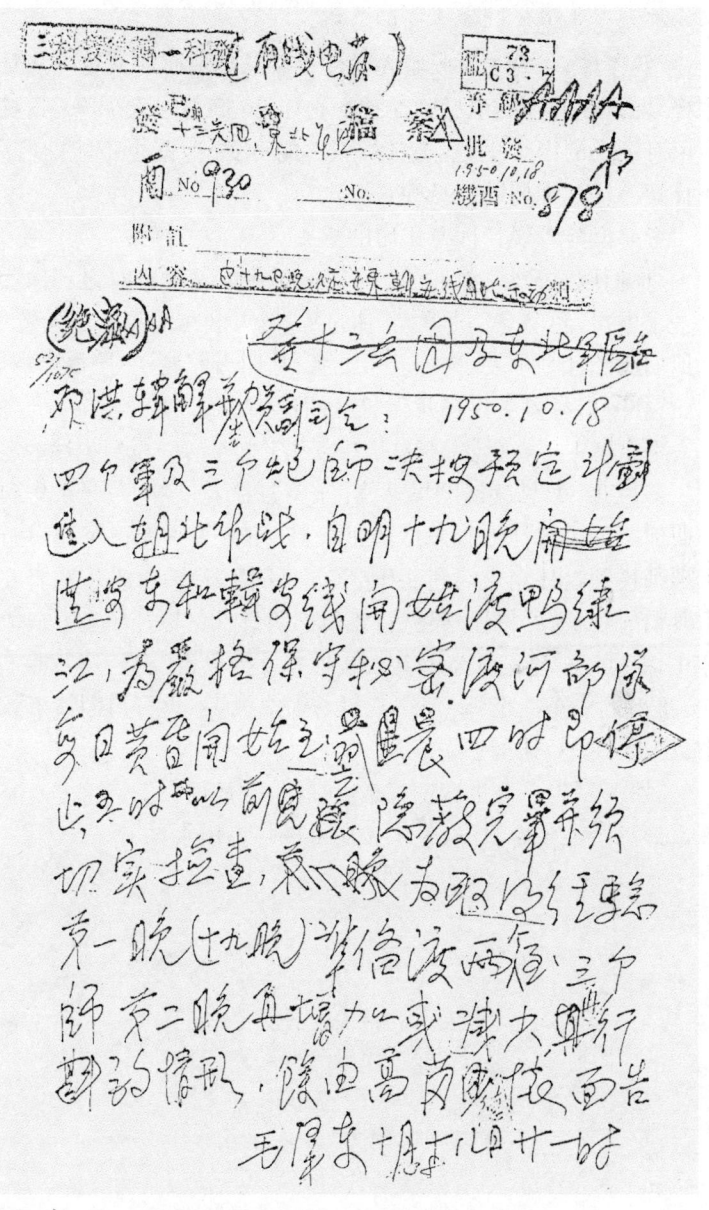

三十四　彭总代毛泽东起草第13兵团出动命令

邓洪韩解欸邓副司令：

四个军及三个炮师决按预定计划进入朝北作战，自明十九晚开始渡鸭绿江。为严格保守秘密，渡河部队每日黄昏开始至翌晨四时即停止，五时以前隐蔽完毕并经切实检查。为迅速争取时机，第一晚（十九晚）准备渡两个师，第二晚再增加或减少，则行最后决定。余由高贺两校面告。

毛泽东 十月十八日廿一时

10月18日由彭德怀起草的毛泽东决定我军渡鸭绿江的命令

彭总点头说:"同意主席的分析。"

"我考虑,"毛主席眼睛先是注视着总理,而后又转过身看着彭德怀,说,"你们不是说后勤准备不充分吗?高射炮太少吗?我看我们不论有天大的困难,我军渡江援朝不能再变,时间也不能推迟,仍按原计划渡江。你们的意见呢?"

彭总沉吟着说:"同意主席的意见。"

"你们同意,我就放心了。"这样,毛主席又对彭总说:"你代我起草一个电报,给邓华、洪学智、韩先楚、解方和东北军区的贺晋年,告诉他们渡江计划不变,立即着手准备,从明天起渡江,严格保密。"

"好!"彭总点头说:"我先起草,毛主席看。"

毛主席主持着会议。彭总伏在茶几上起草着一份历史性的电报。

一会儿,彭总就把电报草就,又匆匆看了一遍,站起来送到毛主席面前。毛主席仔细看去:"邓、洪、韩、解并告贺副司令:4个军及3个炮师按预定计划进入朝北作战。自明19日晚,从安东和辑安线开始渡鸭绿江,为严格保守秘密,渡河部队每日黄昏开始至翌晨4时即停止,5时以前隐蔽完毕并须切实检查。为取得经验,第一晚(19日晚)准备渡二至三个师,第二晚再增加或减少,再行斟酌情形。毛泽东,10月18日21时。"

"加上一句,"毛主席说,"余由高岗、德怀面告。"

彭总给毛主席看过,毛主席摆手说:"发出去!"

三十五

彭德怀、高岗先飞沈阳又飞安东

10月19日,早晨,北京城内像往日一样平静。彭德怀醒了,觉得头晕得很!他整晚都在考虑毛泽东的战略战术思想,都在想首战必胜的问题。满脑子都是朝鲜的北部山区、清川江、志愿军发动突然袭击、高射炮平射、集束手榴弹炸毁了敌人的坦克等等,就像战争的场景在脑海里预演一样。

"首长,上车了。"杨凤安喊他起程。

"喔。"他应了一声,快步走出北京饭店,坐进一辆黑色卧车,没想到车底的弹簧帮了大忙,晃晃悠悠的,睡意猛然像瘴气般袭来,使他一下子进入了梦乡……突然,一群孩子手中拎着衣服喊着,叫着,向他跑过来。仔细一看,是他的侄儿侄女们,他们喊道:"我们要跟你去抗美援朝!"他拦也拦不住。他们都疯也似地跑到朝鲜战场上,恰遇美国飞机轰炸。那飞机呼啸着朝孩子们俯冲下来,"哒哒哒!哒哒哒!"一阵机枪声,"啊!"他惊骇地叫了一声,醒了。是一个梦……如果时间从容的话,应该再看看孩子们才是。他这样想,可是,开战在即,我在京不能再多待一分钟了,晚上部队就过江,我必须马上到安东,还有许多事情要安排、要交代。而且,我要先过江,第一个过江,去见金日成。他这样想着,汽车开进了机场。这时,他的头脑已经很清醒明晰,心想,真是亏了这一觉呀!人就是这样,有时即使能小睡五分钟,就可以调整精神,进入较佳的工作状态,何况是在大战前夕呢?

天气阴沉沉的,机场上十分冷寂。一架银灰色的专机静静地等候在停机坪上。

彭总大步流星向飞机走去,匆匆登上舷梯,当走进机舱时,他站住了,回转身,向送行的人挥手,示意他们回去。

彭总又向站在飞机旁的同志们挥挥手,飞机发动,滑行,进入跑道,直插天空。他从舷窗眺望古城,刹那间,古城已经模糊了。他的心突然一动。半个月来,已经在这条航线上飞了几个来回了?实在军情紧急,关系重大,决策慎重呀!此次飞去,不会再被召回来了。老夫已年过半百,战争无情呀,或许我还能活着回来,或许就死在朝鲜半岛了。中国生,朝鲜死,朝鲜埋,不必马革裹尸还!在我之前已牺牲了多少战友了?难以计数。他自言自语地吟诵起陆游的诗:"死去原知万事空,但悲不见九州同。……"

他抬头远眺,在阴晦的天空下,群山像爬虫似的,灰蒙蒙光秃秃的,了无生气,偶尔可以看到墨线般的铁路和灰白的公路在山野间蜿蜒。彭总想,到沈阳以后应该再给东北军区叮嘱一下,一定要办好的几件事:到安东以后要叮嘱邓华他们,要确保部队过江后昼伏夜行,秘密隐蔽,千万不可泄露出我军的动向;然后自己过江,与金日成同志研究几件事,首先是成立联合指挥部的问题,自己与金日成同志应该合在一起……

"彭总,到沈阳了。"

彭总向外瞭望,沈阳市已经尽收眼底,地面歪歪斜斜,似乎也在晃动着。飞机很快着陆了,彭总走下飞机,乘车向东北军区机关驶去。

这时,李富春、贺晋年、李聚奎等东北军政领导同志已经在会议室门前站成一排,等候彭总。

三十五　彭德怀、高岗先飞沈阳又飞安东

"我军马上过江了。"彭总一边同他们握手,一边询问:"都知道了吧?"

"知道了。"众人都点头。

"毛主席昨天晚上下了渡江命令你们都看到了吧?这个命令我参加了研究。"彭总说着向会议室走去,李富春等领导同志尾随其后走了进来。

无疑,在场的人都明白毛泽东主席下达渡江命令的含义,战争时期又到来了。而且战争一旦打起来,就没有界限,东北地区将首当其冲。美国飞机可能要轰炸东北,美国军队也可能打过鸭绿江,战争究竟打成个什么结局,要未雨绸缪,做最坏的打算。东北局和东北军区将面临极其复杂、严峻的形势……

彭总扫视了一下大家,说:"你们都应该清楚,从今天起,我国就开始进入战争状态了。以后想问题、办事情,都要拿出战争时期那股劲儿来。一切都要进入战争的轨道。这次志愿军入朝作战,比辽沈战役要大得多,而且是出国作战,会遇到许多想像不到的困难。过去我们在国内作战,物资弹药主要是靠敌人'供应',现在是靠我们自己供应。我问你们,华东和中南组织的两个分部情况怎么样?"

东北军区后勤部长李聚奎回答:"华北组织的二分部明天到沈阳。"李聚奎是彭总平江起义的老战友。

"十万火急,一切都要从速考虑,从速行动。"彭总打个手势,让大家坐下,又说:"供应线要布置,物资要沿兵站的供应线作纵深梯次储备,要分为一线、二线、三线。"

李富春插话说:"军区已经作了部署。"

彭总说:"根据出国作战的要求,军区后勤要调整编制,加强后勤力量,特别是各种技术人员……"

李聚奎说:"现在就是卫生、运输人员不足。东北军区报告军委后,军委已三次急电各军区抽调汽车司机,毛泽东主席还在第二份电报文稿上加上了'此事急如星火',军委已命令炮兵学校、防空学校等抽调250个拖拉机手,补充炮兵牵引车司机的缺额。"

"凡是缺额的,军区能够解决的,马上解决,军区解决不了的,要及时向军委报告,请求军委帮助解决。东北地区是志愿军的后方基地,你们要注意,你们必须紧急动员,要全力以赴保证前方的供应。这可是关系到战争全局的大事,一定要办好!"

"请彭总放心!"李富春说。

"我就是不放心,才老提醒你们。"

静默。这些久经沙场、经过无数次血与火洗礼的将军们,都明白彭总此行的意义,不仅对东北,对朝鲜半岛,而且对中国和亚洲的和平,都具有何等重要的意义。

这时,突然收到电报,说上午12时许,美军两架飞机飞临鸭绿江大桥上空,投弹数枚,幸未击中大桥。

彭总眉毛紧蹙,骂道:娘卖的!美帝国主义要炸掉鸭绿江大桥?他脑子里意识到问题的严重性。

彭总沉思着紧紧地抿着嘴,良久才说:"我军必须尽快过江。美帝国主义为了阻止我军入朝,什么手段都可能用上,桥会被炸掉。桥一旦被炸掉,战争就没有界限了,他们还可能要轰炸沈阳、鞍钢、抚顺等重要的工业城市。只有我军以迅雷不及掩耳之势,突然出现在朝鲜北部山区,遏制美军的进攻势头,才能使美国不敢轻举妄动,才能保住我们东北。"

李富春插话说:"一切都靠前方打好仗。"

"你们要布置各地做好防空。你们一定要保护好我们的后方呀!要很好地研究一下工业的布局问题。哪些工厂不转移,要在边防;哪些工厂转移,要考虑转到什么地方合适。总之,要准备好第二线生产,不然的话,一打起来就麻烦了。东北地区是志愿军的后方基地,你们要紧急动员,全力以赴。"然后他回过头对高岗说:"麻子,后方的事情就拜托你老兄了。出了问题可不好办啊!"

高岗说:"放心吧,彭总,我们会尽一切努力的!"

三十六

志愿军跨过鸭绿江的第一人

　　天气阴沉,欲雨未雨。

　　沈阳机场,彭总的专机在四架战斗机的护航下起飞了。像战马闻到硝烟味儿,彭总心急如焚,恨不得一步就跨到朝鲜战场,同美帝国主义干起来!再者,也怕美军发现我军的意图,失去战机!

　　安东,彭总从飞机场直奔镇江山。这时,13兵团所属各军正埋伏在鸭绿江北岸等待着出发的命令。汽车驶进院子,彭总跳下车来,见谭启龙、邓华、洪学智、韩先楚等已在院子里等他了。他径直向会议室走去。

　　"马上给我准备吉普车。"他指着邓华说:"我先过江!"

　　邓华转身告诉司令部作战科去准备车。

　　"昨天晚上我又同毛主席详细研究了渡江问题。"彭总进屋后,对围成一圈儿的兵团领导说:"从今晚起,在安东和辑安两个渡口,部队利用夜色掩护,秘密渡江。现在美军和伪军兵分两路,中部隔着狼林山脉和赴战岭山脉,两路失去联系,无法协同作战。美帝国主义目中无人,太狂妄了!他们分兵冒进,犯了兵家大忌。我们一定要利用敌人的骄横麻痹,出其不意,打一个漂亮仗!"

邓华抓紧时间简要地给彭总汇报了渡江计划,邓华说:"除42军16日晚先渡江外,今晚开进计划是40军开始渡江两个师,即118和120师。明晚军部和119师渡江。21日晚炮42团及军后勤渡江。"

彭总严肃地点点头说:"这是从安东吧?"

邓华说:"是的,是的。从长甸河口,39军117师今晚渡江,明晚全师进至朔州以南向泰州前进。军主力先车运安东,22日晨1时开始尾随40军自安东渡江。"

彭总点点头,大眼睛盯视着邓华。

邓华说:"炮司、炮1师欠1个团,24日晚渡江,沿义州邑、朔州向温井前进。"

"42军方向呢?"彭总问东线渡江情况。

邓华说:"16日晚部队开始渡江,中间,按兵团命令又停下来,今晚继续渡江,21日晚渡江完毕,向预定位置前进。先头师过江后,已与朝鲜人民军联系上了。"

彭总问:"38军呢?"

邓华说:"38军21日晚车运辑安。"

彭总说:"通令各部务必严格遵守与掌握渡江时间。夜行晓宿,早晨5时前要全部隐蔽完毕,渡江后,各部队一律采取夜行军。严防有的部队出现差错,影响大局。"

邓华说:"已经向各军炮司提出了要求。"

彭总点点头,对各位将军说:"我军渡江后,要决心控制龟城、泰川、球场、德川、宁远、五老里一线为基本防卫阵地,以小部队向南延伸。"他走到地图前指着地图说:"39军主要控制龟城、泰川一线地区。40军主要控制宁边、球场、宁远一线地区。42军主要控制社仓里、五老里一线地区。38军集结于江界、辑安地区机动。炮司集结在温井、北镇、熙川地区。此次入朝,是在新的条件下,与新的敌人作战,部队的精神压力较以前各次战争为大,情绪也不如以前饱满。各部队要加强政治教育,要认识此次出国作战的重大意义,要用算账的办法把敌我力量和我军必胜的条件让战士和干部都明白,克服对

三十六　志愿军跨过鸭绿江的第一人

美帝力量的过高估计。军委要求，我入朝部队，必须前面顶住敌人，保持阵地，稳定形势，加紧装备，准备反攻。作战方针是，以积极防卫阵地战与运动战相结合，以反击、袭击、伏击来歼灭和消耗敌人的有生力量。"

彭总目光炯炯地注视着在座的将军们，又说："根据目前敌人进展情况来看，敌人还未发觉我军的行动，敌人可能继续冒进。可能出现三种情况：一是敌人先我到达预定地区；二是我刚到敌人即来；三是在行进中遭遇。无论是哪种情况，都有利于我造成从运动中歼灭敌人的机会。各部队要以战斗姿态前进，随时准备包围歼敌。各军各师都要针对可能出现的三种情况定出战斗计划，争取初战必胜！"

谭启龙、邓华等朝他直点头。

彭总接着说："入朝作战的头一仗很重要。打好了，我们可以站稳脚跟，稳定朝鲜北部战局，也给友军收容整训时间。"彭总对邓华说："要给各部队打招呼，必须服从命令，听指挥。命令什么时间到什么地点，必须严格执行。让插到什么部位，不可延误！我们基本的战术仍然是大胆迂回包围，穿插作战，断敌退路，歼灭深入袋形之敌。各部队都是老部队，对我军的战术是熟悉的，要求各部队都按照作战方案放胆深入。如果下面不太积极，指挥上布置得再好，有什么用？我就惦记着这个问题。"

邓华说："彭总说得对，尤其是我军第一次出国作战，山多林密，道路不熟，这个问题必须强调，十分重要。"

彭总从会议室走出来，皱起眉头瞅了一下天空。天气阴沉沉的，雨中雾，雾中雨。奇怪，从平江起义到现在，多少次了，一打仗就遇到这种天气！但这种天气从来不影响我军的士气，倒是影响敌军的士气。他们怕艰苦，怕寒冷……

"叫车过来吧。"他看着手表，快一个半小时了，于是对走进来的杨凤安说。

杨凤安把车引过来，吉普车"突突突"地响着，催促着它的主人。

风裹着雨丝直扑人面，鸭绿江上笼罩着灰色的水雾。江水泛着土黄色，吐着白沫，翻滚着大大小小的浪花，奔腾着彭总双手抱拳,对送行的军政领导们说:"同志们,再见!"然后,他一个转身,跃进车内,叫道:"开车!"

汽车像下山猛虎似的,前后身子一颤,"突"地一声冲上了大桥。这是一辆"嘎斯69",上面坐着4个人,除彭总外,还有杨凤安和两个警卫员。杨凤安几个人曾商量,准备给小车装布篷,因为冬天很快就到了。但是由于走得太急,来不及了。

汽车在暮色秋雨中缓缓驶过铁桥,在中、朝两国国土的分界线上,彭总示意停一停。车停下了,彭总回过头来,向身后的祖国大地深情地瞭望。杨凤安和警卫员郭风光、黄有焕也都情不自禁地回望着祖国。4个人都默默无语,一股股热流直往上涌,冲击着他们的鼻腔和眼眶……

彭总出发后,邓华、洪学智吃过晚饭,擦黑时分随40军出发了。过江后,按照统一规定,汽车不开大灯,逆北撤的人民军和老百姓在拥挤的山道上艰难地前进。

在先头部队渡江后,38军开始从铁岭、开原车运辑安。39军开始自辽阳、鞍山车运安东。到第二天晚7时,兵团邓、洪在路上又向各军党委、各师、团党委发出关于贯彻中央出兵决定的指示。指示说:"彭总和高岗同志来此传达了中央对这次出兵的意图和决心。我们认为,中央这一英明决定完全正确,我志愿军全体同志,首先是共产党员和干部党员更应坚决执行,想尽一切办法去完成这一伟大而有历史意义的任务。中央指出,这次任务是艰巨的,困难的,是很光荣的,必须克服一切困难,忍受一切痛苦,做到胜不骄傲,败无怨言,团结全军上下,紧紧团结在彭总的领导下,完成这一光荣任务。"

指示要求兵团所属部队,入朝后坚决完成中央明确的第一期的作战目标:"我们能在朝鲜北部控制一大片地区,这对今后十分有利。因此,我们必须不惜一切代价阻止敌人的进攻。各级领导同志要善于捕捉战机,作好防空避敌,求得能歼敌三几个师,战局即可改观,务须十分争取这一有利的战机。全军上下要坚决贯彻这一决心,并以实际行动来证明。"

三十六 志愿军跨过鸭绿江的第一人

中国人民志愿军司令员兼政委彭德怀与金日成在一起

1950年12月中朝军联合司令部成立。图为金日成(左三)和志愿军、人民军的高级将领在一起

1952年,彭德怀司令员(右三)在朝鲜成川郡仓与邓华(右一)、陈赓(右二)、甘泗淇(右五)、王政柱(右七)等合影

1951年5月19日,志愿军后方勤务司令部成立,洪学智兼任司令员(前排右一)。图为彭德怀与后勤司令部部分成员合影

三十六 志愿军跨过鸭绿江的第一人

彭德怀在前线了解后勤供应情况

中国人民志愿军司令员兼政委彭德怀(右二)、副司令员邓华(右三)、副司令员兼志愿军后勤司令员洪学智(右一)参加欢迎祖国人民慰问团大会

志愿军部队对南逃"三八线"的"联合国军"实施追击

1950年12月6日,志愿军收复平壤,在市内斯大林大街追击前进

三十六　志愿军跨过鸭绿江的第一人

西线"联合国军"7个师1个旅受到志愿军沉重打击后纷纷后撤。图为志愿军俘获乘车逃跑的美军军官

大批"联合国军"俘虏被押下战场

· 毛泽东的艰难决策(一)——中国人民志愿军出兵朝鲜的决策过程·

向志愿军投降的美军第 25 师工兵连部分官兵合影

志愿军全歼美军第 7 师第 31 团,并缴获该团团旗

三十六　志愿军跨过鸭绿江的第一人

志愿军战士欢呼上甘岭战役取得胜利

附录 1

毛泽东抗美援朝
"初战必胜"
的思考与决心

　　毛泽东作出决定出兵的决策后,便集中精力考虑如何初战必胜的问题。这是他半个多月来日夜思考运筹的大事。他认为既然我国政府在极端困难的情况下决定出动军队到朝鲜,那么,首先的问题是中国的军队能否在朝鲜境内歼灭美国军队,有效地解决问题。我军只要能歼灭美国的第8集团军,朝鲜问题就迎刃而解了。10月2日,在给斯大林的电报中,他集中谈了几个大的原则问题,其中包括我国必须出兵以及可能出现的各种情况,但作战计划和作战方法还未考虑具体。他设想在目前的情况下,将预先调至南满的12个师(斯大林电报上说的五六个师不够)出动后,位于朝鲜北部的适当地区(不一定到三八线),一面同敢于进攻三八线以北的敌人作战。我军第一个时期只打防御战,并歼灭小股敌人,同时,弄清各方面情况;一面等候苏联武器到达,并将我军装备起来,然后配合朝鲜同志举行反攻,歼灭美国侵略军。

　　像在解放战争时期算计蒋介石的师旅实力一样,毛泽东十分详细地计算着朝鲜战场敌我双方的实力。根据美国一个军(两个步兵师及一个机械化师)包括坦克炮及高射炮在内,共有7—24公分口径的各种炮1500门;我们的一个军(3个师)只有这样的炮36门。敌有制空权;我们开始训练的一批空军要到1951年2月才有三百多架飞机可以用于作战。根据实力,我军目前尚无一次歼灭一个美国军的把握。既然已经决定和美国人作战,就应准备当美国统帅部在一个战役作战的战场上集中它的一个军和我军作战的时候,我军能够有4倍于敌人的兵力(即用我们的4个军对付敌人的一个军)和一倍半至两倍于敌人的火力(即用3000—3200门7公分口径以上的各种炮对付敌人同样口径的1500门炮)完全有把握干净彻底地歼灭敌人一个军。毛泽东估计美军的战斗力还不如蒋军,我军用4个军歼灭美军1个军是完全可能的。这也是我军在战争年代集中兵力歼灭敌人的行之有效的作战原则。

毛泽东日夜研究朝鲜战场。现在美第8集团军的主力已全部逼进三八线,南方敌人兵力很少。他根据战场的形势,提出了开辟敌后战场的问题,即利用留在南方的人民军部队在南方积极开展游击战争,在敌后打击美伪部队,配合北方正面战场。同时他看到西朝鲜湾一带美军有举行新的登陆作战的可能,因为麦克阿瑟已经尝到了登陆作战的甜头。10月10日,他让倪志亮转告彭德怀、金日成:现敌军大部北进,后方空虚,建议凡人民军无法北撤者均留于南朝鲜,开辟敌后战场,这在战略上是必须的而且是很有利的。如有人民军四五万人留在南朝鲜担负此项任务,则对北部作战将大有帮助。敌人似正在准备从镇南浦至新义州一线可以登陆之海岸举行新的登陆作战,切断平壤至新义州的交通线,而这一交通线是必须保护的,请彭与朝鲜同志研究保护方法,如敌登陆则应坚决歼灭之。后来,彭总把这个任务交给了稍后入朝的66军。

朝鲜北部崇山峻岭,河流纵横。除东西海岸有可供机械化部队行军的地形条件外,中间是高山大壑,只有一些羊肠小路。这种地形对机械化的美军是十分不利的,因为机械化部队对公路依赖性大,而对我军却是有利的。我军从红军时期开始到解放战争前期主要在

·毛泽东的艰难决策(一)——中国人民志愿军出兵朝鲜的决策过程·

10月15日,美国总统哈里·杜鲁门在威克岛同"联合国军"总司令麦克阿瑟举行会谈,决定不理睬中国政府的一再警告,实行全面占领北朝鲜的计划

山区作战,有丰富的山地作战经验。针对朝鲜的地形条件,毛泽东认为我军一是可以在元山、平壤以北的大块山区建立根据地,并且根据我军在解放战争中同蒋介石的机械化嫡系部队作战的经验,确定专打伪军的策略。美军兵力有限,又很怕死,只要把伪军的师团歼灭了,美军丧失羽翼就会处于困难境地。10月13日他在给周恩来的电报中说:在第一时期可以专打伪军,我军对付伪军是有把握的,可以在元山、平壤以北大块山区打开朝鲜的根据地,可以振奋朝鲜人民。在第一时期,只要能歼灭几个伪军的师团,朝鲜局势即可起一个对我们有利的变化。

敌情在逐日逐时变化着。这时候,沃克的第8集团军主力正向平壤进逼,从元山向北的伪军也有转向平壤方向的动向。毛泽东考虑平壤、元山一线已被美伪占领,可以在平壤、元山铁路线以北德川、宁远公路线以南地区构筑两道至三道防御阵线。如敌人来攻,则在阵地前面分割歼灭之,如平壤美军、元山伪军两路来攻则打孤立较薄之一路。现在的决心是打伪军,也可以打某些孤立的美军。

第8军集团军攻占了平壤后,麦克阿瑟像在仁川登陆成功后在仁川露面一样,也在21日到平壤大出了风头。我军秘密渡过鸭绿江,夜行晓宿,不使敌人掌握真实情况。10月19日,毛泽东告诉各大军区负责同志:"为了保卫中国,支援朝鲜,志愿军决定于本日出动,先在朝鲜北部尚未丧失的一部分地方站稳脚跟,寻机打些运动战,支援朝鲜人民继续奋斗。在目前几个月内,只做不说,不将此事在报纸上做任何公开宣传,仅使党内高级领导干部知道此事,以便在工作布置上有所准备。"着重强调出国先站稳脚跟,以及保密的重要性,以利今后作战。

确定先打伪军的作战方针后,毛泽东时刻注意掌握着伪军几个师的动向,对伪军几个师的进攻方向分析判断极为准确。10月21

1950年10月21日2时半,毛泽东给彭德怀等的《关于打好志愿军出国第一仗》电报

日,他电告倪志亮、柴军武转告彭德怀同志,并告邓、洪、韩、解及高、贺:伪首都师由咸兴向长津前进。伪3师似将进至咸兴。伪6师改由破邑向北,目的地第一步在德川,第二步可能向熙川。伪7、8两师第一步向顺川、军隅里、安州,第二步可能向泰川、龟城。以上5个师的最后目的地是江界、新义州一线。以后的战事发展证明毛泽东确实料事如神。

李承晚指挥的5个伪军师是毛泽东既定要捕捉的目标。现在这5个师兵分两路,一路指向长津、江界;一路指向泰川、龟城、新义州,这些地方已完全在我们的掌握之中。但截至此刻为止,美伪军均未料到我志愿军会参战,故敢于分散为东西两路,放胆前进。

毛泽东设想,在整个"联合国军"中先打伪军,在伪军中有重点集中兵力打其中一路。在5个伪军师中以西线伪军为主要打击目标。东路伪军两个师到江界还需要时间。东线惟一的公路由元山、咸兴,翻过险隘黄草岭、赴战岭到江界。估计伪首都师、伪3师两个师要7天左右才能进到长津,然后折向江界。我军第一仗如不准备打该两师,则以42军的一个师位于长津地区阻敌即够。42军的主力则宜放在孟山以南地区(即伪6师的来路),以便切断元山、平壤间的铁路线,钳制元、平两地之敌,使之不能北援,便于我集中三个主力军(即38军、39军、40军)各个歼灭伪6、7、8等三个师。

按照毛泽东的指示,彭德怀命令42军124师于16日18时提前过江,沿江界、平南镇、南兴洞,即毛泽东所说的"东线",向黄草岭前进。过江后,124师副师长肖剑飞意外地与朝鲜人民军领导人崔庸健取得联系,利用朝鲜人民军的汽车把两个营的部队运到了黄草岭。126师由江界往西插至长津后,向赴战岭、旧镇前进。这两个师主要任务是阻敌北进,钳制东线之敌,保障西线志愿军主力的侧翼安全。

毛泽东昼思夜想在东守西攻的策略下怎么组织兵力歼灭伪军几个师。他指示,如伪6师(较强)由破邑(在铁路线上)至德川的路上能有朝鲜人民军一部作有力的阻击,该敌可能要到10月24日或25日才能占领德川。我40军(全部)如果能于23日赶至德川、宁远地区,则可以绕至伪6师的后方(由东面绕至南面铁路附近),让出正面给他军(38军或39军)使用,如果太迟,则敌将先占德川。毛泽东多次强调先攻占德川的重要性,他觉得德川这个地方可进可退,可防可攻。他说:此次是歼灭伪军三几个师、争取出国第一个胜仗、开始转变朝鲜战局的极好机会。如何部署,望彭、邓精心计划实施之。这一仗可能要打7—10天时间(包括追击)才能结束。我军是否带有干粮?望鼓励全军,不惜牺牲,不怕艰苦,争取全胜。

敌进甚急,麦克阿瑟表现出他的疯狂性,他命令其部队向鸭绿江扑去。美军24师、英军27旅一路向北跑得最快。伪军就数伪6师、伪8师北进最远了。毛泽东怕失去战机,强调捕捉战机至关重要。10月21日,他指示邓华并告彭及高:现在是争取战机问题,是在几天之内完成战役部署以便几天之后开始作战的问题,而不是先有一个时期部署防御然后再谈攻击的问题。他惟恐我军失去战机,影响初战必胜。

麦克阿瑟指挥第8集团军从西路进攻,第10军从东路进军。但朝鲜北部属于多山地区,巍峨绵延的高山把东西两军分割开来,中间有30—60公里的无路可走的高山。实际上麦克阿瑟让沃克和阿尔蒙德设立了两个相互独立的指挥部,战役上不能协同,实为兵家大忌。敌军的这个弱点立即被毛泽东看到了。他10月21日指示彭、邓:请注意控制平安南、平安北、咸镜三道交界之妙香山、小白山等制高点,隔断东西两敌,勿让敌人占去为要。麦克阿瑟的指挥失误使美伪军在东西两线各自为战,在一、二次战役中吃了大亏。

熙川是南北东西中央大山里的要冲,是兵家必争之地。东西两路美军如果互相支援,也必然经过熙川。彭德怀看到了熙川的重要性,他通知邓华:目前应迅速控制妙香山、杏川洞线及其以南,构筑工事,保证熙川枢纽。隔断东西敌人联络,是异常重要的。请设法集中部分汽车,速运一个师,以两个团至熙川以南之妙香山,一个团至杏川洞、五岭线,先机构筑工事。另以一个师迅速进至长津及其以南,以德实里、旧津里线构筑纵深工事,保障翼侧安全和江界后方交通。我能确实控制熙川、长津两要点,主力即可自由调动,集中绝对优势兵力,打击敌人东面或西面一路。彭德怀的控制要津的策略完全符合毛泽东的指示精神。

毛泽东集中精力筹划歼灭西线的3个伪军师,他时刻都在注意着伪6、伪8、伪7师的进展情况。他从我军情报部门得知:据伪2军团长20日16时30分称,第6师正集结顺川、新仓里间,拟命其进抵新义州。第8师正集结江东、成川间,拟命其进抵满浦镇。该军团参谋长同日命第7师主力集结成川、顺川间休整,但严禁进抵顺川。毛泽东据此判断,如数日内,敌机尚未发现我军开进,则伪6师将经新安州进至博川及其以西地区,伪8师将进至军隅里及其以北地区,伪7则在顺川地区作预备队。如21日伪6、8两师继续前进,则本(22)日伪6师可以进到新安州,伪8师可能进到军隅里。伪军的北进速度尽在毛泽东的掌握之中。

他考虑在目前敌人不知我出兵的情况下,我军要放敌北进,不能与敌人遭遇。因此我军行进路线必须避开定州、博川、军隅里一线及其以北约20公里地区不走,而走以北路线,否则,就会过早被敌人发觉,敌将停止前进,或竟缩回去,将影响战果。而此次作战,以在博川、军隅里及其以北地区围歼该敌为最有利。毛泽东请彭、邓按此意图,速定部署,迟则恐来不及。

毛泽东认为,麦克阿瑟分散兵力对我集中兵力歼灭伪军的两三个师是有利的。东路敌人越往东走越好。他告知彭、邓:另据伪1军团长20日10时称,美10军命令该军之首都师,即由咸兴向北青、城津推进,第3师集结咸兴。并谓美10军部正向咸兴移动,其任务为指挥伪1军团作战(按:美10军由原在汉城之美军陆战第1师及原在大丘之美第7师组成,海运元山登陆)。据此,似敌暂不去长津,于我有利。这就是说美第10军向东朝鲜湾的北部海岸那边去了,离西部战场越来越远。

彭德怀作为战场指挥员强调我军要先机控制要隘,毛泽东也强调控制要隘,使东线敌人在西线受到攻击后,不能支援西线。他说:

彭电派一个师占领长津以及派必要兵力控制妙香山、杏川洞,仍甚必要,请速实行。还有小白山,也应派兵控制,确实隔断东西两敌。因我军在西面发起战斗后,东面伪军可能回援。如果我军能同时包围伪 6、伪 8 两师,则于战局最为有利,我 40 军应担任包围一个师,39 军应担任包围一个师。当战斗紧急时,除伪 7 师必然增援,我可继歼该敌外,现在平壤之伪 1 师,亦可能增援,你们也要准备对付该师。东面伪军虽亦可能回援,因路远,难于赶到。平壤美军则增援可能性更小。

毛泽东担心我军行动不如敌人快,不能先机控制要隘。10 月 22 日,毛泽东电示邓、洪、韩、解并告彭、高:敌进甚速,请照彭电立即用汽车运 1 部兵力去占领妙香山、杏川洞,先运几个营去也好。

他还是强调要把预定的战场绕开。"无论用汽车运兵运物及步行的人马武器都不要再走宣川、定州、博川、军隅里线及龟城、泰川、球场线,上述地区,几天之后都可能被敌占,而应取该线北面的道路前进。"毛泽东反复指示我军要绕开即将成为战场的地区,避免先期与敌人遭遇,保证了我军第一次战役的突然性。

邓华、洪学智、韩先楚、解方研究了毛泽东指示的作战方案后,对作战部队作了安排,10 月 21 日 21 时,他们给毛泽东和彭德怀发去电报。电报说:为了钳制向长津方向前进之敌及可能由元山、平壤增援之敌,集中 3 个军各个歼灭伪 6、7、8 师,第一步计划拟以 42 军 1 个师附 1 个炮兵团坚守长津地区。该军主力首先控制小白山地区,视情况向孟山以南地区挺进。40 军全部进到德川、宁远地区。38 军全部进到熙川地区。39 军全部进到泰川、龟城地区。尔后视敌前进情况而各个歼灭之。39 军全部东进后,新义州、定州地段空虚,为了保证交通运输,防敌登陆,建议调 1 个军到安东地区。

10 月 22 日,彭德怀给毛泽东并高岗的电报中说:在半年内我军的基本方针是保持长津、熙川、龟城以北山区和长甸河口、辑安、临江线渡河交通,争取时间,准备反攻条件。目前我无制空权,东西沿海诸城市甚至新义州,在敌海陆空和坦克配合轰击下是守不住的,应勇敢加以放弃,以分散敌人兵力,减少自己的无谓消耗。目前战役计划以1个军钳制敌人,集中3个军寻机消灭伪军两三个师,以达到争取扩大巩固元山、平壤线以北山区,发展南朝鲜游击战争。

彭德怀认为在我军无制空权的情况下,东西海岸都应该坚决放弃,不可留恋。在半年时间内先稳固保持长津、熙川以北中央大山一带山区,作为根据地,准备反攻条件,然后扩大巩固平壤、元山以北山区。

毛泽东认为彭德怀的作战方针是稳妥的,同时认为突然性是战役胜利的一个重要条件。10月23日电复彭德怀:你的方针是稳妥的,我们应当从稳妥的基点出发,不做办不到的事。朝鲜战局,就军事方面来说决定于下列几点:第一是目前正在部署的战役是否能利用敌人完全没有料到的突然性全歼2个、3个甚至4个伪军师(伪3师将随伪6师后跟进,伪1师亦可能增援)。此战如果是一个大胜仗,则敌人将作重新部署,新义州、宣川、定州等处至少在一个时期内敌人不会来占,伪首都师、伪3师两个师将从咸兴一直退回元山地区,而长津可保,新安州、顺川两点是否保守也可能成问题,成川至阳德一段铁路敌人无兵力保守向我敞开一个大缺口,在现有兵力的条件下,敌人将立即处于被动地位。

毛泽东认为,熙川、长津两处为朝北的枢纽要地,我军应该力争保住此两地。如果这次突然性的作战胜利不大,伪6、7、8师主力未被迅速歼灭,他们或逃脱,或固守待援,伪1师、伪首都师及美军一部将会增援到达,使我军不得不阵前撤退,则形势将变为于敌有利,熙川、长津两处的保守也将发生困难。

我军善于近战、夜战、白刃战,这是我军克敌制胜的法宝。毛泽东考虑在敌人有制空权的情况下,我军应该发挥夜战特长。他考虑现在还不知道敌人飞机杀伤我之人员、妨碍我之活动究竟有多大。如果我能利用夜间行军作战做到很熟练的程度,敌人虽有大量飞机仍不能给我太大的杀伤和妨碍。他提醒彭德怀要以夜战特长对付美军的飞机。

在解放战争时，蒋介石的兵力有限，解放战争初期他把一部分兵力变为守备军，尚能占领中小城市，到中期后期就只能占领一些大城市。在朝鲜，就美军的兵力而言，也只能占领大城市，小城市是无力防守的。毛泽东想，我军可以继续进行野战及打许多孤立据点，即是说，除平壤、元山、汉城、大丘、釜山等大城市及其附近地区我无飞机无法进攻外，其余地方的敌人都可能被我各个歼灭，即使美国再增几个师来，我也可各个歼灭之。如此便有迫使美国和我进行外交谈判之可能，或者待我飞机大炮条件具备之后把这些大城市逐一打开。如果敌人飞机对我的伤亡和妨碍大得使我无法进行有利的作战，则在我飞机条件尚未具备的半年至一年内，我军将处于很困难的地位。如果美国再调5—10个师来朝鲜，而在这以前我军又未能在运动战中及打孤立据点的作战中歼灭几个美国师及几个伪军师，则形势也将于我不利。如果相反，则于我有利。以上这几点，均可于此次战役及尔后几个月内获得经验和证明。我认为我们应当力争此次战役的圆满胜利，力争在敌机炸扰下仍能保持旺盛的士气进行有力的作战，力争在敌人从美国或他处增调兵力到朝鲜以前多歼灭几部分敌人的兵力，使其增补赶不上损失。总之，我们应在稳妥可靠的基础上争取一切可能的胜利。

毛泽东在这里给前线司令员展望的朝鲜战局有点类似1945年冬1946年春给东北战区作的许多指示一样。那时蒋介石有一个根本无法解决的矛盾，即他的兵力和他的野心（占领地盘）之间的矛盾。尽管朝鲜半岛与我国东北面积相差甚大，但美军也存在同类问题。

毛泽东还一直惦记着抢占要隘的部队进展情况，他又指示彭德怀、邓华要先敌占领要隘和制高点。我军运控制杏川洞、妙香山一带之部队，务须争取于24日拂晓，至迟于25日拂晓以前到达上述地点，否则将失去先机。

志愿军的作战部署，是彭德怀以及邓、洪、韩、解经过反复研究推敲制定的，毛泽东复电同意40军位于熙川正面及温井、云山地区，

39 军位于云山、泰川地区，38 军位于熙川东南地区，待敌向熙川攻击之时，然后分数路出发包围攻击之。他说，彭 22 日 10 时电及邓、洪、韩、解 22 日 12 时电的意见，我认为是适宜的。总之要以利于主力插到敌人的后面和侧面，全歼伪 6、8 两师为原则。毛泽东决定采取迂回穿插包围的战术全歼伪 6、8 两师。

我军在辽沈战役时，一个战役歼灭廖耀湘一个兵团。南朝鲜伪军不比廖耀湘几个军的战斗力强。只是朝鲜半岛南北狭长，东西临海，不利于打大运动战。毛泽东设想，第一次战役一举把西线的李承晚的几个师全歼。敌首都师已确实向北青、城津东进，暂时不去长津，而平壤之伪 1 师及英 27 旅均将向新安州前进。1 个美军空降兵团（大约有二三千人）已在顺川降落（作者注：该团是美军 187 空降团）。故我对伪 6、8 两师的战斗发起后，敌人第一步，伪 7 师会增援；第二步，伪 1 师及英 27 旅亦可能增援（美军已令英 27 旅向新安州前进）。如果把这一路敌人的主力各个歼灭，而举行追击时，在顺川地区可能遇到美军。

领袖展望战局，设想，此次作战，如能将上述一切敌人逐一歼灭，控制新安州、顺川、成川、新邑、阳德线铁路及其以南一带地区，并以一部伸出至谷山、遂安、伊川、新溪地区，使平壤、元山两敌互相孤立，不能联系，则我将处于主动，敌将处于被动。此次战役必须集中尽可能多的兵力，准备连续打几仗。42 军去长津者似以一个师附一个炮兵团即够，而以该军主力位于小白山作战役预备队似较适宜。请彭酌定。毛泽东设想如能成功，也就是实现了在平壤、元山以北山区建立根据地的战略战役目标。

毛泽东担心在新安州方向的西海岸出现美军登陆情况，于是，他令杨成武抽调 66 军开往安东，先头师今日从天津出发，主力明日出发。到后，一个师担任维持新义州、定州线交通，主力在安东为彭、邓的预备队。

情报工作很重要，但很容易暴露。毛泽东指示我军各部派出的侦察队均要伪装成朝鲜人民军，而不要自称为中国人民志愿军，借以迷惑敌人。

美伪军在仁川登陆成功后,各师指挥员得意忘形,都想饮马鸭绿江争个头功。伪6师在南朝鲜部队中战斗力较强,现在又一马当先。到10月22日,伪6师从军隅里折向东北,经球场向山峰连绵的熙川前进。伪6师东边的伪8师23日午夜已到德川,然后指向球场。伪1师沿清川江流域向安州和新安州进发,然后向东北方向的云山扑去。英27旅也想露脸,与伪1师前后脚北进。毛泽东告诉彭德怀、邓华并告高岗:敌进甚速,伪6师22日已到价川,小部到宁边,伪1师有1个团到军隅里。估计此两部今(23)日均可到宁边,明(24)日可更前进若干里。

毛泽东在菊香书屋一直想给这几个伪军师团布置一个大口袋,他指示彭邓二人:请速令40军主力即在温井地区隐蔽集结,以一部控制熙川,不要去云山、宁边与敌过早接触。39军即在龟城地区集结,亦不要去泰川。该两军侦察部队不要到定州、博川、宁边、

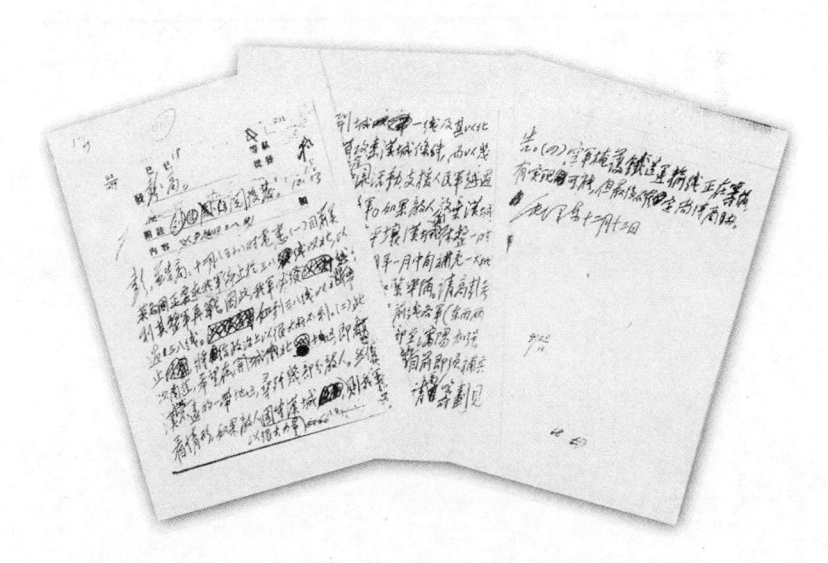

1950年12月13日,毛泽东给彭德怀等的电报,指示志愿军"必须越过三八线"

球场去了,要注意避免和敌打响,要将熙川、温井、龟城一线以南地区让给敌人,诱敌深入,利于歼灭。38军应迅速前进。伪8师22日尚在德川以南之大坪里、北仓里,走得较慢,但今(23)日可能到德川或其附近。

毛泽东在北京对形势很焦虑,对我军能否抓住稍纵即逝的战机很担心。10月23日下午5时,他指示邓、洪、韩并告彭德怀:敌进甚急,捕捉战机最关紧要。两三天内敌即可能发觉是我军而有所处置,此时如我尚无统一全军动作的处置,即将丧失战机。

这时候,由于彭德怀过鸭绿江后电台车未跟上,邓华、洪学智过江后两天未与彭总联络上,故毛泽东说:你们应迅速乘车至彭处,与彭会合,在彭领导下决定战役计划,并指挥作战。何日动身,何日可到,望即告。

总之,毛泽东觉得朝北战场的态势对我军发起突然袭击实现初战必胜十分有利。只要彭、邓、洪、韩、解抓住战机,指挥部队英勇作战,就能歼灭伪军的这几个师,争取全胜。我军背靠东北大片国土打这么一仗,有什么可怕的?美军天寒地冻,异国作战,后方补给线长,又有敌后朝鲜人民军的抵抗和破坏,很不利。要坚决打!不怕艰苦,不惜牺牲,力争朝鲜战局出现有利于我军的变化。斯大林越怕,中国人民志愿军就越要勇敢地打,打出中国军队的威风来!

附录 2

两军相逢智者胜
——抗美援朝战争的过程

战争的终点又回到了起点

抗美援朝战争在毛泽东运筹帷幄、彭德怀具体指挥下,取得了伟大的胜利。这场战争,无论是在战略反攻阶段,还是在战略防御阶段,从大的战略决策到小的具体战斗,都很有研究价值,对现代战争也具有很多的启示意义。正如古语所说:往事不远,可以洞鉴。

对抗美援朝这场战争的研究,似乎美国和韩国各界人士更有浓厚的兴趣和持久的韧性。他们撰写的朝鲜战争著述比我国出版的抗美援朝著述要多得多。1989年《美国军事年鉴》说:"朝鲜这笔历史,尤其结局,在短时间内是不会被遗忘的。"

说起当年的朝鲜战争应该分为两个阶段:第一个阶段是朝鲜南北双方的内战;第二个阶段即美军大举入侵,我国被迫出兵抗美援朝。1950年6月在南北内战时,朝鲜人民军在苏联军事顾问的指挥下,坦克开道,一路奏凯,南朝鲜军和美军24师丢城失地,溃不成军,美军24师师长还当了俘虏。华尔街的决策者们不甘心在朝鲜半岛的失败,全国动员,几乎是倾巢出动,大举增兵,利用其海、陆、空优势,

·毛泽东的艰难决策(一)——中国人民志愿军出兵朝鲜的决策过程·

法国共产党员毕加索1951年创作的油画《在朝鲜的大屠杀》

中国人民志愿军司令员兼政委彭德怀与金日成在一起

在五星上将麦克阿瑟的指挥下,先行在仁川登陆,拦腰切断朝鲜人民军的后路。然后大部队集结越过三八线,攻破平壤,分兵急进,多路进攻,将战火燃向鸭绿江边。狼烟突起,强敌叩门,中国人民怎么办?我志愿军在迫不得已的情况下,为保家卫国,秣马厉兵,出国参战,爬冰卧雪,血洒疆场,将美军和南朝鲜伪军打得蒙头转向,丢汉城,舍汉江,损兵折将,丢盔弃甲,狼狈不堪。我军在向三八线反攻进军的途中,战场一度移到三七线的水原地区。华尔街老板不甘心失败,调兵换将,改变战术。志愿军针锋相对,实行积极防御的战略战术,阵地防御的作战时间长达两年多。终于牢不可破地把战线巩固在三八线地区。

战争的终点又大致回到了起点,令战争发起者不堪回首。

毛泽东在中央人民政府委员会第24次会议上发表讲话指出:"抗美援朝,经过三年,取得伟大胜利,现在已经告一段落。"

美国当局非常沮丧。时任"联合国军"总司令的克拉克上将后来披露他在停战协定上签字时的心情,说:"我感到一种失望的痛苦。"

我们之所以说中国人民志愿军取得了伟大的空前未有的胜利,美国及其"联合国军"彻底败北,是因为从美国的战略目标和作战结果来看,美国企图占领全朝鲜的战略目标没有实现;企图威胁中国国防、阻止中国人民援朝的目的没有达到;核威慑战破产,"遏制共产主义"的国际战略严重受挫。

中国人民抗美援朝胜利的主要特征是我志愿军实现了出国作战的主要目的,实现了"保家卫国"的誓言,以劣势装备打败了装备占绝对优势的美军,打破了"美军不可战胜"的神话。从国家战略和军事战略以及战役战术上来说,都是无可非议的。

第一次战役打突然性

1950年10月19日,秋风秋雨,阴云密布,我志愿军的雄师劲旅

·毛泽东的艰难决策(一)——中国人民志愿军出兵朝鲜的决策过程·

跨过鸭绿江后,针对美军咄咄逼人的进攻态势,进行了8个月的战略反攻,连续打了5次战役,完成了预定的战略目标。志愿军敢于同世界上具有现代化装备水平的美军作战,从战争指导上看,主要是毛泽东军事思想在朝鲜战场上灵活运用。敌人有敌人的优势,我军有我军的优势,我军在运动战期间主要靠运用我军的传统战法,发扬士气高、数量多、机动灵活等优点,避强击弱,避开敌人火力强、有制空权和机械化部队机动性强的长处,利用其指挥员战术呆板和官兵畏惧近战、夜战、白刃战等弱点,以夜间迂回渗透和包围穿插的进攻作战为主要作战形式。

志愿军发动第一次战役时,麦克阿瑟所在的东京第一大厦冠盖云集,骄娇二气笼罩着美军的指挥部。麦克阿瑟坐镇东京,大马金刀,气指颐使,让"孩子们"分兵冒进,互相没有协同,完全没料到中国会出兵。在这种情况下,毛泽东强调志愿军要"利用敌人完全没料到的突然性",夜行昼宿,几十万大军行军一周,大大咧咧的麦克阿瑟竟然没有发现。志愿军让开大道,布置口袋,以逸待劳,隐蔽接敌,在双方互有交叉的情况下,我军指战员明明白白,敌军上下懵懵懂懂。南朝鲜军的一个营撞进我解放战争时在南满威名显赫的40军隐蔽集结的温井地区。40军在两水洞的公路两旁突然袭击,像在南满打蒋介石的王牌军一样,拦头、截尾、斩腰,三下五除二,敌人全营覆没。此为抗美援朝第一仗。

第二天,以骄矜著称进入鸭绿江边楚山的南朝鲜军第6师第7团又被40军歼灭大部。这时美军王牌军骑兵1师立功心切,气势汹汹,正在向云山疾进。云山离鸭绿江只有60公里。我39军以8个步兵团和两个炮兵团的兵力乘着夜暗,凭高据险,突然开火。美军在近战夜战的突袭中,慌作一团,战守无方,丢弃大部重装备,依赖乌龟壳坦克的掩护突围,途中一个营被我军截住歼灭。这是我军歼灭美军的第一次战斗。

美军司令部大吃一惊,骑兵1师是何种部队?居然会受到重创。上帝是怎么搞的,干脆别打了,来了个突然收兵。本来我军还准备分

附录2

第一次战役作战经过要图
(1950.10.25—11.5)

在第一次战役中，志愿军抓住"联合国军"分兵冒进的弱点，采取了东顶西打、在运动中分途歼敌的方针，于10月25日出其不意地歼灭南朝鲜军先头部队一部，从此揭开了抗美援朝战争的序幕。接着又在云山地区歼灭美军和南朝鲜军各一部，并将东线美军阻滞在黄草岭以南地区。此役，共歼"联合国军"1.5万余人，将其驱赶到清川江以南地区，初步稳定了朝鲜战局，志愿军伤亡万余人。

· 251 ·

割和歼灭清川江以北的约有5万余人的敌人,由于美军突然收兵,使我军发起的第一次战役到此结束。麦克阿瑟既不知己亦不知彼的指挥,再次证明了骄兵必败的古训。这次战役的意义是粉碎了麦克阿瑟在感恩节前占领全朝鲜的计划,我军取得了同有现代化装备的敌军作战的初步经验,实现了毛泽东的在朝鲜北部山区站住脚的目标。

这次战役震惊了全世界,美国举国哗然,他们的新闻界当时称之为"美国陆军史上最大的败绩"。

第二次战役双层迂回

这时,狂妄的麦克阿瑟仍然不相信刚刚立国、百废待兴的中国会派兵入朝,他判断第8集团军遇到的只是"小股共军",共军的大部队还集结在南满,未过鸭绿江。

我军"将错就错",扩大战果。彭德怀考虑,第一次战役未能抓住敌人在清川江以北的主力军。第二次战役应该让敌人深入后再兜击之。毛泽东复电指示:"以诱敌深入、寻机各个歼敌为方针。"

志愿军各部队按照总部的部署,开始后撤,沿途有意遗弃部分破旧武器和装备,示敌以弱。美国军政首脑果然对志愿军的战略意图产生极大错觉。他们大都认为中国出兵的最大可能是象征性的,目的是拆走鸭绿江水电站的设备,兵力也不过6万—7万人。于是,决策者们发动了圣诞节前结束朝鲜战争的"总攻势"。

这时候,敌人的兵力是美军7个师,南朝鲜军6个师,英军两个旅,土耳其1个旅,约20万人,并有1100架作战飞机,900辆坦克。

我军也增加了兵力,宋时轮、陶勇的第9兵团由辑安、临江方向在摄氏零下30多度的严寒冰雪气候下,进入山高、林密、路狭的东线盖马高原。15万人的大兵团秘密隐蔽开进,麦克阿瑟竟然没有发现,美国舆论将此称之为"当代战争史上的奇迹"。

第二次战役的特点是我军运用了从侧翼迂回作战,其他的战役都是从正面突破,然后,再寻机卷击迂回包围歼灭敌人。这主要是朝鲜半岛三面环海的狭长地形条件限制。

第 8 集团军仍然目中无人,狂妄地快速向清川江北推进。这时,西线美军第 8 集团军和东线美军 10 军之间,由于中间有狼林山峰阻隔,群山耸立,机械化部队不能爬山越岭,两军之间有一个数十里的间隔,不能互相协调。西线敌军右翼又是刚受过我第一次战役打击的南朝鲜第 7 师和第 8 师,一共不足两万人。彭总决定利用敌军的弱点,向敌军实施深远后方穿插迂回。正面的第 39、40、50、66 军与敌形成对峙;令第 38、42 军向敌右翼迂回。两军穿插部队在德川附近一夜之间顺利地将南朝鲜第 7 师和第 8 师分割,并将南朝鲜军两个师完全击溃。德川战争胜利后,志愿军总部命令 38 军和 42 军向西线进行双层迂回。38 军进行内层迂回,插向价川、三所里,包抄美军后方;42 军进行外层迂回,插向顺川和肃川。

寒雾弥漫,小雪飘散,38 军 113 师轻装疾进,发挥我军硬骨头精神,在 14 个小时内行军 72 公里。天明后,他们干脆去掉伪装,照常行军,直插敌方纵深,美军飞行员还以为是从德川败阵下来的南朝鲜军呢。113 师一直插到了彭总要求的位置,平壤至价川公路的交叉点三所里,使清川江北的敌军陷入三面被围的态势之中。

美军见形势不妙,立即令美 2 师由北向南,骑兵 1 师由南向北,南北夹击 38 军占据的三所里、龙源里等咽喉地带。南北之敌相距不足 1 公里,项背相望,机械之声相闻。113 师部队头顶上还有上百架敌机轰炸,地下有近百辆坦克的相对冲击,虽然天崩地裂,山峰变矮,但是美军的两个师始终不能靠近,相反却被迫各自逃窜。我军由于是步兵,机械化的西线敌军从清川江一线逃出我军合围,继而放弃平壤,向三八线以南退却。

位于东线的我第 9 兵团,在司令员兼政委宋时轮、副司令员陶勇的指挥下,以冰天雪地的长津湖为中心,同在仁川登陆出尽风头的美海军陆战 1 师和美步兵 7 师浴血奋战。美军似乎不会打仗,机械化

· 毛泽东的艰难决策(一)——中国人民志愿军出兵朝鲜的决策过程 ·

中国第二次战役作战经过要图(1950.11.25—12.24)

第二次战役,志愿军利用敌人恃强骄傲的心理,采取诱敌深入,适时发起反击,实施战役迂回的方针。西线志愿军一部,直插敌后,断其退路,正面主力随即发起全线突击。东线志愿军以分割包围的战法,突然向敌发起攻击,使麦克阿瑟吹嘘的"总攻势"变为总退却,从而扭转了朝鲜战局部队在山沟的羊肠小道上一字排列。以逸待劳的9兵团8个步兵师，如猛虎下山，发起突然袭击，将一字长蛇似的美陆战1师和美7师割成5段。美军遭分割包围后，立即以200余辆坦克构成环形防御，我军的步兵火力无法全歼敌军。我27军集中两个师的兵力、火力，攻击新兴里的美7师第32团，精兵直插敌军团部指挥所和炮兵阵地，敌人惊惶失措在大部被歼，残敌突围后，又在途中被歼。成团建制地歼灭了美军第32团。因仁川登陆而得意忘形的美陆战1师和步兵7师被9兵团在东线围追堵截了15天之久，遗尸累累，狼奔豕突，侥幸逃出了包围。这次战役的胜利，我军完成了收复朝鲜北方的任务，在全世界人民面前打出了国威军威。

第三次战役主动南进

连续两役大胜后，我军消耗也很严重，部队也很疲惫。我军减员已达10万人，第9兵团又因冻伤严重，至少两三个月无法参战。全军汽车因空袭和事故损失，只剩下260辆，后勤供应极其困难。有鉴于此，彭德怀曾提议暂不过三八线，等做好充分准备，来年开春再战。并批评了速胜的观点，提出："我军目前仍应采取稳进。"毛泽东向志愿军首长指出："我军必须越过三八线。"在同意稳进和反对速胜的同时，毛泽东又指示："加强军队中的政治动员（不消灭朝鲜境内的敌人不回国）。"

根据中央军委的战略意图，志愿军司令部于12月15日确定了第三次战役的部署。决心以5个军在西线向汉城方向进行主要突击，以4个军在东线作辅助性突击。在战术指导上强调集中绝对优势兵力、火力打开突破口，突破后对敌进行分割包围，并保持向敌纵深进行连续突击的优势力量。

美军在三八线以北全线败退后，中外哄传，美国朝野一度出现慌乱。杜鲁门公开表示已考虑使用原子弹，英国、法国政府对此却十

毛泽东的艰难决策（一）——中国人民志愿军出兵朝鲜的决策过程

分惊慌，反对美国使用核武器并主张尽快以谈判方式解决朝鲜战争。美国从全球战略出发，不能失去英、法等盟友，于是表示不扩大战争，也不使用核武器。

美军退守三八线后，其作战兵力还有20万人，但士气却降到最低点。第8集团军司令沃克在败溃途中车祸身亡，李奇微接任第8集团军司令，他形容当时的美军说："这是一支张皇失措的军队，对自己、对上司都丧失了信心，不清楚自己究竟在那里干什么，老是盼望着能早日乘船回国。"同时又说："南朝鲜军在中国军队的打击下损失惨重，往往对中共士兵怀有非常畏惧的心理，几乎把这些人看成了天兵天将。"他吸取了被志愿军迂回穿插的教训之后，迅速在纵深地区建立了五道防线，将南朝鲜军的8个师摆在第一线，美、英军放在第二线，摆出一副可打可撤的姿态。

12月27日，我军开始行动，隐蔽进入三八线以北的预定地域。以树枝、白雪严密伪装，大白天瞒过了敌人飞机和前沿哨兵的侦察，入夜突然发起攻击。志愿军集中了百余门火炮，在主要方向进行了短促的火力覆盖。这是抗美援朝战争中第一次大规模使用炮兵，为打开突破口起到了重要作用。只是由于炮弹有限（每门炮约百余发），向纵深突破后，主要靠步兵乘南朝鲜军混乱之机，大胆穿插追击。第42军、第66军鉴于部队已和逃敌犬牙交错地混在一起，敌机不好识别，大胆地实行白天追击，结果消灭了南朝鲜军第2师主力。

第一线的南朝鲜军全线崩溃，汉城地区的十余万联合国军处于被中朝部队从右翼实施深远包围在汉江以北背水作战的危境。李奇微急忙下令放弃汉城，汉江的大桥上人马践踏，秩序大乱。

败阵之军，常有疏漏。在汉城以北担负断后任务的英军第29旅被我第50军截断退路，英29旅一看大势不妙，主力在坦克飞机的掩护下拼命突围，但有1个坦克中队和1个步兵营被我军围困。我军夜间发起猛烈攻击，将其全歼，并用反坦克手雷、爆破筒击毁和缴获坦克31辆，创造了以步兵武器歼击坦克的成功范例。

1月4日夜间志愿军进占汉城，1月7日进驻水原。1月8日人

附录2

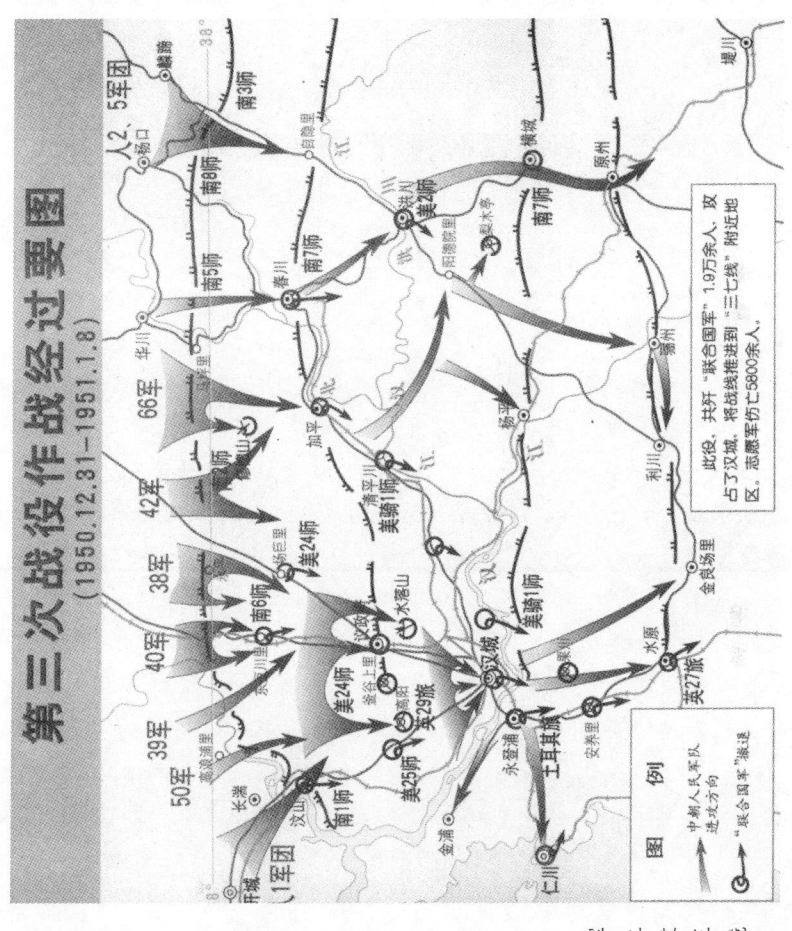

第三次战役作战经过要图
(1950.12.31—1951.1.8)

第三次战役中朝军队为了争取政治、军事上的主动,1950年除夕发起全面进攻,迅速突破三八线,占领汉城,将战线推进至三七线附近。

民军第1军团占领仁川。全军节节胜利,进抵三七线。

第三次战役的胜利主要是政治影响较大,在军事上未能歼灭敌人主力。

第四次战役"西顶东放"

连续三次,无役不败,华尔街一片哗然。

不服输的心理使美国决策者们凭借其经济实力以及迅捷的运输手段,对在朝部队进行了补充,以汉城方向为重点向北发动进攻。这次,李奇微针对我军的穿插迂回战术采取稳扎稳打、互相靠拢的战术。

根据敌军西线以美军为主,东线以伪军为主的特点,我军采取"西顶东放"的部署,一部兵力在西线顶住向汉城攻击之敌,集中主力于东线,布下口袋,诱敌深入后举行反击,向西线之敌侧后迂回,进而粉碎敌人的进攻。

从1月25日始,我军第50军和38军在汉江以南进行了二十余天的大规模阵地防御战,阻击向汉城进攻的美军第1军。"汉江南岸的日日夜夜",作为志愿军战史上艰苦的篇章之一,也是人民解放军战史上阵地防御的突出战例。

美军迷信现代化兵器,在汉江南岸实施的是空地配合的立体进攻。对志愿军一个团的防御阵地每天发射炮弹数万发,同时以数十架次飞机支援。当时,天寒地冻,滴水成冰,我军构筑工事困难,部队防御纵深只有20公里,地形为平原与丘陵交错。因江面封冻,敌坦克可以横冲直撞,坚守阵地难度极大。防御战开始时,志愿军按照国内战争时的方式抢筑了野战工事,并在第一线配备了较多的兵力。结果在敌人火力猛烈时,前沿兵力往往被杀伤过半。剩下的人员虽然依托残存工事英勇抗击敌人,与冲上阵地之敌顽强肉搏,但我军白天后方难以支援,在敌反复攻击下常常人地皆失。

前线指挥员吸取这一教训后,实行前轻后重的策略,前沿部队实行疏散配置,火炮分散隐蔽,待敌军步兵接近阵地时,我步炮兵再突然开火。白天失去阵地,夜间再反击夺回。我军反坦克火力薄弱,美军坦克几乎每天都冲入我防御纵深,有时达10公里。志愿军指战员沉着冷静,集中火力打敌步兵,敌坦克失去步兵支援,天黑前只好退回。

我军坚守14天不怕苦,不怕死,节节阻击,反复争夺;美军只前进了18公里,并付出重大伤亡,汉江南岸的主要阵地还在志愿军坚守之下。2月中旬,汉江开始解冻,为避免背水作战,我军部队才撤到汉江以北。这次防御战虽然以后撤结束,却为我军争取了时间。

我军在汉江南岸固守时,东线我军后撤,诱敌深入,南朝鲜军的3个师和美2师一部以为得计,进至横城以北形成突出。按照预定计划,2月11日晚,中朝军队以迂回穿插战术,向该敌发起攻击。由于在夜间利用敌人空隙大胆深入,取得横城大捷,歼灭南朝鲜军第8师3个团和美2师的1个营,击溃南朝鲜军第3师和第5师。在两天一夜的战斗中,俘虏南朝鲜军7500人、美军500人,这是抗美援朝战争中俘虏敌军数量最多的一次战斗。

在邓华副司令员的指挥下,志愿军于2月13日乘胜向横城以西的砥平里发起攻击。该地守敌有美2师一个团和一个法国营6000人,设置有地雷区,还有20辆坦克。我军攻击部队只有3个炮兵连共十几门火炮,每炮只有2030发炮弹,压制不住敌人的火力,摧毁不了敌人的坦克,障碍区也未能突破。两夜激战,僵持不下。这时敌援兵乘坦克冲入砥平里,志愿军弹药大都耗尽,邓华命令部队北撤。从砥平里战斗中,敌军发现了我军火力薄弱的弱点。此后,美军便不再像过去那样一遇到我军迂回穿插即惊慌失措,而是敢于固守一点了。

2月20日,彭德怀启程回国,抵北京后向毛泽东汇报了前线部队无法就地补充、部队有大量冻伤、连队有缺衣断炊等困难,真正能够运到前方的物资、粮食为数很少,必须有效改善后方交通运输,才能坚持长期作战的情况。毛泽东表示:"能速胜则速胜,不能速胜则缓胜。"中央各部门在周恩来总理的统一领导协调下,加强了对朝鲜前线的支援。

中央采取措施,各部队到朝鲜轮番作战。周恩来起草的电报中说:要安排入朝部队分三番轮流作战,并阐明总的战略意图是:"我军必须准备长期作战,以几年时间,消耗美国几十万人,使其知难而退,才能解决朝鲜问题。"

3月7日,美军在西线发动代号为"撕裂者行动"的攻势。为迟滞敌人并争取时间,中朝军队第一线8个军组织了运动防御。志愿军司令部根据以空间换取时间的战略意图,发出了关于当前作战指导方针的指示,强调兵力配备要"前轻后重"、火力配备要"前重后轻",在敌人火力占绝对优势的空、步、炮、坦协同进攻面前,要利用山区丘陵等有利地形,以少数人坚守前沿支撑点,多数兵力分散隐蔽在后方,各种武器适当前推,并有层次地分散隐蔽。当敌人步兵接近阵地时,各种火器突然集中开火,敌人突入阵地后,适当投入兵力反击与敌人近战,使敌人空、炮支援难以发挥作用。杀伤较多敌人后,再利用夜间转移到新阵地,以较少代价换取敌人较大损失。敌军后来发现中国大量新锐部队到达,即停止了进攻。从战略上看,中朝方面进行的机动防御是成功的,达到了以空间换取时间的目的。

彭德怀在前线

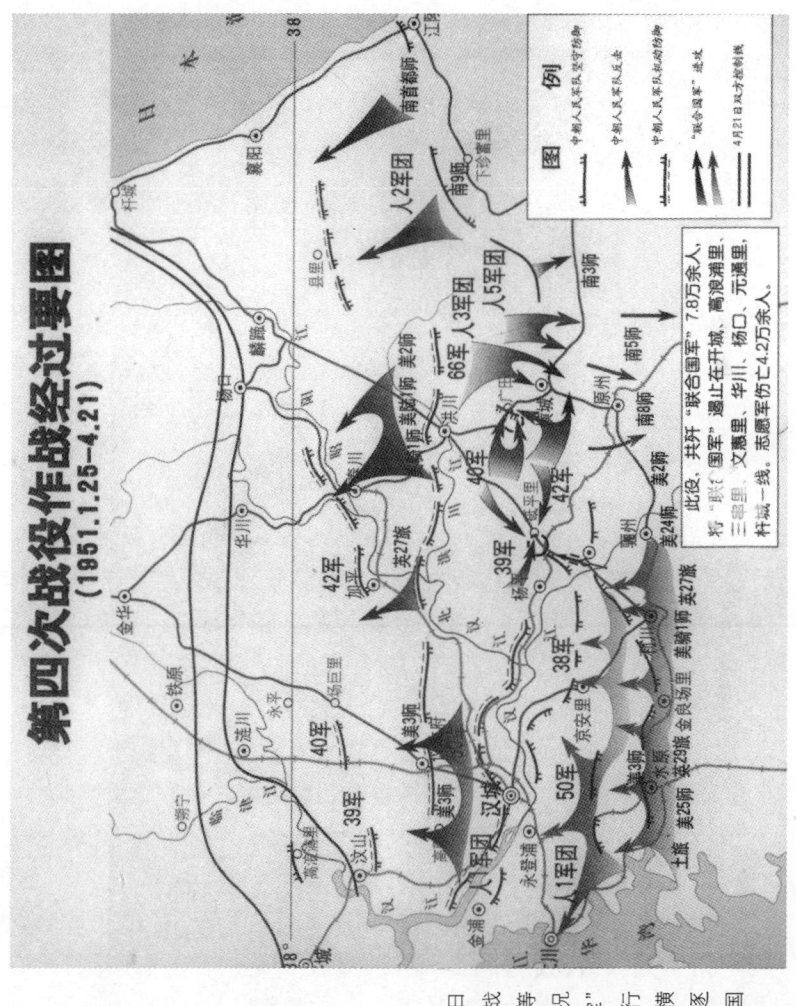

第四次战役作战经过要图
(1951.1.25—4.21)

图 例
中朝人民军队空室防御
中朝人民军队反击
中朝人民军队机动防御
"联合国军"进攻
4月21日双方控制线

此役，共歼"联合国军"7.8万余人，"联合国军"逼止在开城、高浪浦里、三串里、文惠里、华川、杨口、元通里、杆城一线，志愿军伤亡4.25万余人。

1951年1月25日"联合国军"发起第四次战役。中朝军队在给养等方面极端困难的情况下，为扼制"联合国军"前进，英勇顽强地进行了汉江南岸阻击战，横城地区反击战，逐山逐水机动防御，将"联合国军"阻止在三八线附近

·261·

这其间,发生了一件有趣的事情,"联合国军"总司令麦克阿瑟突然被杜鲁门解职,其深层原因是麦克阿瑟的局部战区利益同美国政府的全球战略发生了尖锐矛盾。

第五次战役多钳合击

我军以兵力雄厚著称于世,兵员充足。4月,国内战略预备队两个兵团(第19、第3兵团)7个军(第63、65、64、12、15、60、47军)全部到达朝鲜前线,准备发起第五次战役。这次战役双方共投入了一百多万军队,进行了空前激烈的攻防战。

3月1日,毛泽东提出设想:"我们计划在我第二番部队到达后,在4月15日至6月底两个半月内,在三八线南北地区消灭美军及李承晚军建制部队数万人,然后向南汉江以南推进,最为有利。"

4月6日,志愿军总部在金化附近的上甘岭村召开了党委扩大会议,研究了战役规划。彭德怀说:"下次战役我们要根据毛主席的指示,消灭敌人几个师,粉碎其登陆计划,夺回战场主动权。"

这时,盼望已久的首批从苏联订购的陆军36个师的装备已陆续到达,入朝部队开始换装。中央军委调动刚组建的4个地面炮兵师、4个高炮师入朝。各种火炮已达六千多门,其中野、山、榴、反坦克炮千余门,火力有了很大提高。

但是,入朝部队成倍增多,供应困难也突然增加。三八线南北战事频仍,兵连祸结,居民逃散,满目疮痍,形成一个令志愿军首长感到头痛的"三百里无粮区"。参战部队主要靠肩背手拿作战,只能保持5—7天的供应。李奇微摸清了志愿军的弱点,只能做"礼拜攻势",采取"磁性战术",即遇攻即退,保持接触消耗我方,待我军弹尽粮绝后撤时跟进追击。

4月22日晚,夜幕笼罩下,中朝军队14个军沿着二百多公里宽的战线正面多路进攻。根据总部确定的正面突击和战术分割包围相结合的作战原则,部队采取多钳合击的方式,向前穿插。第39军和第40军首先将战线分割成两部分。东西两线的中朝军队乘胜向后撤之敌猛攻,在为时7天的第一阶段的攻势中,全线推进了七八十公里。

第一阶段我军大军云集,虽然取得一定的胜利,但在整个战线上只形成了一线平推。客观原因是美军根据我军夜间穿插的战术采取了节节撤退的战法。主观原因主要是我军在战斗中仍沿用国内战争中打大歼灭战的方法,口张得太大,战术未能做到敌变我变。大量新入朝的摩托化炮兵普遍缺少协同作战的经验,部队对新装备也不大熟悉。炮兵在夜间行动时,组织不善,跟不上步兵,步兵未得到有力的炮火支援。

这时,美军大都集中到西线,东线由南朝鲜军的6个师防守。我军决定主力东移,避强击弱,先消灭东线的南朝鲜军。5月16日晚,中朝军队发起第二阶段进攻。西线的第19兵团炮声隆隆,佯攻汉城,吸引美军主力。中线第3兵团似尖刀利剑,实行中央突破,切断了敌东西两线联络。担任主攻的第9兵团和人民军3个军团在东线开始分割包围南朝鲜军。战术上采用了傍晚突破、夜间向纵深穿插,天明前实现合围的方式。攻击部队骁勇善战,脆弱的南朝鲜军防线迅速崩溃。志愿军部队精兵猛攻,一夜推进近30公里,切断了南朝鲜军4个师的后路。南朝鲜军遭受沉重打击,旋即崩溃,化整为零,丢弃全部车辆和重装备,逃入深山。中朝军队缴获了4个师的装备。东线山高林密搜剿不易。中朝军队在东线推进了近60公里,在敌方防线上打开了一个大缺口。但由于我军供应困难,中途停下3天,等待补充,美军和南朝鲜军各一个师利用这个空隙以摩托化行军,迅速堵塞了缺口。

后勤供应不继,制约了战役的发展。中朝前线各军此时大部断粮,部队徒步长途行军穿插已十分疲劳,志愿军总部决定结束攻势,主力转移至三八线以北休整。

由于觉得是胜利班师,我军在北撤途中出现了麻痹情绪。

当时美军指挥官根据对我军"肩上后勤"能力的计算,认为我军已进攻了 5 天,粮弹基本耗尽,于是,他们使用以逸待劳的美军和南朝鲜军全线反扑。敌军以坦克群和摩托化步兵组成"特遣队",在飞机掩护下沿公路向志愿军纵深迅速穿插,抢占桥梁和渡口,后续部队跟进实施包围。当时,我军部队未安排好交替掩护,中部战线一时出现混乱。敌军突破前沿后,3 天内纵深推进 50—60 公里,志愿军部分兵力被敌人截断在三八线以南。

面对突然出现的危机,被截断的志愿军部队大都表现出英勇顽强的战斗作风,利用夜暗向敌冲击,成功地突出重围。如第 27 军发现敌坦克和空降兵已插入自己的后方,全军又已基本断粮,军领导沉着组织部队交替掩护,寻敌空隙,灵活地绕路转移,全军完整地平安撤回。第 12 军第 91 团在敌纵深 90 公里被围,他们利用夜间和敌人混合为一起的机会,夺路突围成功。只有第 180 师,部队出现混乱,全师人员损失大半。

总部首长见战线上出现异常情况,令我军部队停止休整,立即展开全线阻击。"联合国军"在反扑中损失也十分严重,李奇微认为:"敌人再次以空间换取了时间,并且在其大批部队和补给完整无损的情况下得以安然逃脱。"他和新任美第 8 集团司令的范佛里特都估计中朝军队即将举行大规模的反攻,因此于 6 月 10 日下令全线转入防御。第五次战役至此结束。

这次战役,促使新中国的领导人对于原来的战略设想、战役指导方式、战术原则乃至于军队建设的许多问题进行重新思考,对于现代化技术装备在战争中的作用也有了新的认识。毛泽东在第五次战役后期总结说:"历次战役证明,我军实行战略或战役性的大迂回,一次包围美军几个师,或一个整师,甚至一个团,都难达到歼灭任务。""似宜每次作战野心不要太大,只要求我军每一个军在一次战役中歼灭美、英、土军一个整营至多两个整营也就够了。"

运动战的实践证明,敌有绝对制空权的情况下,更应该发挥近战夜战的特长和突出战役战斗的速决。夜战在国内只是个战术问题,到了朝鲜则上升到战略高度。

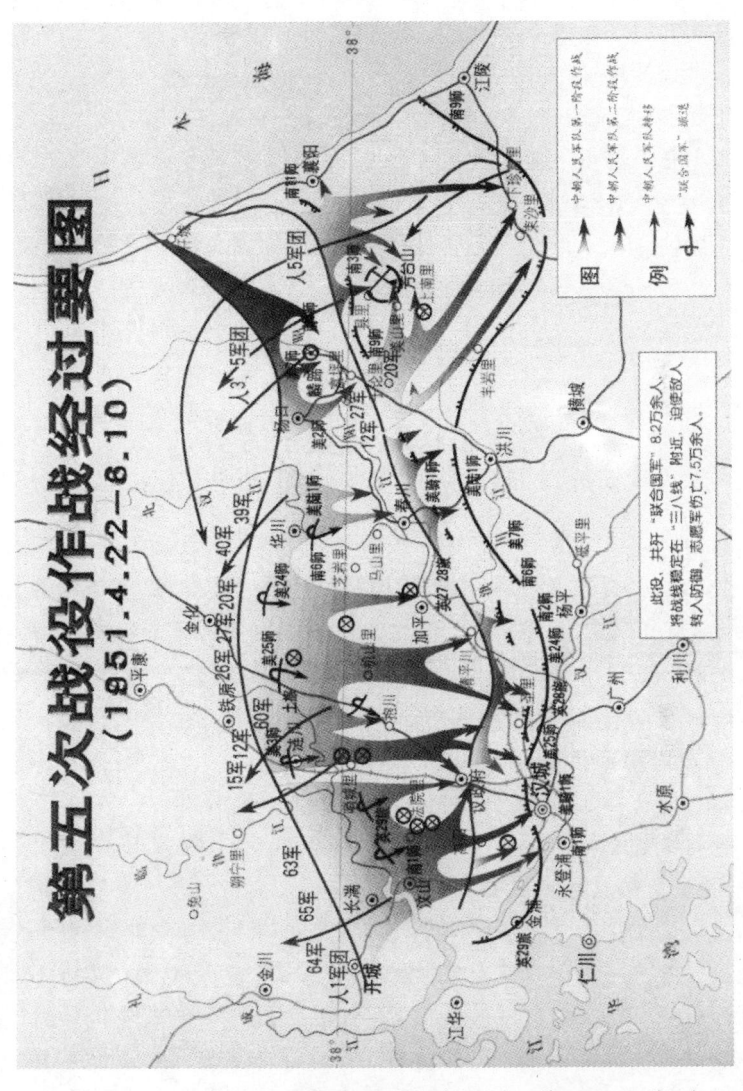

第五次战役作战经过要图
(1951.4.22—6.10)

中朝军队为粉碎"联合国军"从侧后登陆配合正面进攻的企图,1951年4月22日向"联合国军"发起第五次战役,连续奋战50天,6月10日战役结束,中朝军队将战线稳定在三八线附近地区。

敌人的侵略战争使我军学会了打仗,也在战争中改进了战略战术。在朝鲜战场上,志愿军没有制海权,无法达成战略上的歼灭战;没有制空权,无法达成战役上的歼灭战;要有效地歼敌,只能在战术上的小歼灭战上下功夫。在第五次战役后期,大智大勇的毛泽东提出了"打小歼灭点"的原则,即"零敲牛皮糖",为我军作战确定了一条正确的指导原则。一切从战争实际出发,发扬英勇顽强的战斗精神,坚持灵活机动的战略战术,这是中国革命军队战胜一切敌人的根本保证。

确定了边打边谈的方针

1951年6月以后,敌我双方都由战略进攻阶段转入战略防御阶段。同时,开辟了另一条战线,即同敌人开始停战谈判。双方一边打,一边谈。谈判桌上针锋相对地唇枪舌剑,战场上真刀真枪厮杀。志愿军和朝鲜人民军利用朝鲜高山连绵河流纵横的特点,坚守在三八线附近,开始了为时两年又一个月的阵地战。

从1950年10月到1951年6月,双方经过反复拉锯式的运动战较量,交战双方都感到用现有手段不可能将对方赶出朝鲜半岛,只能转入战略防御。我军下一步的任务就是巩固运动战时期取得的战果,并迫使敌人尽早以妥协方式结束战争。

我军是在战争中学会战争的,也是在战争中提高战役战斗水平的。根据国内战争的经验,以劣势装备在固定的阵地上和敌人对垒,往往是难以持久和取胜的。在朝鲜战场上,我军开始也不采取死守一地的阵地防御,并避免对敌人防守强固的据点实行攻坚。转入阵地战之后,志愿军面临的一个最大的问题就是在固定的战线上能否守得住的问题。

代总参谋长聂荣臻曾回忆说:"第五次战役以后,中央开会研究下一步怎么办,会上多数同志主张我军宜停在三八线附近,边打边谈，争取谈判解决问题。我当时也是同意这个意见的。我认为，把敌人赶出朝鲜北部的政治目的已经达到，停在三八线，也就是恢复战前状态，这样各方面都好接受。如果战争继续下去，我们不怕，而且会越打越强，但是也不是没有困难。会议在毛泽东同志的主持下，最后确定了边打边谈的方针。"

就军事实力而言，中朝地面部队的数量和战斗力都明显具有优势，但是在海、空军方面美国又居于绝对优势，这就使双方在朝鲜战区的军力基本形成均势。

双方代表在开城近郊来凤庄的一座别墅中开始停战谈判。美方代表不同意在三八线停战，要朝中军队从现有阵地后退38—68公里，让出1.2万平方公里土地，作为"海空补偿"。李奇微承认："要不是我们拥有强大的火力，经常得到近距离的空中支援，并且牢牢地控制着海域，则中国人可能已经把我们压垮了。"朝中代表严词拒绝了这一无理要求，美方代表就叫嚣："让炸弹、大炮和机关枪去辩论吧！"还得到战场上去说话！

第20兵团司令员杨成武奉命入朝前到北京接受任务，毛泽东对杨成武交代说，你们的防御线只能在三八线至三十八点五度线之间机动。志愿军副司令员邓华根据毛泽东的交代，在《朝鲜战场的持久战》一文中阐明了志愿军的战略意图是："在(敌)正面不增兵、侧后不登陆的情况下，必须坚持三八线及三十八点五度线。"作战方式采取"运动防御与反击相结合的拉锯战形式，亦即积极防御与短促突击"，对敌打小歼灭战，争取每次战役每军能歼美军一个营，对南朝鲜军则全歼一个团。每次战役"只打到三八线为止，不超过南汉江、昭阳江"。7月24日，我前线统帅彭德怀鉴于停战谈判已进行了半个月，连个议程协议也未达成，即请示中央军委，以军事胜利配合谈判，建议打至三八线以南，然后我再撤回三八线为界，进行和谈。毛泽东批复说，战争没有真正停止以前，我军积极准备9月的攻势行动是完全必要的。

8月17日他正式下达了发起第六次战役反击的作战命令，第一

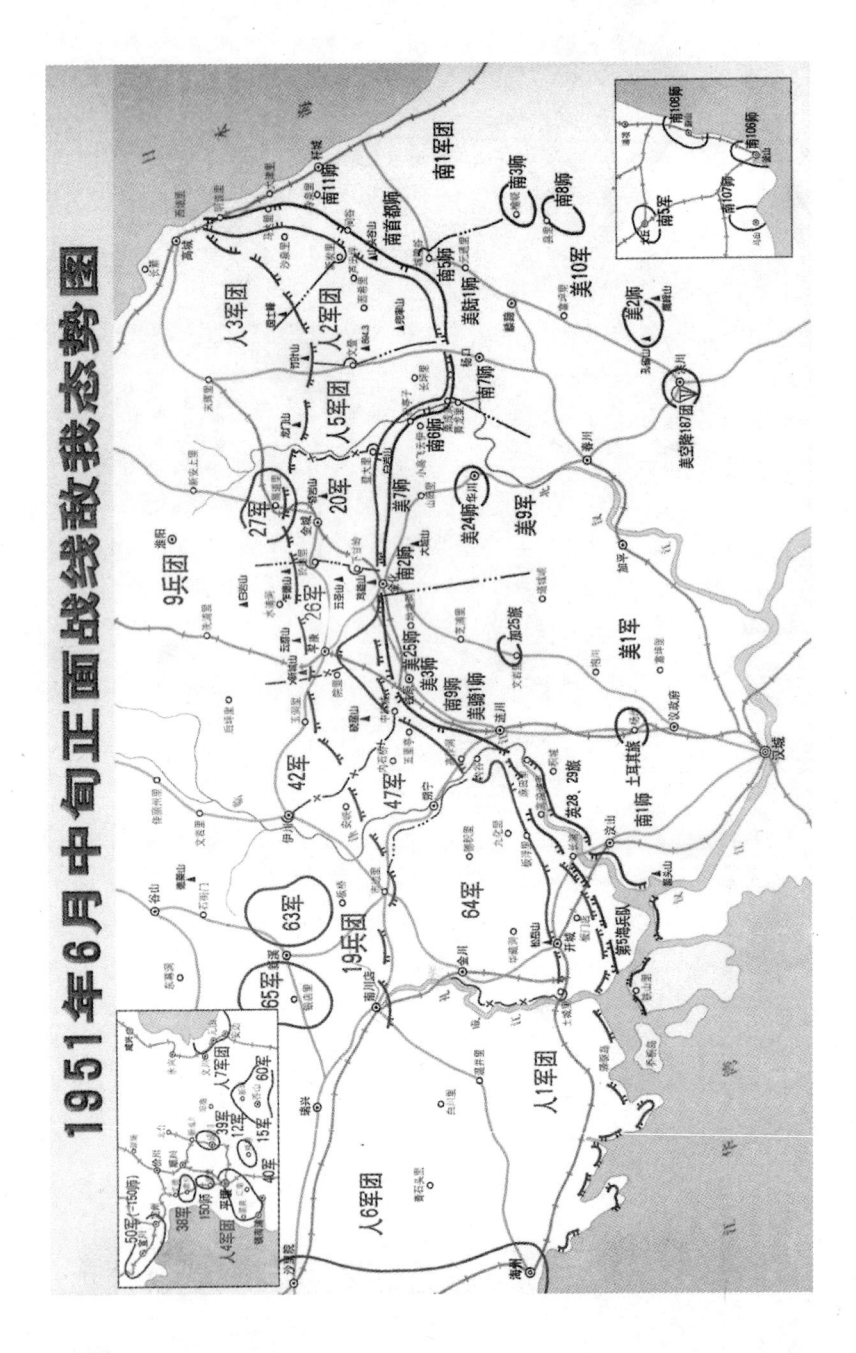

· 毛泽东的艰难决策（一）——中国人民志愿军出兵朝鲜的决策过程·

步突破敌人阵地,第二步向南推进。如第一步进展不顺利或打不动,则采取轮番撤退,诱敌深入,尔后反击。战役尚在筹划之时,7月起北朝鲜发生了40年未遇的特大洪水,后方桥梁多被冲断,志愿军储备粮弹只够维持一个月。中国的空军因准备不充分还不能参战,后勤困难一时无法解决。

恰好此时,李奇微利用我军的供应困难,以7个师的兵力向东线人民军80公里的防线发起"夏季攻势",人民军不屈不挠,顽强抗击,鏖战经月,美军只推进了2—8公里,夺取了189平方公里的土地。美军因在851高地遭受重大伤亡,曾将851高地称为"伤心岭"。为配合朝鲜人民军作战,志愿军在战线中部和西部也发起一系列小规模的战术反击,占领了部分高地。

美军在"夏季攻势"后,不肯失去我军困难的机会,在二百余公里的战线上又发起了"秋季攻势",美军航空兵对朝鲜北部交通线展开空中"绞杀战",其战略目的是将战线北推,逼迫中朝方面接受其索要1.2万平方公里土地的条件。西线的美英军3个师展开全面攻击的主攻方向在开城以东的夜月山、天德山、马良山一线。稍后,东线的3个美军师、3个南朝鲜军师又向金城、文登里一线发起攻击。

前轻后重的坑道防御

纵观美军进攻的一贯特点是火力猛、步兵软。他们攻击我军的连、排防御阵地时,空军先行,反复以飞机轰炸,一天内发射炮弹多达1—3万发,随后以20—60辆坦克反复冲击。在我军阵地被炸成一片弹坑和火海、我军将士伤亡殆尽时,美军步兵才敢冲上阵地。

对美军的作战特点,我军了如指掌。我军采取带有坚守性质的机动防御,在前沿只以少量部队疏散配置,在二线则保持强大预备队,靠夜战、肉搏战反复争夺来守住阵地。

我西线第47军和64军面对敌人的猛烈火力攻击,前沿每个高地只放一班或一排人,在野战工事很快被摧毁的情况下,剩余人员浴血奋战,顽强抵抗。一旦阵地失守,军、师预备队在敌人刚刚占领表面阵地尚未构成强固防御时,先以炮火大量杀伤阵地表面之敌,再利用夜间反冲击夺回阵地。这样,我第47军一再挫败了美国陆军最精锐的第1骑兵师的攻击。第64军同英联邦第1师在马良山反复争夺,血战夜以继日,高地在三天内五易其手。双方伤亡惨重,但我军兵力数量占优势,经受得起兵员消耗,敌军却兵员短缺,经不起消耗。美国军方承认:"敌人顽强防守,往往战斗至最后一人,使骑1师付出了重大代价。情况往往是,美军攻占了作战目标之后,兵力不足以抵抗敌方随之而来的强大反冲击。"

抗日战争时期,八路军和抗日武装发明了地道战。在朝鲜西线的防御作战当中,志愿军构筑的坑道掩蔽部数量虽然很少,却已显示出它的优越性。第64军的一个连依托贯通式马蹄形坑道,在一天内击退敌人21次进攻,杀伤敌人700余人,自己只伤亡26人。在战斗实践中,坑道工事又有了很大的发展。两个口的坑道发展为Y形3个洞口和X形4个洞口的坑道,还有H形和鸡爪形的坑道。坑道口也按照防弹、防毒、易排水等要求做了改进,顶部普遍加厚。在敌人火力强大,表面阵地难以久守的情况下,坑道工事就成为有效保存自己消灭敌人、坚固防御的重要保障。

"联合国军"发起"秋季攻势"时,针对志愿军反坦克火力弱,仗势欺人,以大规模的坦克集团在前沿实施割裂阵地的进攻,称为"坦克劈入战"。其作战方式是,每次以20—40辆坦克组成一个集群,在大量飞机掩护和步兵、工兵伴随下发起进攻。同时,后方火炮和坦克炮实行密集射击,攻击部队沿山路迂回割裂我军前沿各个山头的防御阵地,再由其步兵逐点逐山占领。9月21日,美军在第67军阵地前使用了70余辆坦克,分三路向纵深穿插。10月13—25日,在第67军防御的27公里宽的阵地前,美军又出动了280余辆坦克发起攻击,每天还发射炮弹5—10万发,出动飞机100—130架次。这次攻击是朝鲜战争中美军规模最大的一次使用坦克作战。

第67军在金城以南接防新阵地后，阵地上只有少量土木构筑的掩体和战壕，全军仅有6个炮兵营，其中又只有5个反坦克炮连（每连4—6门炮），部队主要依靠轻便的无后座力炮、火箭筒和反坦克手雷、地雷进行反坦克作战。开始时，部队在前沿抢修的工事绝大部分被敌坦克摧毁，守备人员暴露在地面上和敌人搏斗，有的连队全部人员伤亡后阵地才被敌人占领。在美军坦克已经楔入阵地的情况下，第67军采取边打边补充、边抢修工事，白天失去的阵地，夜间反击夺回的办法，与敌人反复争夺。各连队都组织了反坦克小组，师、团又组织了反坦克队，在道路上设置了大量障碍，有限的反坦克火器也分散隐蔽配置，待时机有利时才突然开火。这样，经10昼夜激战，敌人推进了6—9公里后被阻住，第67军击毁坦克39辆。

第68军在接收东线文登里一带阵地时，刚刚接防完毕，敌军已突入阵地6公里。他们除了大量设置反坦克障碍外，集中一个师的反坦克武器组成反坦克大队，在公路两侧打敌人的集群坦克。经过13昼夜激战。终于守住了文登里主阵地，杀伤敌约7600人，击毁坦克28辆。

美军因这次发动的所谓"坦克劈入战"损失大而战果小，被迫停止进攻，在以后的战争中，美军再也不敢使用集群坦克向我军阵地实行穿插了。

这样一来，党中央和我军高层曾经担心的在敌人绝对优势火力面前志愿军能否守住阵地的问题，经过成功的秋季阵地防御战，得到了令人放心的答案。

250公里长的坑道防御体系

美军的"秋季攻势"未达到预定目标，又被迫回到谈判桌旁。朝鲜停战谈判在板门店恢复后，为配合沿海岛屿战后归属问题

1952年秋季战术反击作战要图(9.18—10.31)

1952年秋季战术反击作战统计	
对敌防御阵地60个目标进攻	77次
打敌排以上兵力反扑	480余次
经反复争夺并巩固阵地	17处
共毙伤俘敌	27200余人
我军伤亡	10700余人

图 例
○ 袭击后撤出的目标
● 巩固占领的目标

的解决，志愿军司令部令我第50军利用渔船渡海作战，攻占了朝鲜西海岸大、小十余个岛屿，朝鲜人民军也攻占了部分岛屿。在渡海作战中，我空军战斗机首次出战掩护船只航行。同时，为了显示力量以利谈判，我前线的6个军发动局部反击，夺回了马良山等9处阵地。第65军又扫荡了开城以南的南朝鲜军，夺取了280平方公里的地区。

第64军对马良山的进攻战是志愿军首次组织步兵、炮兵、高射炮兵、坦克兵和工兵的协同作战。进攻突然在白天发起，出敌意料之外。进攻部队先以60门火炮摧毁敌工事和压制敌人炮火，以坦克进至前沿直接瞄准射击敌火力点，同时以密集的高射火器打击敌机、掩护上空。3个步兵营经4个小时的猛烈强攻，全歼英军第28旅的一个营，夺回马良山阵地，对英联邦震动不小。第47军对正洞西山的进攻也创造了阵地进攻战中打小歼灭战的范例。该军以114门火炮、11辆坦克支援步兵师1个连进攻，夺取了美第1骑兵师一个营的阵地后，又打退了敌人的多次反击。这两个战例表明，志愿军的特种兵经过初步锻炼，已经可以有效地与步兵协同作战了。

志愿军在前线实施的成功防御和局部反击，有力地配合了停战谈判。美方最终不得不放弃"海空补偿"的要求，同意朝中方面以双方实际接触线为军事分界线的建议。这对于中朝方面来说在政治上和军事上都是重大胜利。

全面修筑和使用坑道，使其既有战略意义、又能在战役和战斗中起重要作用，是我军着重要解决的问题。志愿军入朝初期，部队在修筑一般的野战工事时，主要靠挖单人防炮洞来抵御敌人猛烈的火力。这种防炮洞同猫耳朵相似，因此被称为"猫耳洞"。以后，敌人的火力越猛烈，部队就越积极地向深处挖洞，相邻的洞子也连接起来，形成U字形即马蹄形坑道。有了这种坑道，在敌人火力袭击时，多数人可以进洞隐蔽，洞口只留少数监视人员。敌人火力转移向纵深，其步兵接近我阵地时，洞口警戒人员发出信号，洞内人员就迅速跃出反击敌人，从而解决了部队的阵地生存问题。

1951年9月16日，志愿军司令部发出指示，要求全军修筑坑道:"我主要阵地必须是隧道式的据点,特别是核心阵地。"前线的中朝军队一起努力施工,半年之内仅第一线各军就修筑起190公里长的坑道。1952年5月间,第一线防御阵地的坑道工事基本完成。8月间第二线各军防御阵地上的坑道工事也基本完成,在横贯朝鲜半岛的250公里长的战线上形成了有20—30公里纵深的以坑道为中心的防御体系。

坑道工事可以不断抵御敌人现代化技术手段的攻击破坏。"联合国军"发现志愿军在前沿修筑坑道后,马上以轰炸、坦克直瞄射击和8英寸(203毫米)大口径炮轰击洞口等方式实施破坏;我军指战员则多方设法抗击敌人的破坏。通过"魔高一尺,道高一丈"的反复较量,坑道工事得到多方改进,达到了"七防"的要求,即防空、防炮、防毒、防雨、防潮、防火、防寒,突出"防"与"打"相结合的功能。各坑道口又同野战工事紧密连接,确保指战员能及时跃出投入战斗。坑道防御的意义在于能以较小的代价固守现有战线,长期消耗敌人,迫其妥协的战略任务。坑道工事可以使我军在发起攻击前安全集结兵力,缩短冲击距离,达成进攻的突然性。

坑道工事可以不断地消耗敌人。我军利用这些工事广泛开展了小分队出击和狙击活动,即"冷枪冷炮运动"。小分队由连以下单位组成,在阵地前伏击、偷袭,不断袭扰对方,还组织特等射手在各处狙击敌军阵地上的人员,使敌方前沿阵地上的人员外出走动心惊胆战,送水送饭发生困难,生活环境恶化,士气低落。

采取轮番作战方针

1951年3月1日,周恩来起草的致斯大林的电报中提出了"采取轮番作战的方针",准备以21个军的兵力,分成三批在朝鲜轮番作战。同年5月间,根据周恩来的指示,人民解放军代总参谋长聂荣臻、副总参谋长粟裕经与彭德怀商定,作出国内已改换苏式装备的部队

附录 2

志愿军在横贯朝鲜中部的 200 多公里的战线上，修筑坑道防御体系，解决了在敌猛烈火力下阵地生存问题

· 毛泽东的艰难决策(一)——中国人民志愿军出兵朝鲜的决策过程·

全面入朝轮战的计划,得到毛泽东的批准,并开始实施。

这时,停战谈判因战俘问题又陷入僵局,志愿军司令部考虑,利用秋季适合于军事活动的机会,争取主动,举行战术上的连续反击。敌人必然拼命争夺,这就有利于我杀伤敌人。9月18日,中朝军队在180公里宽的地段上向敌人60个目标发动进攻。反击战规模虽然不大,但在战术上有新特点。1952年10月,毛泽东在总结志愿军秋季作战的战术时说:"在若干个被选定的战术要点上,集中我军的优势兵力火力,采取突然动作,对成排成连成营的敌军,给以全部歼灭和大部歼灭的打击;然后在敌人向我军举行反击的时机,又在反复作战中给敌以大量的杀伤;然后依情况,对于被攻克的据点,凡可以守住者固守之,不能守住者放弃之,保持自己的主动,准备以后的反击。此种作战方法,继续实行下去,必能制敌死命,必然能迫使敌人采取妥协办法结束朝鲜战争。"

我军主要依托坑道防御体系调动部队,攻击前,部队在前沿坑道集结,以突然性的短距离冲击,攻入敌人阵地。攻击兵力配备上,突击部队(步兵)减少,支援部队(炮、工兵)增多,通信联络加强。攻坚只使用略多于敌人的兵力,冲击时多路展开。克服了以往主要靠数量占优势的步兵冲击,常常出现拥挤的状况,减少了伤亡,突出了技术兵种和步兵协同作战的整体作用。

担任火力支援的炮兵部队适时机动,在攻击点上形成短期的局部火力优势。毛泽东在同年12月评价秋季作战时说:"炮火的猛烈和射击的准确实为致胜的因素。"李奇微后来对此回忆道:"在联合国军阵地上创造了一天落下9.3万发炮弹的记录。敌人还提高了射击精度,改进了战术。这时,他们能做到集中火力打击一个单独的目标,尔后不时地转移火炮,以避免被我测出发射阵地的位置。"

反击的初期,作战目标选择较大,如果对敌人营一级单位据守的阵地发起攻击,往往拖延不决。通过总结经验,毛泽东肯定了"零敲牛皮糖"的战法,即每个军一次彻底歼灭美军一个营的设想。在阵地战这一阶段最后确定为以连、排为歼灭目标。这是从战场实际出发,符合志愿军作战能力的歼敌原则。

以坑道为骨干与野战工事相结合的纵深防御体系,是进行现代山地防御作战的有效战术,依靠这种类似"原始洞穴"的坑道,能够以劣势装备同拥有绝对优势装备的敌人在固定的阵地上进行长期的战略对峙。

"添油"式的上甘岭战役

美军高层不甘心在固定的阵地上长期僵持,10月中旬,发起"摊牌行动",攻击目标是五圣山前志愿军两个连据守的两个高地(597.9高地和537.7高地北山阵地)。由于高地下有一个小山村叫上甘岭,志愿军抗击敌人进攻的这次战役被称为"上甘岭战役"。

美军指挥部投入了美军步7师和第187空降团以及南朝鲜军的第2师和第9师,还有埃塞俄比亚营共6万余人。参战的坦克约170辆,105毫米口径以上的火炮约300门,出动飞机3000架次以上。在43天作战中共发射炮弹约190万发,投掷航弹5000枚。为攻取两个连的防御阵地集中这样密集的火力,在世界战争史上是前所未有的。

我军参战的第15军、第12军以及炮兵第2师和第7师等共有4万余人。使用了75毫米口径以上的火炮(不含迫击炮)共114门,共发射炮弹40余万发,在单位火力密度上也创造了我军作战史上的最高记录。

在上甘岭的两个高地上,战场十分狭窄,不能允许较多兵力参战,双方都只能以"添油"式的方法每日逐次投入兵力,我军逐日派出一个营的兵力。作战第一阶段我15军先后投入21个连队同敌人血战,反复争夺表面阵地。第二阶段我15军前沿部队在敌人占领表面阵地的情况下,退守坑道,敌我双方以坑道口为斗争焦点。第三阶段我12军集中力量反击,夺回上甘岭表面阵地,一再打退敌人的反扑。最后,敌方夺取上甘岭的计划被粉碎,整个攻势只占了志愿军两个班的前沿阵地。

在为时43天的上甘岭战役期间,前23天的作战任务由以秦基伟为军长的第15军承担;后20天的作战任务由李德生副军长指挥的第12军承担;在敌方,前一阶段是由美军和南朝鲜军共同进攻,后一阶段全部由南朝鲜军接替攻防任务。

在上甘岭两个小山峰上作战,空前的火力和兵力密集程度被美联社的报道称为"朝鲜战争中的凡尔登"。这时志愿军已发展到完全可以进行"寸土必争"的固守防御。

在43天的战役中,我前线部队开展了"一个舍命,十人难挡"的硬骨头活动。在强调与阵地共存亡的基础上,前线部队提出了阵地要存,人也要存的方针,指战员的勇敢和献身精神是取得胜利的重要保证。

这次战役还表明我军必须以坑道工事保存力量同以野战工事

经过43天反复争夺,志愿军12军部队最终夺回上甘岭北山阵地

打击敌人紧密结合才能发挥出威力。表面阵地的野战工事被摧毁必须尽快抢修,丢失阵地必须尽快夺回,必须控制强大的后备力量。如战役开始时前沿只有两个连能够展开,在43天的争夺战中我军陆续投入了3个多师的兵力,最后保住了阵地。我军在以消耗敌人为目的的拉锯争夺战中,以在我方阵地上争夺比较有利,这样我军有坚固工事可以利用,敌人则暴露在地面,我方可以用较少的伤亡换取敌人较大的损失。

我军这次战役中强调"小、近、狠、快"的战术。"小"就是每次使用兵力要少,一般以一两个人打敌班进攻,以小组打敌排进攻,以班打敌连进攻;"近"就是将敌放到20—30米处再打;"狠"就是力争全歼突入我阵地之敌,使敌产生恐惧感;"快"就是从坑道里跃出快、击敌快、撤回快,反击不宜超过百米。这样可以节省兵力,减少伤亡,较好地完成防御任务。

上甘岭战役和秋季反击作战虽然未能改变双方在战场上的均势,却表明了中朝军队阵地日益强固,坚如磐石。美国军政首脑也由此认识到凭现有兵力和手段,不可能突破中朝军队的正面战线。

1953年7月志愿军第20兵团和第24军发起金城反击战,集中火炮1300多门,首次达成了对当面之敌的炮兵火力优势

金城战役大获全胜

美军在战场上未讨到便宜，又恢复停战谈判。我军为增加敌方压力，争取早日停战，志愿军司令部发出战役指示，强调战役的目的"主要是消灭敌人，锻炼部队，吸取经验，以配合板门店的谈判。同时，适当注意改善我现有阵地。"这次战役是由一个个小的局部反击组成的有限进攻，但通过全线进行，使敌人穷于应付。

在第一阶段完成歼灭守敌任务后，第二阶段我军共发起了65次进攻战斗。这时美国已表示愿意停战，李承晚则坚决反对停战，我军改变了原订打美军的计划，以打南朝鲜军为主。这一期间，攻击目标的规模也提高到营团一级，最远推进了6公里。第60军以3个团的兵力向南朝鲜军第3师第27团发起攻击，部队以在敌前沿潜伏和多梯队攻击，在259门火炮掩护下，50分钟歼灭南朝鲜军第27团，开创了阵地战阶段一次歼灭敌人一个团的记录。

不吃一点亏没有记性。6月8日，峰回路转，双方经过折冲樽俎，就战俘问题达成协议。这样，朝鲜停战谈判的全部议程都达成了协议。双方代表商定，准备在朝鲜战争爆发3周年之日即6月25日举行停战协定签字仪式。彭德怀由北京启程去朝鲜参加签字。但彭德怀到达平壤后，南朝鲜方面又破坏停战，为确保停战协议签字后的和平局面，彭主张推迟签字。当天，他向毛泽东建议再给李承晚伪军以沉重打击，并说服了急于在协议上签字的中朝同志再打一仗。毛泽东十分赞成，复电彭德怀："再歼灭伪军万人，极为必要。"

7月13日，我军开始第三阶段的反击，发起金城战役。打击以"释放战俘"为名破坏停战谈判的李承晚政权，迫其遵守停战协定，同时拉直金城以南的战线。经过半个月的准备，我军在金城地区南朝鲜军4个师25公里的正面上，形成3倍于敌的优势，在火炮数量上形成1.7倍于敌的优势。夜晚21时，风雨欲来之际，我军在第20兵团司令员杨成武等首长的指挥下，摧枯拉朽般发起进攻。1094门火炮齐鸣，火龙飞舞，28分钟的火力准备，发射炮弹1900吨。重点方向火炮密度达每公里正面100—120门。随后，我6个军发起猛烈突击，一小时内全线突破，一面围歼各高地之敌，一面向纵深穿插。小支队在敌人坚固阵地的防御纵深内如尖刀利剑，穿插渗透。第68军的一个侦察班在副排长杨育才带领下，由会说朝鲜话的战士领头，化装前进，插入南朝鲜军"白虎团"团部，该团顿时溃乱，我军大刀阔斧一举歼灭该团大部和配属首都师的美军第555榴弹炮营，俘获首都师副师长。第二天天明后，云浓雨大，美国飞机难以出动，我军各部打破常规实施白天进攻，坦克兵配合步兵向纵深发展，21个小时内精兵猛攻，在敌人以坑道和钢筋水泥为主体的坚固防御阵地内推进了9.5公里。三天进攻，痛快淋漓，全线南推了15公里，消灭了南朝鲜军四个师的大部。

我军夏季反击作战的胜利促使美国决策层痛下停战决心。

7月24日，双方谈判人员重新校正了军事分界线。最后的分界线比6月17日校正的分界线向南推进了192平方公里，比1951年11月27日双方第一次校正的分界线则向南推进了332平方公里，表明我军是在节节胜利的情况下签订停战协定的。1953年7月27日，交战双方代表在板门店走进朝中方面用木制构件架起的大厅，举行了朝鲜停战协定签字仪式。金日成元帅在平壤、彭德怀在开城、克拉克在汶山签署了停战协定。同日22时，全线正式停火。和平的曙光照亮了三千里江山，为时3年又1个月的朝鲜战争，为时两年又9个月的抗美援朝战争胜利结束。

附录 3

中国人民志愿军序列表 1950 年 10 月

志愿军司令部
司令员兼政委　彭德怀
副司令员　　　邓　华
　　　　　　　洪学智
　　　　　　　韩先楚
副政委　　　　邓　华
参谋长　　　　解　方
政治部主任　　杜　平

- 第 38 军
- 第 39 军
- 第 40 军
- 第 42 军
- 第 50 军
- 第 66 军
- 东北军区后勤部前方指挥所
- 炮兵司令部（炮 1、2、8 师）
- 工兵指挥所
- 第 9 兵团
  司令员兼政委　宋时轮
  - 第 20 军
  - 第 26 军
  - 第 27 军

中国人民志愿军序列表(1951年6月)

```
                          ┌ 第38军
                          │ 第39军
                          │ 第40军
                          │ 第42军
                          │ 第47军
                          │ 后方勤务司令部
                          │   司令员  洪学智  政委  周纯全
                          │ 空军司令部(空2、3、4、8师)
                          │   司令员  刘震
                          │ 炮兵指挥所(炮1、2、7、8、21、22、31、32师,
  志愿军司令部             │           高炮61、62、63、64师)
  司令员兼政委  彭德怀     │   主任  匡裕民
  副司令员    邓  华      │ 装甲兵指挥所
              陈  赓      │ 工程兵指挥所
              时  轮      │ 铁道运输司令部(铁道兵1、2、3、4师)
              洪学智      │   司令员  贺晋年  政委  张明远
              韩先楚      │        ┌ 第12军
  副政委      邓  华      │ 第3兵团┤ 第15军
              甘泗淇      │        └ 第60军
  参谋长      解  方      │   司令员兼政委  陈赓
  政治部主任  甘泗淇      │        ┌ 第20军
                          │ 第9兵团┤ 第26军
                          │        └ 第27军
                          │   司令员兼政委  宋时轮
                          │         ┌ 第63军
                          │ 第19兵团┤ 第64军
                          │         └ 第65军
                          │   司令员  杨得志  政委  李志民
                          │         ┌ 第67军
                          │ 第20兵团┤
                          │         └ 第68军
                          └ 司令员  杨成武
```

中国人民志愿军序列表(1953年7月)

志愿军司令部
司令员兼政委　　彭德怀
代司令员兼政委　邓　华
副司令员　　　　杨得志
　　　　　　　　洪学智
参谋长　　　　　李　达
政治部主任　　　李志民

第47军
后方勤务司令部
　司令员　洪学智
　政委　　周纯全
空军司令部(空3、4、6、12、14、15、16、17、18师)
　司令员　聂凤智
炮兵指挥所(炮1、2、3、7、8、21、22、31、33师,
　高炮61师)
　司令员　高存信
防空司令部(高炮62、63、64、65、102师)
工程兵指挥所
前方铁道运输司令部(铁道兵第1、2、3、4、5、6、
　7、9、10、11师)
　司令员兼政委　刘居英

第9兵团 { 第23军
　　　　 第16军
　　　　 第24军 }
　司令员兼政委　王建安

第19兵团 { 第65军
　　　　　 第46军
　　　　　 第1军
　　　　　 第63军
　　　　　 第64军 }
　司令员　黄永胜

第20兵团 { 第68军
　　　　　 第67军
　　　　　 第60军
　　　　　 第54军
　　　　　 第21军 }
　司令员　杨勇　　政委　王平

第3兵团 { 第12军
　　　　 第15军 }
(兼东海岸指挥部)
　司令员　许世友

西海岸指挥部 { 第38军
　　　　　　　 第39军
　　　　　　　 第40军
　　　　　　　 第50军 }
　司令员兼政委　邓华

志愿军各军入朝和撤军时间
（按入朝顺序排列）

番号	原驻地	入朝时间	撤军时间	备注
第42军	黑龙江	1950年10月16、19日	1952年10月30日	首次入朝暂停,又于三日后入朝
第39军	河南	1950年10月19日	1953年5月7日	
第40军	广东	1950年10月19日	1953年7月下旬	
第38军	河南	1950年10月22日	1953年7月10日	
第66军	河北	1950年10月25日	1951年4月10日	
第50军	湖北	1950年10月26日	1951年4月12日 1955年4月19日	
第27军	浙江	1950年11月4日	1952年10月4日	
第20军	上海	1950年11月7日	1952年10月11日	
第26军	上海	1950年11月19日	1952年6月5日	
第64军	陕西	1951年2月16日	1953年9月	
第63军	陕西	1951年2月17日	1953年9月	
第65军	宁夏	1951年2月22日	1953年10月	
第60军	四川	1951年3月17日	1953年9月	
第12军	四川	1951年3月21日	1954年5月	
第15军	川滇贵	1951年3月25日	1954年5月	
第47军	湖南	1951年4月11日	1954年9月24日	
第67军	河北	1951年6月19日	1954年9月29日	
第68军	河北	1951年6月19日	1955年4月9日	
第36军	河北	1951年9月7日	1951年11月30日	修筑机场未参战
第37军	河北	1951年9月7日	1951年11月30日	修筑机场未参战
第23军	江苏	1952年9月5日	1958年3月	
第24军	江苏	1952年9月12日	1955年10月	
第46军	湖南	1952年9月15日	1955年10月	
第16军	贵州	1952年12月28日	1958年	
第1军	甘肃	1953年1月22日	1958年	
第54军	广东	1953年2月2日	1958年	
第21军	浙江	1953年3月14日	1958年10月	

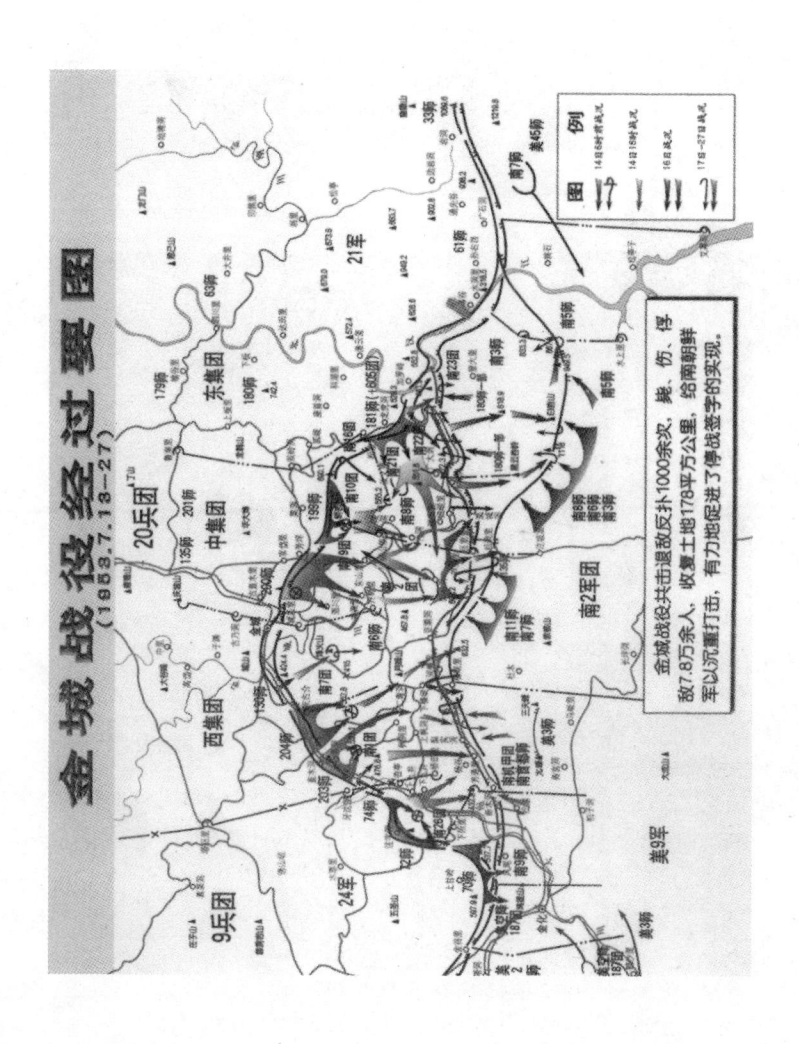

附录 3

1953年7月29日朝鲜停战协定签字仪式在板门店举行。图为签字仪式现场

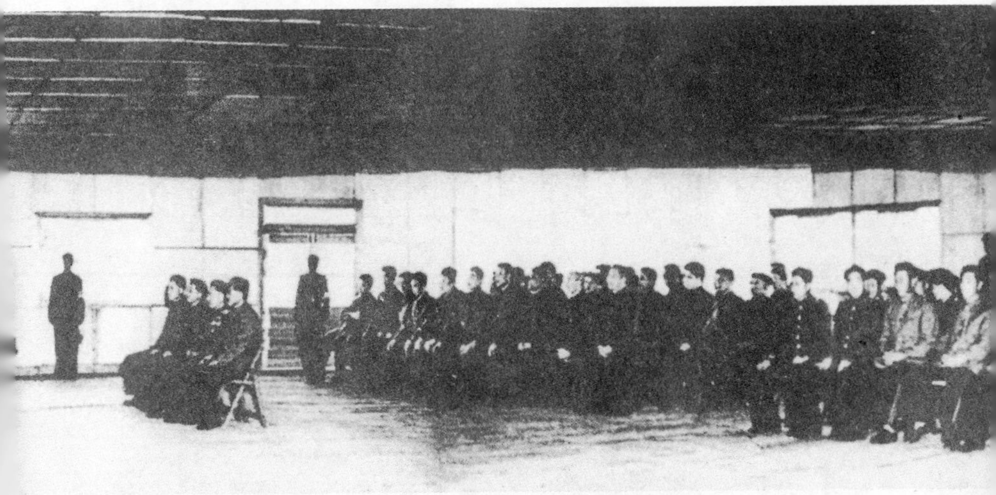

· 毛泽东的艰难决策(一)——中国人民志愿军出兵朝鲜的决策过程 ·

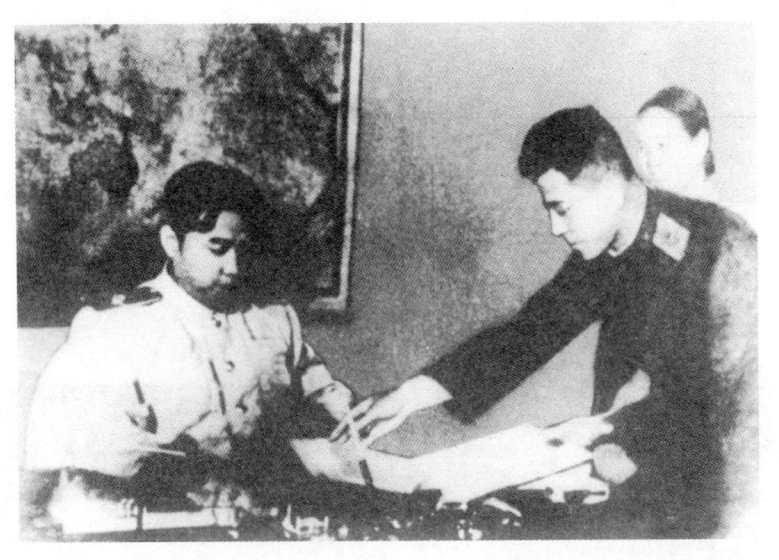

朝鲜人民军最高司令官、朝鲜民主主义人民共和国元帅金日成在停战协定上签字

中国人民志愿军司令员兼政治委员彭德怀在停战协定上签字

附录3

"联合国军"总司令、美国陆军上将马克·克拉克在停战协定上签字

停战协定(卷一)中文副本

金日成元帅和彭德怀将军发佈停戰命令

[新華社軍中二十七日電]朝鮮人民軍最高司令官金日成元帥和中國人民志願軍司令員彭德懷將軍發佈停戰命令如下:

朝鮮人民軍全體同志們!
中國人民志願軍全體同志們!

奧國人民志願軍部隊在三年抗擊侵略、保衛和平的英勇戰爭中,堅持了英勇頑強的奮鬥,現在已獲得偉大的光榮勝利。

奧國人民軍和中國人民志願軍代表已與美國為首的聯合國軍代表於一九五三年七月二十七日上午十時在板門店簽訂了朝鮮停戰協定。為了保證朝鮮停戰的實現以利於和平解決朝鮮問題更進一步,並使停戰不致遭受破壞,朝鮮人民軍和中國人民志願軍必須和對方同樣嚴格遵守停戰協定的一切規定,茲命令全線部隊,除在對方破壞停戰協定的情况下必須立即堅决回擊外,其他一切部隊自一九五三年七月二十七日二十二時起,即停戰協定簽字後之十二小時起,一律完全停火。在停火以後,應即自動依照停戰協定第一款第一項的規定於七十二小時之內從軍事分界線全部撤至本方非軍事區後方。停火和撤軍的工作必須毫無遺漏的完成。

並應主動地向軍事停戰委員會及其所屬的共同觀察小組、中立國監察委員會及其所屬的中立國視察小組的工作人員予以積極的協助歡迎,以保證朝鮮停戰的安全和共同工作上的成功。

朝鮮人民軍最高司令官　金日成
朝鮮民主主義人民共和國元帥
中國人民志願軍司令員　彭德懷
一九五三年七月二十七日

金日成元帅和彭德怀司令员发布停战命令

· 291 ·

朝鲜民主主义人民共和国为荣获"共和国英雄"称号的志愿军官兵授勋

附录3

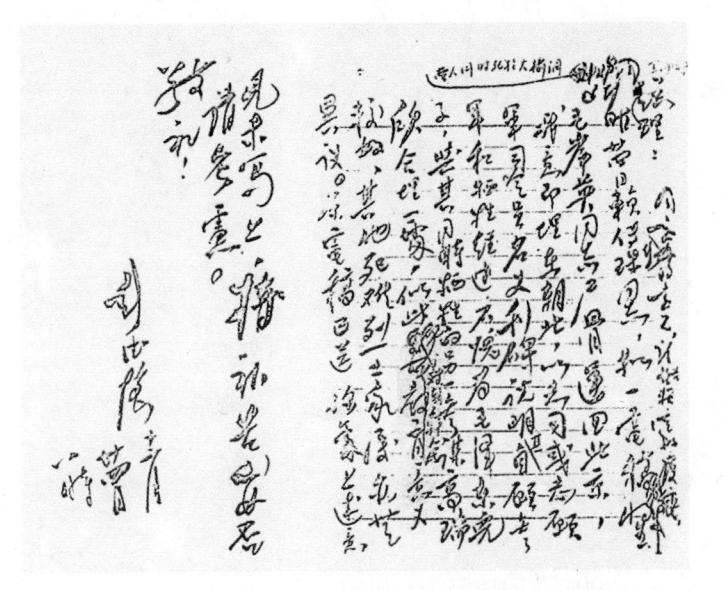

彭德怀司令员关于毛岸英烈士尸骨安放问题给周恩来总理的信

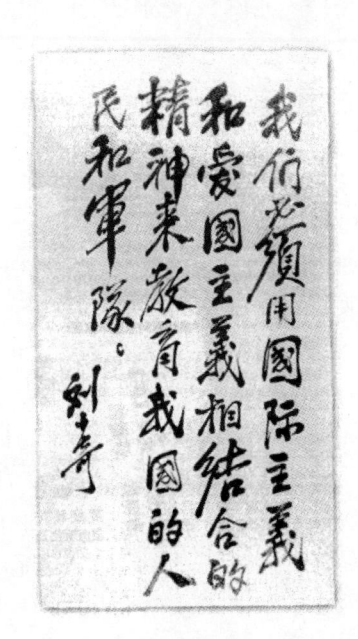

刘少奇为志愿军烈士陵园题词

再版附录 1

杨迪在《毛泽东的艰难决策》(一)出版座谈会上的发言

今年(2002)10月,是朝鲜民主主义人民共和国在以美国为首的"联合国军"进攻下,处于岌岌可危的情况下,毛泽东主席和党中央毅然决然地命令中国人民志愿军跨过鸭绿江,支援朝鲜人民和朝鲜人民军,进行抗美援朝战争的52周年纪念。

中国社会科学出版社召开这样的座谈会,并推出王波同志所著《毛泽东的艰难决策》一书,这是纪念抗美援朝战争52周年,很有创意的纪念形式。主办同志选择今天——10月16日,这是更有意义的一天。同志们可能还不知道,52年前的今天,正是中国人民志愿军司令员兼政治委员彭德怀同志在鸭绿江边的丹东市第13兵团司令部驻地,召开师以上干部会议,亲自讲述了抗美援朝的伟大意义,同时代表毛泽东主席宣布了中国人民志愿军跨过鸭绿江,支持朝鲜人民和朝鲜人民军作战的出动命令。在抗美援朝战争全过程中,这是彭总召开的唯一的一次师职干部参加的会议。

赵南起副主席是从始至终参加了抗美援朝战争,他由志司调到志愿军后勤司令部,为组织炸不断的钢铁运输线和组织后方保障工作是尽心尽力,为抗美援朝战争的胜利作出了贡献。

我是从1950年10月19日跨过鸭绿江,参加了抗美援朝战争的全过程,并遭受美军飞机的轰炸,从死亡中救出来的人。一直到1954年4月,随邓华代司令员从图们江过江到图们市回国的。因此,我对抗美援朝战争有一种特殊的情感。这次,王波同志邀请我到北京来参加很有意义的纪念活动,我欣然接受,心情也很高兴,这大概是老年人对经历的往事的一种特殊的心态吧!

9月30日,王波同志给我通电话说:赵南起副主席要来,要我在会上发言。我讲什么呢?半个世纪以来关于抗美援朝战争各种各样的著作已经很多了,我自己在1998年也写了一本《在志愿军司令部的岁月里》。王波同志的新著,又把鲜为人知的最高决策过程写得很清楚了。我想了一下,还是以一名志愿军老战士的心情,把过去不能讲,不好讲的一些内心话,在这个小范围倾吐出来,以了却我的心愿。这篇稿子是我自己在两三天时间内,匆匆写出来的。可能会有很多不当之处,请同志们批评指正。

第一点,这是一场我们事先并不知道会发生的战争,使我国不得不参与了这场战争

从当时我所知道的几个具体的事例,就可以看出党中央、毛泽东主席并不知道朝鲜在1950年6月份会发生战争。

第一个事例是:1950年5月第4野战军完成解放中南六省后,即将第13兵团3个军(第38军、第39军、第40军),作为机动兵团,同时也是中央军委的战略机动兵团,部署在河南省境内。第38军、第39军已先进驻河南,第40军参加打完海南岛,在广东休整后,正缓慢地向河南省开进。当时已进驻河南省的第38军、第39军是什么情况呢?这是到东北后,听两个军的主要领导同志汇报时知道的,概括地说:当时认为:打台湾有3野就够了,解放西藏有2野。对这两个军来说似乎战争已经过去,和平已经到来,因此,干部、战士和平思想很浓。组织上也采取了减员退伍、转业复员。真是解甲归田、刀枪入库、马放南山的一派和平气氛中。

我想,如果党中央、中央军委事先知道朝鲜会在6月份发生战争的情报，那么，绝对会命令4野已集中的第38军、第39军，不仅不能松懈斗志，而且必须加紧作战准备，处于待命状态，随时准备行动。同时，也会命令第40军，在参加解放海南岛后，迅速向河南集中备战，而绝不会让该军在广东休整后，慢慢向河南开进。

党中央、中央军委是在6月25日朝鲜战争爆发后12天，即7月7日，才下达命令，调4野第13兵团所属3个军，还有已留在东北的第42军及3个炮兵师（炮兵第1师、第2师、第8师）组建东北边防军。限令3个军在一个星期内，即7月15日前，部队应立即乘火车出动，开赴东北辽宁、吉林省。第40军是在从广州向河南开进的火车上接到中央军委7月7日电令的，4野即令该军不在河南下车，直接开赴东北。当时，这是一种紧急防御措施的命令。

我们第15兵团团部，是7月15日奉命改为第13兵团，限三天之内，即7月18日，从广州乘火车北上，开赴东北。我们接到命令后，毫无思想准备，好在刚打完海南岛，兵团部仍处于战时状态，但三天的准备时间，实在太短促太紧张了。后来因长江涨水，火车不能轮渡，接4野电令推迟一个星期，7月25日一定要开动，这样才使兵团有了10天的准备时间。

各军和兵团部都是匆匆忙忙地上火车，是在火车上才进行动员教育，当时只是提出朝鲜战争爆发了，为了保卫祖国东北边防，党中央、中央军委决定：组建东北边防军，防御美帝国主义为首的16个国家出兵的"联合国军"越过"三八线"，进犯到我国鸭绿江边。

第二个事例是：我们第15兵团邓华司令员指挥解放海南岛后，1950年5月5日，经毛泽东主席批准的中央军委嘉奖令中，最后写道："中国人民解放军应当利用海南岛战役的经验，积极准备，为解放台湾、西藏，彻底消灭全部残匪而奋斗！"

第三个事例是：1950年5月17日，第15兵团邓华司令员将第43军127师有3只小帆船，在海南岛战役渡海作战中，同敌军舰作战的英勇事迹，电报中央军委。毛泽东主席阅后，于5月19日批示："这是中国人民海军的首次英勇战绩，应予学习和表扬。"并批示将电报转发第3野战军和海军司令部。

从以上我所举的三个事例,就可以看出:一、党中央和毛泽东主席并不知道1950年6月份朝鲜会爆发战争。据师哲同志回忆说,毛泽东是从法国通讯社听到这一消息的,毛泽东听到后,焦虑不安。二、毛泽东主席在两份电报的批示中,可以看出当时是要准备解放台湾和西藏。

第四件事例:当时我们听到广播,看到报纸,在1950年6月25日朝鲜战争爆发后,美国即要求召开联合国安理会,不知道什么原因,当时苏联驻联合国的首席代表马立克没有参加安理会,这样就使安理会拥有否决权的五个常任理事国,在苏联缺席的情况下,通过了以美国为首的提案,组成"联合国军",纠集16个国家的军队进行侵略朝鲜的战争。如果苏联代表参加安理会,就完全可以否决这一无理侵略朝鲜的提案。

还有就是6月27日,美国总统杜鲁门公开宣布命令美国第7舰队侵入我国台湾海峡,进行巡逻。本来美国政府对国民党蒋介石失去了信任与信心。由于朝鲜战争的爆发,使美国政府重新认识到台湾的重要性,这也是明目张胆地阻止我军解放台湾。

我这只是从当时我在下面了解的情况来分析的。对于上面的情况,我当时是不知道的,王波同志在他的著作《毛泽东的艰难决策》一书中,已经写了。

第二点,抗美援朝战争是在特殊的情况下进行的一场特殊的战争。这是一场很不对称的战争

第一个特殊情况是:当时我国的人民解放战争刚刚取得了全国的基本胜利,还有台湾、西藏没有解放。刚解放的各省,国民党军的残余势力与土匪还很多,我各野战军正展开大规模剿匪安民行动。我中华人民共和国是在1949年10月1日刚刚建立不久。国民党蒋介石失败后,从中央到基层都是留下一个烂摊子。我党要派遣大批的干部去宣传发动教育人民,建立各级的人民政权。全国的国民经济已处于破产,百业待兴,正要着手全国的经济恢复与建设,急需要解决全国人民的基本生活问题。而正在这个时候突然在朝鲜爆发了战争,这就迫使我国不得不放慢某些方面的经济恢复与建设,甚至停止一些经济建设,而又要转入支援一场新的在国外的更艰苦的战争。

我认为这也是我党中央和毛泽东主席所没料到的。为此提出了"抗美援朝,保家卫国"的号召,动员全国人民支援这场援助朝鲜人民的战争,全国人民群众,响应中国人民志愿军的群众运动,国民经济又得为战争服务。全国人民又出现了踊跃参军的感人场面。

第二个特殊情况是:我们中国人民解放军从红军时代起,历来是依靠根据地,依靠人民群众的支援才取得了各个时期的战争的胜利,而抗美援朝战争是出国作战,在我军入朝前,北朝鲜已被美帝国主义的空军将所有的城镇与乡村炸成一片废墟,朝鲜人民群众伤亡很大,再加上语言的不通,这就给中国人民志愿军带来极大的困难。跨过鸭绿江后,没有住的、没有吃的、没有穿的,弹药打完了没有补充,总之,一切都要依托我国东北和依赖于全国的支援。

第三个特殊情况是:作战对象是当时世界第一号强国美国,也是第一号装备精良的强大的军队,而且是打着"联合国军"的旗帜,纠集了16个国家的军队。我们中国人民解放军虽然是打败国民党蒋介石800万军队的胜利之师,但从装备上比较则是相差悬殊,特别是我军没有制空权与制海权。在志愿军入朝作战初期,我军连小米也吃不上,是"炒面加步枪"的陆军,虽然有少部分炮兵,但无制空权,火炮无法发挥威力。

由于我军没有制空权,对我军作战影响很大,后方保障影响更大,在战争初期,从国内运送到朝鲜的吃的、穿的、用的、打的,只有一半,甚至不到一半能够运到前线。这就使我军每次战役只能坚持作战一个星期,指战员们携带的粮食吃完了,后方因遭敌机轰炸,不能及时运到前线。第三次战役以后,美军了解到了我军这一很大弱点。因此,当我军打过三八线,进占汉城,美军退过汉江到三七线就不退了。敌人已经知道我军只能进攻六七天,就不可能再继续进攻了,敌人称我军为"礼拜攻势"。到了我军发动第四次、第五次战役,美军就不是像前三次战役那样败退了。而且从我军第三次战役结束后,敌人即采取"磁性战术",与我军接触,由试探性的反击,逐步发展到全线反击。使我军就没有了战役之间的间隙时间进行休整了。比如:第四次战役,我军于1951年2月15日结束,敌军即于2月17日开始大规模全线反扑。使我军在200多公里宽、纵深只有60—70公里,不得不将进攻的各军展开,进行机动防御作战,时间长达2个多月,以争取时间,等待第3兵团、第19兵团的到达。正面防御部队,在敌人空中、地面的猛烈进攻下,我军坚决顽强地阻滞敌人的进攻,每天只能后退1公里。当时,我军后方供应保障也很困难,我军指战员的困难是已经到了极限。

  第四个特殊情况是:就是朝鲜是一个狭长的半岛,三面环海,很难发挥我军机动灵活的大迂回、大包围的作战的特长。只有第二次战役由于美军统帅麦克阿瑟的狂妄自大及指挥的失误,将向朝鲜东部进犯的第10军直接归他自己指挥,使在西部进攻的第8集团军与第10军中间形成100公里宽的间隙,彭德怀司令员很及时地发现了敌人的这一重大错误,很巧妙地利用了敌人的错误,在正面"采取了故意示弱,纵敌、骄敌和诱敌深入"。秘密集中志愿军两个军在朝鲜中部山区,从侧翼突然向进犯的第8集团军侧后进攻,即有名的三所里截击战。迫使敌人仓皇撤退,我军取得了第二次战役的大胜利。从此以后就再没有这样的机会了。我军第三、四、五次战役都只能从正面突破,撕开缺口向两翼卷击。在装备占绝对优势,又有制空权的敌军面前,实行正面突破是很困难的,第三次战役利用朝鲜东线是南朝鲜军防御的这一弱点,实施突破,才取得了成功,迫使美军退至三八线以南,退出汉城。

  在敌人武器装备处于绝对优势,又有制空权的条件下,我军装备处于劣势,只有利用夜间行军、作战。我军是两条腿走路,一个夜间能连打带走30公里,天就亮了。敌人大批的飞机来了,我军只有隐藏起来,等待黄昏,一个白昼基本上都是敌人的,这样的作战的确是极端困难的，眼睁睁地看着被我军夜间包围的敌人，在飞机、大炮、坦克的掩护下乘汽车突围逃跑。这样的作战对我军来说是从来没有过的。

第五个特殊情况是：在对付处于绝对优势的敌人面前，我军只能发挥夜战、近战的优势，但到白昼，我军夜战、近战的优势就发挥不出来，部队特别疲劳，部队的伤亡较大，又不能就地动员人民群众参军，彭总就果断地采取了轮番作战的方式，3个月到6个月即轮换一批新入朝的军，接替第一线已很疲劳、伤亡又大的军，到后方进行休整补充。这种轮换作战的方式，是在这样一种特定条件下的特殊作战样式。可是有人却说，我军采取轮番作战，是为了向苏联要装备。这样的认识是令志愿军心寒的。要知道苏联给我军的武器装备，并不是白给的，我国是花钱购买的。

第六个特殊情况是：经过五次战役，我军已经恢复了朝鲜民主主义人民共和国的领土，但由于敌军装备上的绝对优势与完全控制了制空权、制海权，我军已不可能继续深入到南朝鲜境内作战。如果像朝鲜人民军那样打向洛东江，就要动用很大的兵力部署在朝鲜的东、西海岸，防御敌人的第二次仁川式的登陆。那么我军兵力显然很不够。因此，我军不能明知不可做到的事，硬要去做，那是非常不明智的，毛泽东主席和彭德怀司令员果断地决心由战略反击转为战备防御。美军和"联合国军"的指挥者，也不是傻瓜，他们很想诱使我志愿军重蹈朝鲜人民军的覆辙，继续南进，然后仍玩仁川登陆伎俩，从我军后方东海岸或西海岸登陆截断我军后退之路，聚而歼之。

敌人发觉我志愿军统帅没有上他的当，而是在收复北朝鲜后，即停止南进。在这种情况下，敌人也认识到他们虽在空军、海军及装备上占绝对优势，但经过五次战役的较量，尝到了中国人民志愿军是不可轻易战胜的，因此，敌人也不得不转入了战略防御。

在战争中，敌我双方都由进攻转入战略防御，而且是阵地防御，这在战争史上是罕有的，这也是在朝鲜的一种特殊战争样式。

第七个特殊情况是：由于我军没有制空权，抗美援朝战争就没有前方与后方之分了。敌人的航空兵猛烈轰炸我前线作战的部队。敌人的轰炸机则猛烈轰炸我后方的交通枢纽地区。敌人为了阻止我军后方的供应运输，除了全面地轰炸后方的交通线与仓库山洞外，特别对清川江我后方铁路、公路桥梁和成川等地区交通枢纽地区，实施有重点的轰炸，企图彻底破坏我军后方的供应线。中国人民志愿军司令员彭德怀同志为了粉碎敌人对我后方的破坏，决定并组建了志愿军后方司令部，统一指挥铁道兵、工程兵、汽车、高射炮兵、后方医院、仓库、公安师等，组成了强大的后方作战和保障的各兵种，在志愿军后方勤务司令部的统一指挥下，各兵种联合作战。在1951年春季后，我空军参战到清川江以北，经过激烈的空战，使敌机白昼不敢到清川江以北，但晚上我空军不能出动，就形成在清川江上空白天是我空军的，夜间是敌空军的，但由于我后方地面各兵种联合作战，使敌空军夜间对我交通运输线的轰炸，也是逐步减弱。终于粉碎了敌人的空中绞杀战，建成了炸不断的钢铁运输线。

第八个特殊情况是：敌我双方经过一番较量，都知道了不能取得战争的完全胜利。特别是美国，它当时战略重点在欧洲，要与当时的苏联争霸，它不能长久地陷在朝鲜这个半岛上，它的英、法、德等同盟国也不同意因此而削弱在欧洲与苏联的对抗。因此，在我军第五次战役第二阶段结束后，美国政府于1951年6月初，即主动提出要与我方进行停战谈判。我方经过与朝鲜方面深入的分析研究后，当时我国的国家经济力量也很难无限期地支持这场战争，朝鲜本国更无能为力了。遂于1951年6月23日同意美国政府提出的停战谈判的建议。经过美方与朝中双方代表协商，停战谈判于1951年7月10日在朝鲜开城开始进行。

这场战争的特殊性是一边在打，一边在谈，谈谈打打，打打谈谈，持续了两年多的时间，最后还是由战场上的胜负来决定谈判的进程。1953年7月13日，发动金城战役，我军取得胜利，敌人遭到失败。这样才迫使美军迅速于7月27日在板门店签订停战协定。

这种由敌、我双方在战略防御对峙中，签订停战协定，在战争史上也是没有先例的，这是在朝鲜这一特定条件下的一场特殊的战争的结束方式。

第三点，抗美援朝战争的胜利，是具有伟大意义的胜利

（一）中国人民志愿军抗美援朝战争的胜利的伟大意义，在于我国当时取得解放战争的基本胜利，我志愿军在还没有得到休整补充，拿起步兵武器打败了当时最现代化的，自称世界上第一流的不可战胜的美国军队和以美国为首的16个国家的"联合国军"和南朝鲜军队。在敌强我弱，敌众我寡（两个国家打16个国家加南朝鲜军）的条件下，将进犯北朝鲜的以美军为首的"联合国军"打退到"三八线"以南，收复了朝鲜民主主义人民共和国的国土。这个胜利的取得，是很不容易的，的的确确是伟大的胜利。使朝鲜民主主义人民共和国仍然屹立于亚洲和世界。我记得当美军于1950年10月2日越过"三八线"后，追赶着朝鲜人民军一直向北退却。当时，斯大林说，朝鲜政府如果在朝鲜境内没有立足地，可以在中国东北建立流亡政府。

（二）抗美援朝战争的伟大胜利，打出了我国的军威与国威，是具有真正的国际主义和深远的历史意义。1949年10月1日，中华人民共和国成立的开国大典上，毛泽东主席向全世界庄严宣告："中国人民站起来了。"可以说，由于抗美援朝战争的胜利，才真正为全世界所公认，所接受。可以说，由于抗美援朝战争的胜利，中国才真正结束了一百多年来在对外关系上备受帝国主义列强的侵略与欺凌侮辱的历史，使全世界真正不敢再小看中华人民共和国。抗美援朝的胜利，是使中华民族扬眉吐气的伟大胜利。

（三）抗美援朝战争的伟大胜利，充分证明了我党中央和毛泽东主席的高瞻远瞩、雄才胆略和英明正确的战略决策。当时世界上没有任何一个国家，包括美国和苏联都不相信中华人民共和国敢于出兵，更不相信中国人民志愿军敢于和美国为首的"联合国军"较量，而且还取得了伟大的胜利，使我国的国际地位与分量真正提高了。

抗美援朝战争以后的 50 多年来,尽管世界风云变幻很大,局部战争和战争威胁不断,但过去的,现在的世界霸权主义者,在称霸世界中,必须考虑到中国这个已经觉醒的雄狮可能会采取什么态度,不能不考虑中国的分量了。就是现在美国超级霸权主义者,也不能不想到 50 多年前与中国较量的教训,它企图在全世界为所欲为时,也必须考虑中国的态度。当中国的综合国力越来越强盛,中国人民解放军越来越强大,将使中国的国际地位不断加强,在国际上举足轻重的分量更大了。

(四)抗美援朝战争的伟大胜利,增强了全国各族人民的凝聚力。中华人民共和国建国之初,国内有相当一部分人还是存在着亲美、崇美、恐美的复杂心情。中国人民志愿军入朝参战,对他们来说简直是不可思议的。"土八路"怎么敢去打世界上第一流的美国军队呢?抗美援朝战争打响后,首战告捷,而且接二连三地打胜仗,一直将美国军队打退到三八线以南去了。这就使我国那部分亲美、崇美、恐美的人大为震惊,对中国共产党领导的人民军队更加敬佩,对亲美、崇美、恐美的心理一扫而光。全国人民的爱国主义觉悟大大提高,民族自尊心与自信心大大增强,从而迸发出积极支援抗美援朝的积极性,广大青年踊跃参军,成千上万的民工、铁路员工、汽车司机、医务工作者奔赴朝鲜前线,担任各种战地勤务,工人和农民努力增加生产为战争提供了 600 余万吨的物资。全国各界人民自发进行捐献运动,给志愿军捐献了可以购买 3700 架飞机的巨款,仅豫剧演员常香玉就捐献了购买一架歼击机的私款,志愿军将这架歼击机取名"香玉号"。由于抗美援朝战争的胜利,更进一步使全国各族人民的凝聚力加强了,更加热爱共产党领导的新中国了。

(五)抗美援朝战争的伟大胜利,给美国强权政治的气焰予以沉重的打击;保障了我国较安全地进行经济建设;支持与鼓舞了亚洲与世界遭受帝国主义和强权政治欺侮的各国爱好和平的国家与人民,敢于反抗外来侵略的斗争;也使当时以"社会主义阵营"老大哥自居的苏联,不敢随心所欲地向我国发号施令了。

（六）抗美援朝战争的伟大胜利，是中国共产党、中国政府和人民付出很大的代价才取得的。我不说全国的情况，只很简单地说几句。中国人民志愿军的指战员伤亡达39万多名，大量地消耗和损耗各类武器和物资，不计其数。支持朝鲜政府和朝鲜人民的人力、物力、财力的数量是很多很多的，简直都无法统计。而且我国对朝鲜的支持全部都是无偿的援助。只有中国共产党、毛泽东主席、中国政府才是真正无私的国际主义者。

第四点，我们要公正地充分地肯定指挥这场战争取得胜利的战场统帅彭德怀同志的丰功伟绩

我为什么要说这个问题呢？因为抗美援朝战争胜利了，可是直接指挥这场战争的志愿军统帅彭德怀同志的丰功伟绩，却被说成彭德怀在朝鲜犯了所谓的"大国沙文主义"的错误。这一句话不仅勾销了彭总的功劳，而且还将中、朝20世纪60年代，有段时期关系不好的责任，都推到彭总身上。这是极不公正的。更是不符合实际事实的。

我在这次座谈会上不准备作长篇论述，只讲几个我所知道的具体事例来说明历史真相。

第一个事例：1950年10月18日21时，彭总在北京代毛泽东主席拟发了电令，命令志愿军第13兵团率4个军、3个炮兵师，于10月19日黄昏，跨过鸭绿江入朝参战。10月19日上午，彭总乘飞机到达丹东市，向13兵团司令员邓华同志交代立即出发命令后，立即与朝鲜人民军次帅朴一禹同志第一个跨过鸭绿江桥，急忙地去会见朝鲜金日成首相，向金日成通报中国党中央和毛泽东主席已下令中国人民组成志愿军于当晚（19日）即跨过鸭绿江，支援朝鲜人民作战。金日成同志听了非常激动和感谢。当时金日成同志已被美军和南朝鲜军紧紧尾追到鸭绿江边碧潼以南40公里的大洞一条荒山沟里。

第二个事例：1950年12月，志愿军第二次战役胜利，敌人退向三八线，当时朝鲜人民军已有3个军团经过整顿，可以参加作战了，中朝两党中央，商定为了统一中朝军队的指挥，组建中朝军队联合司令部（简称"联司"），由彭德怀任联司司令员兼政治委员，（金日成不愿意当政委）派朝鲜人民军次帅朴一禹任联司第一副政委，人民军总参谋长金光侠大将任第一副司令员（未到任），邓华任副司令兼副政委，中朝双方各两名主要领导同志组成"联司"。

彭总每次战役的决心与部署都通过朴一禹副政委向金日成同志报告，彭总对参战的朝鲜人民军只发布统一的战役行动命令，完全不干涉人民军在战役过程的行动，只是要志司作战处以联司的名义将我军进展情况和敌情通告给人民军最高司令部驻志司的联络组，由他们上报朝鲜人民军最高司令部（这是朝、中双方协商一致的方法）。这充分体现了彭总对金日成元帅和朝鲜人民军最高司令部的尊重。

第三个事例：第三次战役后，1951年1月25日，志司在君子里召开军以上主要干部会议，总结前三次战役的经验教训和部署下一步的作战行动。彭总主动向金日成同志汇报开会的内容，金日成同志提出朝鲜人民军军团长和全体朝鲜党政主要领导人都来参加。彭总立即建议改为中朝军队高干会议，会议由金日成和彭德怀共同主持。

在这次会议上彭总传达了毛泽东主席指示志愿军全体指战员要爱护朝鲜的一山一水，一草一木。彭总为了贯彻执行毛泽东的指示，对志愿军提出了很严格的要求。志愿军全体指战员在整个抗美援朝战争过程中，都是严格地遵守与执行。

在这次会议上朝鲜民主主义人民共和国三重英雄、人民军第5军团长方虎山上将介绍朝鲜人民军作战经验后，表示了要向中国人民志愿军学习的态度。会后，即被撤职。彭总为了避免以后再发生此类事件，就再也没有召开过中朝两军联席会议，朝方也从此再不提出要召开这样的会议。

第四个事例：在朝鲜人民处在最困难的时候，没有饭吃，彭总即提出要求志愿军在很困难的条件下，节衣缩食，指令各军就地支援当地的朝鲜人民粮食与衣服。

第五个事例：为了解决支援志愿军与支援朝鲜的铁路运输的紧张状态，彭总亲自指定在清川江以北增建一条铁路运输线，修建铁路的人力、物力、财力都由中国政府负责，我亲自看了彭总在地图上规划新建铁路线应经过的地方与如何迅速抢修。由于这条铁路线的迅速建成，不仅减少了支援志愿军的运输与支援朝鲜运输的矛盾，而且也更好地使中国和其他国家支援朝鲜的物资能迅速运到朝鲜。

第六个事例：停战后，彭总命令志愿军各军分片包干，帮助朝鲜人民重建家园，恢复生产的工作，志愿军帮助重建朝鲜的工作，一直到1958年10月撤出朝鲜为止。

这些事例难道是彭总犯的"大国沙文主义"错误吗？1959年庐山会议后，彭总已被罢官，无论怎么说，也不能将20世纪60年代，中、朝关系不好的责任，推到彭德怀同志所谓的"大国沙文主义"上去。

我还要说一说彭总与朝鲜领导同志意见不一致的事情。

我只说两件大事。

一件事是：第三次战役我军打过三八线，解放汉城，越过汉江后，朝鲜领导同志与苏联驻朝鲜的大使又被胜利冲昏了头脑，要求志愿军继续进攻，将美国军队赶出朝鲜去。彭总对志愿军虽然取得了三次战役的胜利，但是头脑非常清醒、冷静。彭总认为：一、中朝军队联合作战虽然已将敌人打退到三八线以南了，但是我军并没有将敌第8集团军的主力歼灭，敌人从败退中反而将他们的军队集中了，美军在东线的第10军已经撤退到朝鲜的南部了。二、我志愿军西线的6个军（第一次战役过程中，增加了第50军、第66军）经过3次战役的连续作战，部队很疲劳，伤亡也很大，得不到补充。东线的第9兵团3个军因天气非常寒冷，他们是南方人很不适应，冻伤很多，必须经过休整医治冻伤和补充才能继续作战。为了紧急、迅速地补充部队，当时彭总采取了特殊措施，建议中央军委从全国各军中抽调老兵来补充入朝作战的部队，以有利于连续作战。从全国各军抽调的战士，正在向朝鲜紧急输送中。三、我军已深入朝鲜半岛以南了，后方东、西海岸很空虚，没有军队防御，我们要吸取朝鲜人民军深入洛东江的教训。四、后方供应因遭敌空中封锁,供应很困难。当时彭总认为,最快也要等待西线6个军得到补充后,才能继续发动进攻。

为此,双方发生了争论,意见不能统一。彭总报告了党中央、毛泽东主席,党中央、毛泽东主席完全同意彭德怀同志的意见,并给斯大林发了电报。友方和苏联驻朝大使即直接给斯大林发电报。

斯大林认为中国共产党和彭德怀同志的意见是正确的,彭德怀同志是当代的军事家。斯大林否定了友方和苏联大使的意见,并将苏联大使撤回国。朝鲜战场统一由彭德怀同志指挥。友方领导同志由此而对彭总积怨。

第二个事例:1952年4月15日,是金日成40岁生日,朝鲜方面要举行祝寿庆典,三次请彭德怀同志去参加祝寿活动,每次都是派党政军最高级领导来邀请,彭总就是坚决不去,记得当时彭总说话的大意是:现在前方的指战员正在浴血奋战中,朝鲜国土被敌人轰炸成一片废墟,人民正处在最艰难困苦,无以为生中,怎么40岁生日就搞祝寿庆典呢?友方领导同志由此而对彭总又一次积怨。

据几个中国代表团去朝鲜访问的同志们说,到志愿军司令部驻地桧仓,看不到当年彭总及志愿军首长们及其司令部指挥作战的情况,在彭总指挥的坑道中挂的并不是彭总的相片。有个志愿军展览馆很不像样,而且只有给中国去的代表团开放。这真使我们这些志愿军老战士听了感到很不是滋味。难道历史的真相就这样地被遗忘和歪曲了吗?

抗美援朝战争已经过去52年了,明年(2003年)7月27日就要迎来抗美援朝战争胜利的50周年纪念。我希望应该还统帅中国人民志愿军的司令员兼政治委员彭德怀同志以公正与公平。对彭总的正确指挥与领导必须予以充分的肯定。

最后,我要说几句王波同志的这本著作。

王波同志在1989年帮助原志愿军副司令员洪学智同志撰写《抗美援朝战争回忆录》时,即进入抗美援朝战争的情况,他对志愿军入朝前，中、苏、朝三国的情况到底是怎么回事，非常感兴趣。20世纪90年代，他以锲而不舍的精神，经过几年的艰苦努力，终于将抗美援朝战争前一段时期的鲜为人知的真实的历史内情写成《毛泽东的艰难决策》一书，使现在的人们知道这些鲜为人知的真实的历史内情后，就会使我们清楚理解这真是党中央、毛泽东最艰难的一次极为重大的战略决策。他写的这本书既有很高的史料价值，又有很好的可读性。我在这本书的序言中已作了评价，就不多说了。

中国社会科学出版社将这本书出版发行，是很有意义的，很值得赞赏的。我想一定会受到中国各个层次人士的喜爱，也会受到有关国家的注意。这本书一定会畅销。说句幽默的话，中国社会科学出版社真精明，抓住了能创造很好的市场效益的机会。我特此向中国社会科学出版社和王波同志表示热诚的祝贺！

再版附录 2

读王波的《毛泽东的艰难决策》

马 超

近读王波的长篇报告文学《毛泽东的艰难决策》(中国社会科学出版社，2002年10月)，给我第一印象是：它以新颖视角和历史深度，掀开了雄壮历史的那一幕。

50多年前那场抗美援朝战争，许多文艺工作者冒着枪林弹雨，炮火硝烟，亲临前线，用满腔的热血谱写了一曲曲动人的战争乐章。《朝鲜通讯报告选》、《志愿军一日》、《志愿军英雄传》曾被誉为三部"纪实性军事散文巨著"。一篇《谁是最可爱的人》表达了中国人民对几十万跨过鸭绿江的英雄儿女的由衷敬佩。但由于时代、观念的制约，几乎没有作品深入地披露我高层决策者的内幕。正如时任志愿军司令部作战处副处长的杨迪在本书《序》中所言："对为什么组成中国人民志愿军，支援朝鲜人民和朝鲜人民军，反抗以美国为首的'联合国军'，这个最高决策过程知之甚微。尽管当时也曾听到有的志愿军首长偶尔说过一些情况，但几十年来一直不能有真凭实据的资料来证明真相。"这无论是对于我们的文学亦或是历史而言，都可以说是一种遗憾。而本书的作者正好聚集于1950年6月到10月这段时间，以自己十几年来趁工作之便所积累下的丰富翔实、鲜为人知的文献资料，再现了我高层领导作出志愿军入朝作战这一重大决策的全过程。本书以宏阔视野，真实可信的历史史料以及审慎的历史态度，再现了这一战争决策的完整过程，充分体现了毛泽东等老一辈无产阶级革命家高瞻远瞩的广阔胸襟、放眼世界的战略眼光、忧国忧民的焦灼情思和不畏艰险的英雄气概，而且深刻揭示了这一重大决策的历史必然性。

作为文学作品，本书很有可读性。因为这是一部报告文学作品，这就限定了作者不能随意虚构历史事件，而艺术功力只能放在对已有真实历史资料的处理上。本书在处理历史材料时所表现出来的艺术功力主要体现在它的结构上。全书根据所叙事件牵涉地域之广、人数之多的特点，采用了一种"网状辐射"结构。全书从总体上来看，是以时间为焦点，以空间为辐射域，突破所有空间局限，将中国、朝鲜、苏联、美国和日本全部网罗其中，写出了在同一时刻（1950年6—10月），处在不同空间的人们（主要是各国高层人物、军界人物）出现不同的立场、对同一事件的深切关注和不同反应。而单就空间而言，则同样是以中南海为焦点，向国内外辐射。这样的结构方式，既便于表现广阔的时代背景和决策者放眼全球的战略眼光，同时也便于表现我国在邻里危难之际，调兵遣将之急迫到刻不容缓的程度。

善于运用极富个性的人物语言来表现人物的鲜活性格，也是该书的显著特点。除此之外，笔法谨严、语言平实也是这部作品值得称道的地方。在笔调上，作者深谙写史之法，融情于事，平和冲淡，省议论而重实录，只叙史实，至于千秋功罪，俱留给读者评说。作品语言朴实无华，干净利落。叙事之简洁，绘景之凝练，有时可以说达到了一种惜墨如金的程度，具有一种"豪华落尽见真淳"之美。

（原载《文艺报》2003年9月27日）

再版附录 3

毛泽东的精神是中华民族之魂
——评《毛泽东的艰难决策》

范 畴

军旅作家王波的《毛泽东的艰难决策》,是一部反映毛泽东和党中央就出兵抗美援朝所进行的复杂艰难决策过程的报告文学长篇。我作为一名长期从事写作教学研究和军事编辑工作的老兵,猝读该书,欣喜不已;细细品味,不忍释手。该书不同于以往所见到的描写抗美援朝具体战斗场景的文学著述,而是独辟蹊径,以新颖的题材、鲜见的史料和俯视众山的视角,披露了鲜为人知的中国人民志愿军出兵朝鲜的决策内幕,填补了抗美援朝战争史研究中很重要的一段空白。

王波大校一直在总部和中央军委办公厅工作,并在前中国人民志愿军副司令员洪学智将军身边工作多年。长期的军旅领率机关生涯和"富于材积"的天分使其创作的欲望日炽,工作之余笔耕不辍,先后创作了《女秘书去毛家湾》、《爱神与邪魔》、《将军沉浮录》、《彭德怀入朝作战纪实》等多部军事文学作品,是洪学智将军《抗美援朝战争回忆录》一书的主笔,著述颇丰。《毛泽东的艰难决策》即是其代表性作品之一。

《毛泽东的艰难决策》写的虽然只是1950年6月到10月间发生的事情，但却是作者十多年来在工作中苦心搜求积累的结果——在浩如烟海的文献资料中查阅，在众多参加过抗美援朝战争的老首长、老同志中走访，在中外有关书籍典章中搜寻……终于写出了这部内容不同凡响、资料丰厚详尽、构思匠心独具、语言质朴无华的佳作，以真实可信的史实和严谨负责的态度，再现了毛泽东等老一辈无产阶级革命家高瞻远瞩的战略眼光、不惧怕任何强敌的大无畏英雄气概、敢于藐视强权的非凡胆略和高超的决策艺术。

　　《毛泽东的艰难决策》写的虽然只是100多天中发生的事情，但却反映出了在同一事件、同一时段中，处于不同国度、不同背景、不同利益驱使下的军政高层人物的不同立场、不同态度、不同感受和不同运作。在国际上涉及到中、朝、苏、美、日的高层决策互动，在国内涉及到中央、地方党政军的谋划运筹，在军队涉及到选将用兵、战略部署和兵力机动、后勤保障等等，涉及地域之广大、人物之众多、头绪之纷杂、资料之浩繁，在一般文学作品中是少见的。本书在结构上以时间为全书的脉络主线，以敌、我、友的应对策略为"扣子"，以高层人物对事态的认知转换为"关节点"，围绕决策之"艰难"这一核心问题，采用"织锦构图"的方法，以纲带目，旁溢斜出，精心编织；或叙或证，或描或论，行文变化自如，整篇浑然一体，全无枯燥乏味之感，充分展示出作者驾驭纷繁复杂史料和统筹安排众多人物、事件的艺术功力。

　　《毛泽东的艰难决策》是作者众多文学作品中的一部力作，"文"、"史"特色兼而有之。写人，运用极富人物个性特征的语言，内心描摹绘声绘色，音容笑貌跃然纸上；叙事，重史实而不事张扬，平实简明，条分缕析，衔接清楚；绘景，三言两语，直抒胸臆，烘托主旨；议论，言简意赅，一针见血，确实反映了作者具有"敢为常语谈何易，百炼纯工始自然"的造诣和境界。作者严肃而忠实记录历史的文风与时下"戏说"历史的风气形成了鲜明的对照。

　　"死生之穴，乃在分毫。"在决定出兵抗美援朝的1950年，新中国刚刚建立，毛泽东作为伟大的政治家、军事家和战略家，面对不可一世、武装到牙齿的强敌，审时度势，毫不畏惧，毅然决然地做出了出兵朝鲜的英明而正确的战略决策，并以全胜的战绩把"联合国军"赶回了三八线。抗美援朝战争取得的伟大胜利，再次改写了百年来中国人民饱受列强欺侮的屈辱历史，彻底清除了笼罩在中国人民头上的阴霾，洗雪了中华民族的百年耻辱，令全国军民扬眉吐气、士气大振。《毛泽东的艰难决策》一书所反映出的中华民族不屈不挠的伟大的抗争精神和中国共产党人的雄才大略，是后来人应当永远继承和发扬光大的。

"往事不远，可以洞见。"毛泽东的精神，高度凝集了中华民族之魂。当今世界，一霸超强横行天下、国际局势跌宕起伏。我军肩负着做好现实军事斗争准备的历史使命，维护国家安全和领土完整是党和人民赋予全军官兵的神圣职责。尽管目前我国的经济实力和军队的武器装备与抗美援朝时期相比已不可同日而语，但是，与军事强国相比，差距仍然悬殊，仍然需要全军官兵向英勇的中国人民志愿军将士那样，不畏艰难困苦，不怕流血牺牲，以自己的血肉之躯筑起新的捍卫国家主权独立和领土完整的钢铁长城。在新世纪里，为迎接新军事变革的挑战，积极推进中国特色的军事变革，完成建设信息化军队的战略任务，作为一名军人，读一读《毛泽东的艰难决策》一书，"领受一下毛泽东的伟大气度，熟悉一下毛泽东对付强敌的伟大气魄和高超策略"，就一定会更加增强自己的责任感和使命感，就一定会更加增强打赢信息化战争的信念和勇气。在未来战争中，汲取志愿军战士不怕苦不怕死的作战精神、战役战术指挥上的灵活机动和高层决策掌握信息及时准确等诸方面的鲜活经验将是大有裨益的。

据悉，王波这部《毛泽东的艰难决策》即将再版，而另一部反映1946年我党同国民党彻底决裂的新作——《毛泽东的艰难决策》（二）又将付梓。新作的出版，必将进一步让我们领略到伟大领袖毛泽东那气势磅礴、运筹帷幄、决胜千里的雄才大略，感受到中国共产党领导下的全体军民不畏强权、英勇顽强、前赴后继、追求光明的民族精神。

原载《陆军学术》2004年第2期）

后　记

还是在 1996 年,《抗美援朝》电视连续剧剧组成立,一位领导同志让我给剧组提供抗美援朝的有关材料。我当时正在给首长写红军时期、抗日时期、解放战争时期的回忆录。

我集中一段时间,专门按时间顺序写了七万多字的一个情节材料,提供给了剧组。去年无意间又翻出了这份材料,仔细翻阅,觉得很有价值。一是当时我查阅了很多难得的资料。二是走访了许多当年参加抗美援朝战争的老同志,比如在中南海居仁堂作战室工作的王亚志同志,我驻朝鲜大使馆代办柴军武(柴成文)同志,彭总的军事参谋杨凤安同志,志愿军司令部作战处副处长杨迪同志。三是看到了俄罗斯解密档案,了解了当时斯大林决策的有关具体情况。还看到了美国作家写的有关书籍,对美方的情况也觉得透明了。

我觉得有条件写一部毛泽东出兵朝鲜决策过程的报告文学作品。于是就在原来七万多字的基础上写成了现在的《毛泽东的艰难决策》一书。胡乔木同志说:"我在毛主席身边工作二十多年,记得有两件事使毛主席很难下决心。一件是 1950 年派志愿军入朝作战,一件就是 1946 年我们准备同国民党彻底决裂。"我受胡乔木同志这句

后 记

话的启发,起了这个书名。

决策难,难在哪些方面呢?作者体会,难在当年我军对美军这个作战对象不熟悉,过去还未同它直接打过仗,没有同美军作战的经验;难在美军有优势装备,他们铁多,有大量重型装备,有许多新兵器;难在美军有海空优势,可以对我军造成巨大的伤亡,妨碍我军进行有利的作战;难在打不好,未把敌人大部消灭,未把敌人的气焰打下去,狂妄的敌人可能用空军轰炸我京、津、沪、沈、宁、青等重要城市,与中国开战,或者爆发第三次世界大战;也难在新中国刚刚开展的经济恢复工作不得不停下来,又陷入战争的巨大的血与火的灾难之中。

但是毛泽东作为伟大的政治家、军事家,面对强敌,不畏不惧,审时度势,指挥若定,综合政治、经济、军事、外交诸种因素,以非凡的胆略,料事如神的智慧和策略,运用两分法,在看清楚美军优势的同时,又看到美军"第一,战线太长,从德国柏林到朝鲜;第二,运输路线太远,隔着两个大洋,大西洋和太平洋;第三,战斗力太弱"的困难和弱点。经过与党内党外的多次协商酝酿,统一了大家的认识,最后作出出兵朝鲜,抗美援朝的重大决策。并高屋建瓴地指出,我们应当参战,必须参战。参战利益极大,不参战损害极大。"不出兵让敌人压至鸭绿江边,国内国际反动气焰增高,则对各方都不利,首先是对东北不利,整个东北边防军将被吸住,南满电力将被控制。"

今天回顾这段历史,不能不佩服毛泽东不惧怕任何强敌和任何困难的英雄气概,不能不佩服毛泽东的非凡胆略和高超策略。从鸦片战争以来,我国抗击外来侵略的战争屡战屡败,令国人憋气。抗美援朝却是以全胜收兵的,我军又把战线推进到了三八线,战争又回到了起点。全国人民为之扬眉吐气。

战争是政治经济的集中反映。不同历史时期,战争又会有不同的样式。战争的样式决定于客观物质条件。可以说,有什么样的政治经济实力,就会有什么样的战争样式。20世纪末和21世纪初,美英发动了三场战争,即海湾战争、南斯拉夫战争以及阿富汗战争。开场时美英都是战斧破空,黑云压城,利用高科技武器和军事技术,对三个国家的军事设施(含决策中心、指挥系统、通讯和后勤供给系统)、防空阵地乃至民用设施进行长时间的精确打击,然后再伺机进入地面部队,或者主要依靠内部的反对派军队,叫作"零伤亡"作战。

50年前,美英还没有聪明到这个地步,地面部队早早就进去了,因而他们遭受重大伤亡和失败,美军24师少将师长迪安还被朝鲜人民军俘虏了。麦克阿瑟大概算是美军将领中最狂妄的一个,狂妄也容易使人失去理智。他曾向杜鲁门拍胸脯,圣诞节前让孩子们回家过节。结果开战容易,结束困难,两年半后战争双方才签了停战协议。战争一开场,什么时候收场,发动者往往就当不了家了。自古以来,战争就是要死人的,现在美国发明了"零伤亡"战争,向传统的战争概念提出了挑战,这是在新的技术条件下出现的现代化战争形式,值得人们深入研究。但无论战争形势如何变化,攻守双方生死存亡的本质以及战争的基本规律不会变。

作为军人,我写这部书稿时,战争与和平问题一直萦绕在脑际。我们是一个热爱和平的民族,我们不希望战争,历来反对战争。特别是当我国全面实行改革开放,建设社会主义现代化的今天,我们更希望创造一个和平的国际环境,与其他国家一起实现共同发展,共同繁荣。但我们也清楚,战争从来不是以人的意志为转移的。中国近代以来屡受列强侵略的痛苦历史经验教育我们,为了和平,必须去研究战争。

20世纪以来,虽然和平与发展成为世界主题,但局部战争也从来没有停止过。特别是一霸超强,"单边主义"独步天下,趾高气扬,惹是生非,为了一国私利,点燃战火,顺我者昌,逆我者亡,以为老子天下第一,不可一世。英美军火商的利益是局部战争的根源。世界上一切爱好和平的人民对此无不忧心忡忡。建议大家读读《毛泽东的艰难决策》一书,领受一下毛泽东的伟大气度,熟悉一下毛泽东对付强敌的伟大气魄和高超策略,就觉得世界还是光明的。毛泽东

后 记

历来主张你打你的，我打我的，出其不意在不同的战略方向上对敌人实行牵制，突破敌人最薄弱的一点，造成敌人顾此失彼，全线动摇。用今天的军事术语叫做"不对称"战略。我军是习惯于打"不对称"战争的。红军时期，抗日战争时期，解放战争时期，打的都是"不对称"。战争打起来没有界限，这是众人皆知的常识，也请战争的发动者三思。

写作此书时，参阅了杨迪同志的《在志愿军司令部的岁月里》、美国作者贝文·亚历山大的《朝鲜：我们第一次战败》及逄先知、李捷的《毛泽东与抗美援朝》等书。书稿承蒙中共中央文献研究室科研管理处以及毛泽东研究室李捷同志审阅，纠正不实之处。得利于中国社会科学出版社诸位领导以及责任编辑冯斌同志的帮助，使本书顺利付梓。特别是80高龄的杨迪同志亲笔为本书作序，在此一并表示感谢。

王波

2001年12月31日于北京

再版后记

《毛泽东的艰难决策》一书出版后反映不错,还被评为2003年全国畅销书。感谢中国社会科学出版社领导和责任编辑,感谢天津《今晚报》、沈阳《辽沈晚报》的连载以及《作家文摘》等几十家报刊杂志的及时选摘,感谢香港凤凰卫视和韩国MBC电视台的宣传。在本书再版之际,我又根据看到的几份资料,作了一些改动,使之向历史真实又靠近了一步。

战争始终威胁着世界和平。战争学在世界上成为一门热学。现在,世界上研究战争的人很多,专著可谓汗牛充栋。本书再版时,美英联军发动的第二次对伊拉克战争已经两年多,占领军天天像坐在火山上一样惶惶不可终日。说实话,当时听到美英西三国决定甩开联合国安理会单独发动战争时,很惊讶。为全世界和平力量还不能限制一两个人发动侵略战争感到悲哀。

群众的眼睛真是雪亮的。美国反战游行的群众说:"都是石油惹的祸!"美英军火商的利益始终是局部战争的根源。有一个美国九十多岁的老太太说:她记得她的父亲在打仗(第一次世界大战),她的丈夫在打仗(二次大战),她的弟弟在打仗(二次大战),她的儿子在打仗(越战)。现在轮到她的孙子在打仗了。这说明,美国是商

再版后记

人治国,唯利是战。他们把战争当作足球赛或者 NBA 篮球赛,让世界人民看着玩。但世界人民没有那么傻。以鲜血换石油,人民还是接受不了。

中东在打败奴隶制度建立封建制度时期是引领过世界潮流的,现在落后了,所以现在有改造中东的理论。侵略伊拉克是美国的一次尝试。美国这样干下去,没有一个国家不担心自己的国家主权的。2002 年 8 月布什小班子中一位官员说:"每个人都想去巴格达,但真正的小伙子则是想去德黑兰。"以色列《国土报》报道,2003 年 2 月美国副国务卿约翰·博尔顿同以色列官方人士交谈时承认,战胜伊拉克之后,美国将"收拾"伊朗、叙利亚和北朝鲜。看来美国的"足球赛"和"NBA"还想叫世界人民看下去。

抗美援朝是我军在 20 世纪同美英军及其盟军打的一仗。美国人的思维方式过了半个多世纪几乎没有什么改变。比如靠实力而不讲礼仪,富贵而骄,先入为主,师出无名,军纪败坏,狂妄自大,盲点多多,抹杀战争的性质;士兵在险象环生的陌生战场上士气低落,不知道为什么打仗,怕死,怕近战、白刃战,战斗力大打折扣:官兵主动性差,唯武器论,依赖性强,战略战术不灵活,后勤补给线太长等。这都是美国军队的一些致命性的弱点。就说有信息化部队,有精确制导,有巡航导弹、夜视镜,有各种先进的兵器,这些弱点仍然会使美军不时陷入被动。

战争机器发展到现在虽然已经产生了很多变数,但是基本的战略策略是不变的。毛泽东给我们留下的丰富的军事遗产是不会过时的,还会继续在现代信息化战争中发生作用。今天研究抗美援朝战争,就是要研究从毛泽东决策出兵到和平谈判签字抗美援朝战争中各个阶段五彩缤纷的战略策略,对现代战争特别是信息化是不无裨益的。有时我产生奇想,假如让毛泽东指挥当代的信息战,会打成什么样子?假如我们按照毛泽东的基本军事思想打现代化的信息战会打成什么样子?

感谢写过《昨天的战争》的志愿军 180 师老战士老作家孟伟哉

为本书再版作序;感谢王诚汉、史玉孝将军;感谢王社群、董保存、陈致愍同志对本书收集资料工作的热情支持。

王波

2004年5月6日